KB026346

푸른 사막의 달

1

글 강민정
그림 하운

푸른 사막의 달
1
글 강민정
그림 하운
나비노블

푸른 사막의 달

목 차

1
방문자

눈을 감으면 평원의 바람 소리가 들린다.
나는 어딘가 내가 머무를 대지가 있으리라는 꿈을 꾼다.

기름때가 덕지덕지 낀 열차의 유리창으로 늦은 오후의 햇살이 뿌옇게 비쳐 들어왔다. 햇살에 나풀거리는 먼지들은 잠든 이들의 숨결에 공중으로 올랐다가 내리기를 반복했다. 민아는 의자 등받이에 불편하게 몸을 구긴 채 그 먼지들을 바라보고 있었다.

어떤 목적을 가지고 먼지들을 바라보는 것은 아니었다. 단지 오랜 시간 이어지는 기차여행에 마땅히 시간을 보낼만한 일이 없었기 때문이었다.

빛에 반사되어 유릿가루처럼 반짝이는 먼지들은 왠지 모르게 술렁이는 마음을 편안하게 했다. 민아는 자신의 눈이 천천히 감겨가는 것을 느꼈다.

나쁘지 않은 시간이었다. 스물셋, 어리다면 어릴 나이지만, 이제 앞으로 자신이 사회에서 무엇을 해야 할 것인지 치열하게 고민하고 준비해야 할 나이였다. 하지만 그렇게 조급한 마음을 뒤로 한 채 참여한 동아리 MT는 그녀의 예상보다 훨씬 더 느긋한 느낌이었다. 좋았다.

-카톡.

메시지 착신음에 모두의 짜증스러운 시선이 모였다. 사실 게임 중이라 주변이 요란해 그다지 신경 쓸 만한 일은 아니었건만, 모두가 그 착신음을 거슬려 하는 것은 그것이 계속해서 이어지는 소음이었기 때문이었다. 카톡, 카톡, 카톡. 결국, 17기 고학번 선배가 계속해서 울리는 소음을 견디지 못하고 휴대 전화를 집어들었다. 그녀는 휴대 전화를 앞뒤로 살펴보고는 그 주인을 소리쳐 불렀다.

"민아야, 김민아!"

선배가 목이 터지라 부르자 주방에 있던 민아가 종종걸음으로 다가왔다. 앞치마도 없이 설거지하느라 상의의 반이 물에 젖어 있었다. 그녀는 물 묻은 손을 바지에 대충 닦으며 천진한 목소리로 물었다.

"왜요?"

동아리 19기 회원인 민아는 화려하지는 않지만, 단정한 외모와 쾌활한 성격 덕분에 알게 모르게 인기가 많은 부원이었다.

그녀가 애교스럽게 헤실헤실 웃으며 다가오자 사람들은 화도 내지 못하고 그저 웃을 뿐이었다.

"누구한테 카톡이 이렇게 오는 거야? 남자친구 생겼어?"

"선배도 참. 제가 남자친구가 어딨어요. 그래도 기다려보세요, 올해는 꼭 솔로 탈출할 거니까."

"어이쿠. 매년 말은 잘해요."

민아의 능청스러운 말에 선배들과 동기들이 한마디씩 농을 건넸다. 민아는 대답 없이 씩 웃어 보였다.

민아의 솔로 탈출하겠다는 말은 그녀가 매년 하는 특유의 빈말 같은 것이었다.

본인이 별로 이성 교제에 다급하지 않다 보니, 인연이 찾아오다가도 도로 떠나게 됐다.

민아는 휴대 전화의 잠금 화면을 해제해서 52통이나 쌓인 메시지를 확인했다. 모두 한 사람에게서 온 것이다. 남자 사람이지만, 아쉽게도 남자친구 후보 같은 것이 아닌 그녀를 애타게 찾는 남동생이었다.

-내일 집에 올 때 순대 볶음이랑 떡볶이 좀 사오셔.

올해 고3이 되는 민아의 남동생은 고3이 무슨 벼슬인지 아는지 이렇게 시도 때도 없이 무언가를 사오라는 메시지를 보내고는 했다. 민아는 메시지를 무시하고 휴대 전화를 내려놓으려다가, 마음을 바꿔먹고 자리에서 일어났다.

"뭐야? 어디 가게? 민우한테 전화하려고?"

부원들은 이미 열렬한 메시지의 주인공이 민아의 동생이라는 걸 알고 있었다. 민아는 자신이 그렇게 뻔히 보이는 인간이었나 하는 생각이 들어 허허 씁쓸한 웃음을 지었다. 민아는 괜스레 장난쳐보고 싶어 시치미를 뚝 떼고 거짓말을 했다.

"민우 아니에요. 교양 같이 듣는 남자 사람이에요."

민아는 자신을 향해 거짓말한다며 야유하는 부원들을 피해 문을 향해 뛰어 나갔다. 신발을 신으면서 민아는 통화 버튼을 눌렀다. 왼손으로 손잡이를 밀어 열자 서늘한 밤바람이 머리칼을 살포시 스치며 지나갔다. 민아는 그렇게 밤이 커튼처럼 깔린, 별이 무수히 내리는 펜션 밖으로 걸음을 내디뎠다.

펜션에서 조금만 걸어 나오면 조그만 개천이 있었다. 개천에 가까워질수록 사람들의 왁자지껄한 소리가 점점 멀어져 갔다.

민아는 개천가의 커다란 돌 위에 올라앉았다. 주변에는 낮보다도 더 또렷하고 운치 있게 흐르는 개천의 물소리만이 들렸다. 민아는 나지막한 웃음소리를 내며 통화를 했다. 흔들거리는 발가락에 그녀의 슬리퍼가 벗겨질 듯 걸려있었다. 민아의 목소리가 낮게 울렸다.

"그래서, 모의고사는 잘 봤어? 밥은? 엄마는 퇴근했어?"

주변에는 사람이라고는 전혀 보이지가 않았다. 민아의 동아리 사람들은 펜션에서 게임을 하느라 정신이 없었고, 다른 펜션의 사람들도 한밤중이다 보니 밖으로 나올 시간은 아니었다. 하긴 이 개천이 펜션과 가깝다고는 해도, 10분 정도 걸어야만 올 수 있는 위치였다.

그렇게 어느 정도 실없는 이야기를 나눴는지는 몰랐다. 하지만 민아가 통화를 마쳤을 때는 오슬오슬한 밤공기가 개천의 찬 기운과 함께 온몸에 앉아있었다. 민아는 추위에 몸을 떨며 고개를 저었다. 이미 늦은 시간인 듯하니 빨리 펜션으로 돌아가는 것이 좋을 것 같았다.

민아는 가벼운 동작으로 돌 위에서 내려왔다. 뛰어내리며 물을 발로 차는 바람에 물보라가 거세게 튀었다. 차갑게 발에 휘감기는 개천물에 민아는 저도 모르게 히익, 짧은 비명을 냈다. 하지만 그런 비명도 잠깐, 민아는 들고 있던 핸드폰을 자신이 앉아 있던 돌 위에 내려놓고 차가운 개울물 안쪽으로 걸음을 내디뎠다. 콘크리트로 포장된 도시에서만 지내다가 이런 곳에 오니, 아무리 물이 차가와도 이 순간을 즐기고 싶었다.

민아는 저 혼자 발장난을 하며 물을 튀겼다. 그러고는 옷이 젖는 것도 상관하지 않고 물 위에 주저앉았다. 깨끗한 밤공기가 살갗을 스치고 지나가는 느낌이 기분 좋았다. 민아는 그 상쾌함을 만끽하며 물 위에 주저앉아 하늘에 무수히 박혀있는 별들을 세기 시작했다.

"마시면서~ 배우는~ 랜덤~ 게임!"

벌써 12시가 지났건만 사람들은 지치지도 않는 모양이었다. 민아는 문밖에서부터 들리는 왁자지껄한 웃음소리에 힘없이 웃으면서 펜션 안으로 들어섰다.

낭만을 즐긴다며 개천을 뛰어다니고 물 위에 앉기까지 했더니 그야말로 물에 젖은 생쥐 꼴이었다.

민아가 온몸을 사시나무처럼 떨면서 펜션 안으로 들어섰지만 어느 누구도 걱정하는 말 한마디 꺼내지 않았다. 다들 게임에 너무 집중해 있는 탓도 있었고 전부 어느 정도씩은 취해있어서 주위 상황을 제대로 인지하지 못하는 탓도 있었다.

민아는 사람들이 자기를 신경 쓰든 말든 바로 여자 방으로 뛰어 들어갔다.

일단 수건으로 몸을 좀 닦아내야 할 것 같았다.

방에는 피곤하거나 아니면 너무 취해서 곯아떨어진 사람들이 서너 명 정도 자고 있었다.

민아는 그들의 잠을 깨우고 싶지 않았기에 불을 켜지 않고 문을 살짝 열어둔 채 문틈으로 새어나오는 불빛에 의지해서 자신의 가방을 뒤지기 시작했다. 그러나 조심한다고 해도 부스럭거리는 소리 때문인지 가방 옆에서 자고 있던 신입생이 뒤척이며 잠에서 깨어났다.

"어…… 누구지? 민아 선배?"

"미안, 미안. 수건만 꺼내고 나갈게. 깨워서 미안해."

신입생은 잠결에 양손으로 눈을 가리며 고개를 가로저었다. 그러고는 잠에 잠긴 목소리로 물었다.

"근데, 선배. 지금 몇 시예요?"

"잠깐만."

민아는 반사적으로 자신의 바지 주머니에 손을 가져다 댔다. 그러나 축축하게 젖은 바지 주머니를 만지는 순간, 민아는 뭔가가 잘못되었음을 깨달았다. 바지 주머니는 텅텅 비어있었다. 혹시나 해서 재빨리 뒷주머니도 뒤져보았지만 주머니 어디에서도 휴대 전화를 발견할 수 없었다.

"어……. 잠깐만, 나 핸드폰이……. 없어."

"네?"

후배는 놀라서 되묻더니 결국 자리에서 일어났다. 민아는 그런 그녀의 어깨를 누르며 다시 재우려고 했으나 후배는 원래 일어나려고 했었다며 이부자리 위에 양반다리로 앉았다.

"정말 없어요?"

"내가 어디다가……."

아. 기억을 더듬던 민아는 간신히 아까의 일을 떠올렸다. 휴대 전화가 물에 젖을까 봐 개천에 있는 바위에 올려놓고는 바보같이 가져오는 것을 까먹은 것이다. 민아는 거기까지 다시 가야 한다는 사실에 앓는 소리를 내며 제 머리칼을 휘저었다.

"선배? 어디다가 놨는지 기억 안 나요?"

"아냐. 개천 돌 위에 두고 온 것 같아. 지금 다시 가봐야겠다."

"개천요? 가는데 어둡지 않아요?"

"어둡기는 한데……. 아주 못 다닐 정도는 아니야."

민아의 말에 후배가 제 가방을 끌어당기더니 앞주머니에서 뭔가를 꺼내 내밀었다. 손가락 세 개만 한 조그만 미니랜턴이었다.

"그래도 이거 가지고 가세요. 싸구려라 가끔 꺼지기도 하는데 그럼 흔들면 다시 나와요."

"정말? 고마워, 영주야."

민아는 조심스레 랜턴을 받아들었다. 후배는 민아를 향해 흐뭇한 웃음을 지어 보이더니 다시 꼬물꼬물 자리에 누웠다. 민아는 후배에게 고맙다는 말을 한 번 더 하고 서둘러 펜션을 빠져나왔다.

젖은 몸에 밤바람을 맞자니 딱 얼어 죽을 것 같았다. 민아는 랜턴 불에 의지한 채 개천을 향해 빠른 걸음으로 걸어갔다. 확실히 랜턴이 있으니 훨씬 빠르게 걸을 수 있었다.

그러나 개천이 얼마 남지 않은 지점에서 랜턴은 깜빡거림도 없이 어느 순간 픽, 꺼져버렸다.

빛이 있던 곳에서 어두운 곳으로 들어서면 더욱더 안 보이기 마련이다. 민아는 순간 당황해서 자리에 멈춰 섰으나, 바로 조금만 걸으면 개천이라는 것을 알고 있기에 다시 조심스럽게 걸음을 떼기 시작했다. 처음부터 어두웠다면 멀리서 드리우는 펜션 빛만으로도 충분했을 텐데, 밝다가 어두워지니 더 앞이 보이질 않았다.

민아는 후배의 말을 상기하며 랜턴을 상하로 흔들며 걸었다. 찰칵찰칵, 랜턴 안에 있는 뭔가가 제대로 아귀가 맞지 않는지 흔들 때마다 찰칵대는 소리가 났다. 하지만 랜턴은 좀처럼 다시 켜지지를 않았고, 민아는 어느새 개천에 도착해있었다. 발에 닿는 차가운 개천의 물에 그녀는 다시 한 번 몸을 떨었다.

다행히도 휴대 전화는 올려놓았던 그 자리에 아무런 이상도 없이 놓여있었다. 민아는 축축한 바지 주머니에 휴대 전화를 밀어 넣고는 다시 물을 차며 개천 밖으로 나오려고 했다. 그러나 개천을 나오기 전에 그녀는 그 자리에 그대로 멈춰 섰다. 무언가가 이상했다.

춥지 않았다. 아니, 그런 말은 정확하지 않았다. 추위를 느낄 수가 없었다. 민아는 입술을 악물었다.

물이 차갑지 않았다. 미지근했다. 밤공기도 차갑지 않았다. 살갗위에 더는 추위로 인한 소름이 돋아나지 않았다. 오히려 거대한 무언가의 숨결 같은 후덥지근한 공기가 어디선가 불어오고 있었다. 갑작스레 머리끝에서부터 발끝까지 피어오르는 공포와 두려움이 민아를 뒤집어 삼켰다. 얼마나 입술을 꽉 악물었는지 입에서 비릿한 피 맛이 느껴졌다.

민아는 굳은 채로 자신의 발밑을 내려다보았다. 그리고, 그 순간 그렇게 흔들어대어도 켜지지 않던 랜턴에 불이 들어왔다.

물이 미지근한 것은, 당연했다. 그건 더는 물이 아니었으니까.

랜턴 불빛에 비친 것은 시꺼멓고 끈덕진, 핏물이었다. 현실감이 없을 정도로 많은 양의 피가 민아의 발을 스치며 흐르고 있었다.

–뛰어!

민아는 누군가 자신의 머리에 대고 그렇게 소리치는 느낌을 받았다. 도망가야만 했다. 어린아이라도 알 수 있는 행동지침이었다. 그러나 민아의 발은 누군가 붙잡고 있는 듯 떨어지지가 않았다. 민아는 몇 걸음 어설프게 움직이다 핏물에 엎어졌다. 청바지와 하얀 카디건 위로 시뻘건 핏물이 서로 경쟁이라도 하듯 빠르게 물들었다.

"뭐야, 뭐야, 뭐야……."

현대에 살아가는 이들이 그렇듯, 민아도 하루가 멀다 하고 범죄나 사고에 관한 뉴스를 접했다. 그때마다 민아는 자신도 언젠가 그런 일에 말려들면 있는 힘껏 도망가야겠다고 생각했다. 민아는 빠른 발을 가지고 있었다. 초등학생과 중학생 때까지 취미로 수영을 했었고, 지금은 소프트볼을 하고 있었다. 오래 달릴 체력도 있었고 또래의 여자들 중에서는 빠른 축에 속했다. 그래서 민아는 만약 자신에게 그런 상황이 온다면 다른 이들과는 다르게 도망칠 수 있을 거라고 생각했다.

그러나 지금 그녀는 자신의 그런 생각이 틀렸음을 더없는 두려움 속에서 깨달아야 했다. 발이 움직이지 않았다.

두려움이 민아를 움직이지 못하게 붙잡고 있었다. 민아의 입만이 도움 안 되고 쓸모없는 말만을 반복하고 있을 뿐이었다.

"아니야……. 이건 아니야……."

"-- --------!"

민아의 억눌린 목소리와 함께 다른 누군가의 외침 또한 울렸다. 그러나 민아는 그 외침을 미처 인식하지 못했다. 무언가 커다란 앞발 같은 것에 맞아 그대로 날아갔기 때문이었다. 정통으로 맞은 것은 아니었지만 민아는 공중에 떠올랐다가 바닥에 강하게 내팽개쳐졌다. 커다란 물소리와 함께 민아는 핏물 위로 엎어졌다. 민아는 그 일렁이는 핏물 사이로 수십 개의 번쩍이는 붉은 눈을 가진 거대한 검은 늑대를 보았다.

그녀는 바닥에서 허우적거리다가 일어나 비척비척 도망가기 시작했다. 하지만 그것도 소용없이, 바로 뒤에서 거친 숨이 훅하고 불어왔다.

'있을 수 없어…….'

민아는 그 생각을 끝으로 발밑이 꺼지는 느낌과 함께 정신을 잃었다. 비상식적이고 이해가 되지 않는 일, 그러니 꿈일 거라는 그런 생각을 마지막으로 민아는 어둠 속으로 말려들어 갔다.

유루스는 자신이 쌓아온 것들을 지켜보는 것을 좋아했다. 가진 건 몸뚱이밖에 없었던 자신이 누구의 도움도 받지 않고 스스로 얻어낸 모든 것들. 그는 그것들을 무엇보다도 사랑했다. 누가 지금의 자신에게서 옛날의 그 더러운 부랑자의 모습을 보겠는가. 누가 다시 그를 경멸하고 멸시하겠는가.

하루 벌어 하루 먹고 살던, 오늘 먹어도 내일 먹을 걱정에 행복할 수 없던 비렁뱅이는 이제 없었다. 그럼에도 그는 가끔씩 자신이 예전의 그때로 돌아가면 어쩌나 하는 불안에 고통스러워했다.

그는 다시는 그런 바닥으로 떨어질 수 없었다. 그러기 위해서는 돈뿐만이 아닌, 다른 것들이 더 필요했다.

"믿을 수 없군."

젊은 상인 유루스가 한쪽 눈썹을 슬쩍 올리며 뱉은 말이었다. 유루스의 부하 지오는 아무 말도 하지 않고 가만히 자리를 지키고 서 있었다. 애초에 주인이나 부하나 그렇게 말이 많은 성격은 아니었다. 그러나 지오가 그에게 거짓말을 할 리가 없다는 건 두 사람 모두 잘 알고 있는 사실이었다. 유루스는 서류로 다시 시선을 떨어뜨리며 고개를 끄덕였다.

"하지만 네가 진짜라면 진짜겠지. 그건 정말 대단한 상품이야. 정말 잘했다, 지오. 그래서 그 「방문자」는 어디다 뒀지?"

"이번 원정에서 잡아온 여자 야만인들과 함께 두었습니다. 아마도 유루스님께서 이번 경매의 특별 상품으로 내놓으실 듯하여서."

남들보다 머리 두 개는 더 큰 듯한 키의 지오는 고개를 숙이며 자신의 주인에게 공손히 대답했다. 지오 나름대로는 늘 하던 대로 상품을 상품장에 넣어둔 것뿐이었지만, 유루스에게는 별로 만족스럽지 못한 대답이었다.

"그걸 이 조그만 시장바닥 경매에? 그건 너무 아까운 짓이야."

유루스는 한 손으로 책상을 톡, 톡 두드리기 시작했다. 그의 옷자락에 걸려있는 금과 은의 장식품들이 그의 움직임에 따라 짤랑이는 가벼운 소리를 내었다. 흰색의 벨로드 전통 복장 차림의 유루스는 짐짓 멍청한 벼락부자처럼 보일 정도로 자신을 과하게 꾸며놓고 있었다.

사실 그는 정말 벼락부자이기는 했다. 그는 도박으로 얻어낸 척박한 황무지에서 온드로드꽃의 재배에 성공한 「합법적인」 마약 장사꾼으로, 5년 만에 벨로드에서 다섯 손가락에 꼽힐 정도의 대상으로 자랐다. 하지만 유루스는 운으로 이뤄진 상당수의 다른 벼락부자들과 달리, 멍청하다고는 할 수는 없는 인물이었다.

"지금 당장 거기서 꺼내오도록 해. 이 경매에는 내놓지 않을 거야."

지오는 유루스에게 고개를 숙여 복종의 뜻을 표했다. 그리고 잠시의 지체도 없이 유루스의 명을 수행하기 위해 걸음을 옮겼다.

유루스는 그런 지오를 힐끔 쳐다보다가 그 또한 다시 보던 서류로 시선을 옮겼다. 온드로드꽃 재배 성공에 이어 「방문자」를 획득하다니, 아무래도 운명의 여신은 이 유루스 이올라긴의 손을 들어주고 있는 것이 확실한 듯했다.

유루스는 가볍게 입꼬리를 올렸다.

텁텁하다 못해 맵기까지 한 곰팡내와 돌바닥 사이사이로 수증기처럼 올라오는 물비린내가 지독했다. 그뿐이랴, 여자와 겨우 두 팔 길이로 떨어진 곳에는 가득 차다 못해 넘쳐흐르는 요강이 있었다. 곰팡내, 물비린내와 오래되어 썩어가는 그 배설물들의 악취까지 더해진 이곳은, 여자의 인생 그 어느 때도 겪어보지 못한 지옥이었다.

여자는 무릎을 세우고 구석 자리에 등을 기댄 채 앉아있었다. 그녀는, 이곳의 다른 여자들과는 사뭇 달라 보이는 데가 있었다. 일단 다른 이들처럼 가죽만 남을 정도로 마르지 않았고, 산발에다가 푸석푸석한 머리칼을 지닌 다른 여인들과 달리 차분하고 부드러운 검은 머리칼을 늘어뜨리고 있었다.

하지만 역시 가장 눈에 띄게 다른 것은 그녀의 옷차림이었다. 그녀는 다리에 딱 달라붙는 청바지와 조금은 넉넉해 보이는 셔츠를 입고 있었다. 어느 곳에서는 전혀 특이할 것 없는 옷차림으로 생각될 테지만, 지금 이곳에서는 아니었다. 그녀 외의 다른 사람들은 모두 땟국물 진 천 쪼가리를 걸치고 있었다.

다른 여자들과 이 여인 사이에는 마치 보이지 않는 벽이라도 있는 듯, 아니면 이 여인이 어떤 전염병이라도 가지고 있는 듯, 다른 여자들은 그 여인과 떨어진 곳에 모여 경계와 악의에 가득 찬 눈빛으로 그녀를 바라보았다.

"저 여자, 아무래도."

"그렇지."

"「방문자」가 분명하지."

여자들은 그 특이한 여자를 「방문자」로 결론 내린 모양이었다. 아닌 게 아니라, 그녀는 정말 이들이 말하는 「방문자」였다. 그녀는 여인들의 말대로 다른 세계에서 떨어진 사람이었고, 이번 원정에서 건져낸 가장 값비싼 상품이었다.

여자는 고개를 자신의 무릎 속에 파묻은 채 좀처럼 들려고 하지 않았다. 아니, 애초에 눈조차 제대로 뜨려고 하지 않았다. 마치 정신을 놓은 사람이나 죽은 사람처럼 보일 정도였다. 가끔 그녀의 숨결에 따라 가냘프게 오르락거리는 등줄기만이 그녀가 지금 죽지 않고 삶을 붙들고 있음을 알려주었다.

실제로 그녀는 자신 주변의 그 어떤 상황에도 제대로 반응하지 않았다.

누군가가 자신에 대해 수군거려도 들리지 않는 듯했고, 다른 이가 말을 걸어도, 아니면 지금처럼 거친 용병 몇이 시끄럽게 창살 문을 두드리며 고함을 쳐도 꼼짝도 하지 않았다.

"야. 거기 「방문자」. 주인님이 부르신 댄다. 빨리 나와."

몇 번을 불러도 반응이 없자 용병들은 짜증스럽다는 듯 철창을 발로 힘껏 걷어찼다. 그와 동시에 안에 갇힌 여인들이 날카로운 비명을 지르며 자기들끼리 끌어안으며 몸을 움츠렸지만, 여자는 여전히 죽은 듯 아무런 움직임도 보이지 않았다.

결국 용병들은 자물쇠를 열고 직접 창살 안에 들어가 여자를 끌어낼 수밖에 없었다. 여자의 팔을 거칠게 잡아당기며 일으켜 세우자 그제야 그녀의 입에서 고통에 찬 신음이 새어나왔다. 그러나 남자들은 그런 신음에도 아랑곳하지 않고 우악스럽게 그녀를 짐짝 다루듯이 철창 밖으로 끌어냈다.

여자는 어떠한 반항의 기색을 보이지 않았지만 그렇다고 순응하는 것도 아니었다. 그녀는 어딘가 정신이 나간 사람 같아 보였다. 쉴 새 없이 고개를 흔들면서 알 수 없는 말들만 중얼거렸다. 그러나 그런 그녀를 걱정하는 사람은 그 지하감옥 어디에도 없었다.

민아는 기억을 돌이켜보고 또 돌이켜보았다. 눈을 감은 순간에도 눈을 뜬 순간에도 단지 과거의 기억만을 되새겼다. 그 날 자신은 어디에 있었는지, 무엇을 했는지, 누구와 있었는지, 단 1초도 놓치지 않으려고 수백 수천 번을 돌이켜 떠올렸다. 하지만 그러면 그럴수록 자신의 기억을 믿을 수 없었다.

그 날 민아는 대학 동기들과 같이 엠티를 갔고, 늦은 밤 잃어버린 휴대 전화를 찾으러 펜션을 나왔다.

찬바람이 젖은 몸을 얼릴 듯 불었고, 랜턴마저 고장 나 어둠 속을 걸어야 했다. 게다가 차가운 바위 위에서 잃어버렸던 휴대 전화를 발견하는 순간, 발목에 감겨오는 그 끈적하고도 답답한 기분이란 평생토록 잊혀지지 않을 것이었다.

그녀는 재빨리 자리에서 도망가려고 했지만 몸이 쉽게 움직이지 않았다. 자신의 몸인데도, 마치 남의 것인 것처럼 굳어 바닥에 붙어버린 듯했다.

어두운 밤 속에서 빛나는 눈들이 있었다.

눈들, 자신을 쳐다보는 수십 개의 눈들. 그러나 그 눈들은 단 하나의 검은 덩어리에 박혀있었다. 수십 개의 눈을 가진 거대한 검은 늑대는 커다란 입을 벌리고 불쾌한 숨을 민아에게 내뿜으며 다가왔다. 현실감 따위는 예전에 아득하게 날아가 버린 지 오래였다.

그 괴물에게 맞아 넘어졌던 민아는 자리에서 일어나 무작정 달리기 시작했다. 신발이 핏물에 젖어서 첨벙거렸고 민아는 살려달라고 있는 힘껏 소리 질렀다.

그러나 뒤에서 쫓아오는 숨결이 어찌나 빠른지 그녀는 얼마 도망가지 못하고 순식간에 따라잡히고 말았다. 바로 등 뒤에서 괴물이 더운 숨을 훅하고 뿜어내는 그 순간, 민아는 갑자기 밟고 있던 땅이 무너지는 것을 느끼며 어디론가에 끌려들어 간다는 느낌을 받았다.

그것이, 민아가 정신을 잃기 전까지 기억하는 전부였다.

용병들이 민아를 끌고 간 곳은 지하감옥과는 판이한 아름답고 깨끗한 저택이었다. 전체가 하얀 돌로 지어진 저택은 문양이 화려한 커튼이나 카펫 등으로 잘 꾸며져 있었다. 그들은 여러 개의 문을 지나 도착한 가장 커다란 방 안으로 민아의 등을 떠밀어 집어넣었다.

방 안에는 검은 머리칼의 남자 한 명이 책상에 앉아 있었는데, 남자의 등 뒤로 나 있는 기다란 창에서 늦은 오후의 붉은 햇빛이 비쳐 들어 오고 있었다. 그는 그녀가 방에 들어오고도 한참이나 책상에 있는 서류에서 눈을 떼지 않고 있다가 서류를 다 읽은 다음에야 고개를 들었다.

남자가 천천히 자리에서 일어났다.

햇빛이 바로 그의 등 뒤로 내리쬐고 있었기에 민아는 그의 얼굴을 제대로 볼 수 없었다. 다만, 그의 키가 아주 큰 편이라는 것만은 알 수 있었다. 그는 민아의 얼굴을 한참 동안 바라보다가 느릿하게 입을 열었다.

"생각보다도 젊네."

민아는 여전히 얼굴을 찡그린 채 고개를 미약하게 흔들고 있었다. 그녀는 불안감을 감추지 못한 채 두 손을 가슴 앞으로 모아쥐고 남자를 쳐다보았다.

남자는 한 걸음씩 천천히 민아에게 다가갔다.

방 전체에 깔린 녹색의 카펫 덕분에 발걸음 소리는 나지 않았지만 그가 발을 내디딜 때마다 그의 몸에 있는 장신구들끼리 부딪쳐 청량한 소리가 울렸다. 민아는 두려움에 그를 힐긋거리며 쳐다보다가 그의 옅은 갈색의 눈과 시선이 잠깐 마주쳤다. 그녀는 반사적으로 뒷걸음질을 쳤다.

그녀가 여기 와서 가장 먼저 배우게 된 것은 도망가 봤자 소용이 없다는 것이었다.

민아는 이 땅에 떨어지자마자 사람들에게 「사냥」 당했고, 그때 이미 도망쳐볼 만큼 도망쳐봤다. 그녀는 두 번의 탈출 시도 끝에 도망이 무의미하다는 것을 알았다. 등 뒤로 단단한 문이 닿고 나서야 그녀는 더는 그에게서 달아날 수 없음을 다시 한 번 깨달았다. 그녀는 익숙한 체념의 감정을 얼굴에 띄우며 고개를 숙였다.

그런 그녀의 고개가 다 떨어지기 전에, 남자가 그녀의 턱에 손을 가져다 대었다. 그의 손에 힘이 들어갔지만 민아는 반항하지 않았다. 그는 그녀의 턱을 들어 올려 여자의 얼굴을 천천히 돌려가며 자세히 살펴보았다. 상처도 없고, 잡티도 없이 깨끗한 그녀의 피부에 남자는 조금 놀란 듯 한쪽 눈썹을 살짝 들어 올렸다.

"게다가 상태도 괜찮아 보이고."

남자는 다시금 무어라 말을 했지만 민아는 무슨 말인지 알아들을 도리가 없었다. 그의 말은 그녀가 살아오면서 들어봤던 그 어떤 언어도 아니었다.

심지어 이곳에서는 영어도 통하지 않았다. 민아는 지금껏 만나왔던 사람들과는 조금 달라 보이는 이 남자에게 영어로 도움을 청해 볼까, 잠깐 생각했으나 미처 그러지 못하고 다시 입을 다물었다. 이제 와서 어떤 식으로든 자신을 구하려고 시도하기에는 그간의 비인간적인 대우와 폭력에 너무나 기가 죽어 있었다.

그가 정말 자신을 도와줄 생각이 있었다면 처음부터 영어로 말했겠지. 민아는 무력한 자신을 합리화시키며 가만히 그가 내릴 자신의 처분을 기다리기로 했다.

“그냥 방문자도 아니고 젊은 여자 방문자이니 더 좋은 값을 받을 수 있겠군.”

그가 지금 어떤 말을 지껄이는지 모르는 것이 차라리 그녀에게는 다행일지도 몰랐다. 그는 민아를 향해 혼잣말을 하다가 갑자기 그녀를 보며 말을 걸었다.

“혹시 뭐 잘하는 것이라도 있나?”

민아는 당연히 알아듣지 못했다. 그는 대답이 없는 민아를 물끄러미 쳐다보다가 이윽고 뭔가 알겠다는 표정을 지었다. 그는 그가 앉아있던 책장으로 다시 걸어가더니 책장서랍을 뒤지기 시작했다. 그는 잠시 후 서랍에서 작고 화려한 백색 상자를 꺼내서 민아 쪽으로 돌아왔다.

그는 상자의 봉인을 열더니 안에서 붉은색 보석 목걸이를 꺼냈다. 그리고 한 점의 망설임 없이 그녀의 목에 그 목걸이를 걸어주었다.

민아는 갑작스럽게 높은 산에 올라갔을 때처럼 귀가 막히는 느낌에 얼굴을 찌푸렸다. 그러나 그 느낌은 그렇게 오래가지 않았다.

"그래, 맞아. 잊고 있었어. 방문자들은 제국어를 알아듣지 못한다고 하더군."

민아는 그가 앞에 뭐라고 말했는지는 듣지 못했으나, 뒷부분은 어렴풋이 알아들었다. 그리고 그 사실에 놀라 눈을 크게 뜬 채로 남자를 바라보았다.

"그래. 이제 좀 알아듣겠어?"

이제 민아는 남자의 말을 확실하게 알아들을 수 있었다.

그의 물음에도 그녀는 너무 놀라 대답을 하지 못하다가 한참의 시간이 지난 다음에야 쥐구멍에 들어가는 듯한 목소리로 짧게 대답했다.

"네."

말이 통하자 갑작스럽게 더 이상은 말라서 나오지도 않을 거로 생각했던 눈물이 다시금 터져 흘렀다

"네, 네. 알아들을 수 있어요."

눈물은 쉽사리 멈추지 않았다. 그녀는 폭포수처럼 쏟아지는 눈물을 손으로 닦아내며 얼굴을 가렸다. 이제는 히끅대며 소리까지 울기 시작한 그녀에게 남자는 품속에서 손수건을 꺼내 건네주었다.

그가 건네주는 손수건을 받으며 민아는 몇 번이고 고개를 숙여 감사하다는 말을 되풀이했다.

“감사합니다, 감사합니다. 저 정말 무서웠어요. 여기 사람들이 전부 다 말이 안 통해서, 집에 가고 싶은데. 집에 가게 대사관에 전화 한 번만 해주시면 정말 제가 평생 그 은혜 잊지 않을게요. 감사합니다, 감사합니다.”

그동안 하고 싶어도 들어주는 이가 없어서 하지 못했던 말이 쉴 새 없이 민아의 입에서 쏟아져 나왔다. 그녀는 여기가 어디인지는 모르고 단순히 이상한 외국이라고만 생각하고 있었다.

이제야 말이 통하는 사람을 만났으니 집에 갈 수 있을 것이다. 아무리 그래도 웬만한 나라라면 한국대사관은 있을 것이니 그들과 전화통화 한 번만 한다면 대사관 직원이 와서 민아를 구해줄 터였다.

지금껏 포기하고 있었는데 지금에야 간신히 집에 갈 수 있다는 희망이 비쳤다.

“집에 가고 싶다고? 그건 좀 어렵겠는데…….”

“네?”

남자는 표정 하나 변하지 않고 민아를 쳐다보았다. 그의 말은 어딘지 심상치 않게 느껴지는 데가 있어서 민아는 불현듯 불안해졌다.

그는 조심스럽게 민아의 손을 잡았다. 그리고 그녀의 손바닥을 위로 해서 가만히 내려다보았다.

“일을 해본 적도 없는 손이군. 좋은 집에서 자랐겠어.”

불안함이 자꾸만 무게를 더해서 민아는 더는 감히 뭐라고 입을 열 수가 없었다. 민아는 그를 다시금 조심스럽게 살펴보았다. 그의 얼굴은 여전히 무표정했기에 속을 전혀 짐작도 할 수 없었다.

"그런 좋은 집을 여기서도 찾을 수 있게 노력하도록 하마."

그는 민아의 손바닥을 바라보던 시선을 천천히 들어 그녀를 똑바로 바라보았다. 남자의 옅은 갈색 눈에서는 어떤 적의도 위협도 보이지 않았지만 그럼에도 민아는 그가 두렵다고 느꼈다.

"새로운 집에 금방 적응하게 될 거야."

"저기……. 지금 무슨 말씀을 하시는 거예요?"

그가 하는 말을 전혀 이해할 수 없었기에, 민아는 용기를 내어 남자에게 질문을 던졌다. 눈을 마주치는 것은 무서웠지만 그래도 시선을 피하지 않기 위해 노력하며 그를 마주 보았다. 그러면서 민아는 그에게 잡힌 손을 힘주어 빼내었다.

그는 민아가 자신의 손을 뿌리치자 조금 놀란 것으로 보였다. 아니면 민아의 질문에 놀랐을지도 모르겠다. 어쨌든 남자는 바로 대답하지 않고 그저 물끄러미 민아를 쳐다보았다. 그는 민아를 한참이나 쳐다보고 또 쳐다보았다.

민아만이 지금 이 상황에 낯뜨거움으로 어쩔 줄 몰라 당황스러워하며 침묵을 견뎌내고 있을 뿐이었다.

한참을 말이 없던 남자가 마침내 입을 열고 꺼낸 말은 민아의 질문에 대한 답도, 도와주겠다는 친절한 말도 아니었다. 그는 여전히 알아들을 수 없는, 민아에게는 이상하게만 들리는 말을 했다.

"네가 이곳에 와서 기뻐."

민아는 이번에는 아무 말도 꺼내지 못했다. 직감적으로 그가 민아의 어떤 질문에도 제대로 대답하지 않을 것이라는 걸 깨달았기 때문이었다. 그녀는 자신의 혼란스러움을 감추기 위해 안간힘을 쓰며 단지 이 모든 상황에서 똑바로 서 있기 위해 노력했다.

민아는 머리가 타들어 갈 것 같은 분노를 느꼈다. 눈앞의 받아들일 수 없는 현실에 분개했기 때문이었다.

그녀는 그 이상했던 남자와의 짧은 만남 뒤, 이 저택의 하녀들을 통해 자신의 처지를 대충이나마 들을 수 있었다. 처음에 하녀들은 아무 대답도 해주지 않으려 했지만 민아의 끊임없는 질문에 결국 그녀가 주인의 노예이고 곧 팔려 가리라는 것만을 알려주었다.

사람을 사고판다고? 어떻게 그런 것들이 용납될 수 있지? 도대체 무슨 권리로 그들이 자신을 팔 수 있단 말인가?

민아는 머리를 감싸 쥔 채 쓰러져 한없이 오열했다. 그녀는 자신의 처지가 가여워 세상을 저주하고 또 저주하다가 결국에는 손가락 하나도 들 수 없을 만큼 탈진해 버렸다.

물론 지하감옥과는 달리 그런 그녀를 돌보아주는 사람이 있었다. 민아는 차가운 물수건으로 열이 오르는 자신의 뺨을 닦아주는 중년의 여자를 힘없이 바라보며, 그나마 희귀한 노예로 좋은 대접을 받는 것을 감사해야 하는가, 하는 자조적인 생각에 잠겼다.

그랬다.

민아는 가슴 깊은 곳에서 그래도, 비록 노예라도 그 끔찍했던 지하 감옥에서 벗어나게 되어 다행이라고 여기고 있었다. 만약 지하 감옥이라면 그녀의 상태는 더욱 악화됐을 것이다.

이곳에 온 지 얼마 되지도 않아 자신은 많은 것에 굴복했다. 그리고 이제는 자신의 자유마저 그나마 얻은 처지에 감사하며 버리려고 하고 있었다. 민아 자신이 떠올리고도 놀랍고 경멸스러운 생각이었다.

어느 정도 기력을 회복하자 민아는 자신을 짓누르고 있던 패배적인 생각들을 조금 떨쳐낼 수 있었다.

상황은 더 나아졌다. 적어도 자신 앞을 가로막던 창살은 사라지지 않았는가. 자신을 돌보아주던 사람들이 모두 나가고 혼자만 남게 된 민아는 재빨리 방 안을 둘러보며 쓸만한 것들이 없나 찾아보기 시작했다.

민아가 지금 머물고 있는 곳은 아무래도 노예들을 위한 방은 아닌 듯 깔끔한 디자인의 몇 가지 가구들로 장식되어 있었다.

민아는 옷장이며 장식장 같은 가구들을 뒤졌으나 그다지 탈출에 유용해 보이는 물건은 없었다.

그녀는 아무래도 무기로 쓰는 것은 무릴 거라는 생각을 하면서도 책상 서랍에서 꺼낸 펜촉을 살피다가 갑자기 방 앞으로 다가오는 누군가의 발소리에 놀라 펜을 던지듯이 서랍에 쑤셔 넣었다. 책상 서랍을 거칠게 밀어 닫자마자 바로 방문이 열렸다.

방문을 열고 들어온 사람은 하녀들도, 어제 보았던 금은 장신구들을 단 화려한 남자도 아닌, 처음 보는 푸근한 인상의 젊은 여성이었다. 그녀는 책상 뒤에 엉거주춤 서서 놀란 기색을 숨기지 못하는 민아를 보며 기쁜 듯이 말했다.

"건강해 보이는군요. 하녀들의 말로는 아프다고 들었는데. 지금은 많이 괜찮아졌나 봐요."

방에 들어온 것은 그녀 혼자였다. 청록빛의 단정한 드레스를 입은 여성은 생글생글 웃으며 방 안으로 몇 걸음을 더 디뎠다.

"처음 뵙겠어요. 전 라일라라고 해요. 유루스님의 명으로 당신을 가르치러 왔어요. 비록 일로 만나는 것이기는 해도, 이렇게 방문자를 만나게 돼서 무척 기뻐요."

여자가 말할 때마다 부산스레 몸을 움직였기 때문에 그녀의 곱실거리는 황금빛 머리카락이 계속해서 흔들렸다. 민아를 만나 기쁘다는 말은 진심인 듯, 라일라의 얼굴은 흥분과 기쁨으로 살짝 상기되어 있었다. 그녀에게서는 민아가 그간 만났던 대부분의 사람에게서 느꼈던 혐오나 경멸 같은 시선을 찾을 수 없었다.

오랜만에 보게 된 순수한 호의였기에 민아 또한 마주 웃어주고 싶었지만, 그녀의 마음처럼 쉽게 웃음이 지어지지가 않았다. 민아는 경계의 기색을 감추지 않으며 질문을 던졌다.

"유루스님이라고요?"

"아……. 어제 뵙지 않았나요? 이 저택의 주인이신, 키가 큰 검은 머리의 남자분 말이에요."

지금까지 유루스란 이름은 몇 번 들어본 적이 있었지만 그 이름이 이 저택 주인의 이름일 줄은, 게다가 어제 만났던 그 남자의 이름일 것이라고는 짐작도 하지 못했다.

민아는 어제 만났던 그 이상한 남자를 떠올렸다. 자신과 별로 나이 차이가 나지 않아 보였던 그 남자는 많아 봐야 20대 후반 같아 보였는데, 아마도 부모를 잘 만난 모양이었다.

확실히 그가 입은 옷이나 장신구가 주변 사람들과는 좀 다르게 잘 산다는 느낌이 확 들었다. 생김새 또한 날카로운 인상이기는 해도 이목구비도 뚜렷하고 꽤 잘생긴 얼굴이어서, 요새는 부자들이 얼굴도 잘생겼다는 말이 진짜구나 싶기도 했다.

"유루스님께서는 당신이 이곳 벨로드의 문화나 풍습, 예절에 대해서 알기를 원하세요. 저는 그런 것들을 당신에게 알려드릴 거고요. 아마도 여기는 당신이 살던 곳과는 많이 다를 거예요. 그렇죠?"

"벨로드? 그게 이 나라의 이름인가요?"

"네. 카이아 제국령이에요. 그래서 우리는 제국어를 쓰고요."

"카이아 제국?"

"네. 카이아 제국. 우리가 천천히 배워나갈 것들이 이런 것들이랍니다."

라일라는 조곤조곤한 목소리로 말하며 방의 한쪽 구석에 있는 테이블로 민아를 이끌었다. 부드럽게 팔을 잡아끄는 그녀의 손바닥은 적당히 살이 올라 포근하고 고운 느낌이 들었다. 민아는 라일라가 이끄는 대로 테이블 의자 양편에 그녀와 함께 마주 보고 앉았다.

민아는 테이블 쪽으로 걸어가는 짧은 시간 동안 카이아 제국이나 벨로드란 나라 이름을 들은 적이 있었나 필사적으로 생각해보았지만 아무래도 생전 들어본 적이 없는 것 같았다. 이럴 줄 알았으면 평소 세계지리에 관심을 가져볼 것을 그랬다.

이곳은 차 단 한 대도 보이지 않았고, 대부분이 비포장도로인 것으로 보아 그다지 발전된 국가는 아니었다. 무엇보다도 노예제도가 아직 남아있고, 그녀를 「사냥」한 사람들이 그녀에게 목줄을 걸어 끌고 다니던 것 등을 떠올려보면 인권에 대한 인식이 심하게 낙후된 국가라는 사실 또한 알 수 있었다. 하지만 그뿐이었다.

결국 민아는 그나마 자신에게 친절한 라일라에게 얻어낼 수 있는 정보를 가능한 한 얻어 보기로 마음먹었다.

"미안해요. 난 이 벨로드나 카이아 같은 나라는 여태까지 한 번도 들어본 적이 없어요. 여기에 어떻게 오게 됐는지도 기억나지 않고요. 정신을 한 번 잃었다가 눈을 떴을 때는 사막이었거든요. 아주 이상한……."

민아는 자신이 이곳에 오게 된 뒤 처음 보았던 광경을 떠올리며 잠시 말을 멈췄다. 생각하면 생각할수록 기괴한 풍경이었다. 민아가 평생 알고 있었던 사막은 옅은 갈색 모래들로 가득 찬 공간이었지만, 민아가 눈을 뜬 사막은 그렇지 않았다. 그렇기에 그녀는 맨 처음 자신이 꿈을 꾸고 있다고 생각했다.

민아가 본 것은 푸른 모래사막이었다. 정확히는 백색에 가까우면서 푸른빛이 살짝 도는 모래들로 가득 찬 사막이었다.

라일라는 민아가 하던 말을 끝내기를 끈기 있게 기다렸다. 잠시 말을 잃고 자신이 보았던 푸른 사막을 떠올리던 민아는 곧 정신을 차렸다.

"지금도 믿을 수 없어요. 눈을 뜨니까 전 푸른 사막에 있었어요. 제가 본 게 정말 푸른 사막이었을까요?"

"푸른 사막이 신기한가요? 당신이 사는 곳의 사막은 어떤 색이었기에?"

"네? 사막은, 옅은 갈색이 아닌가요? 사실 직접 본 적은 없지만 그래도 제 상식으로는 옅은 갈색이에요. 다른 색도 있을지 모르겠지만 그래도 푸른색의 사막이 있다는 건 평생 들어본 적이 없어요."

"저도 신기해요. 푸른색이 아닌 다른 사막의 이야기라니."

라일라는 한 손으로 턱을 괴며 꿈을 꾸는 듯한 표정을 지었다. 민아는 그런 그녀의 반응에 당황을 넘어 약간 불쾌해졌다. 라일라가 자신에게 장난을 치는 것처럼 느꼈기 때문이었다. 하지만 민아는 그런 감정을 떨쳐내려고 노력하면서 화제를 전환했다.

"그나저나 이곳의 위치는 어떻게 되죠? 한국하고 얼마나 떨어져 있어요?"

일반적으로는 미국 같은 나라를 더 잘 알고 있을 테지만, 민아는 그래도 한국에 대한 말을 꺼냈다.

어느 순간부터 말이 통했기 때문이었다. 한국어를 할 줄 아니 당연히 한국에 대해서도 알겠지. 하지만 라일라는 그녀의 말에 고개를 절레절레 저을 뿐이었다.

"아니, 아니에요. 뭔가 이상하다고 했더니, 당신은 아직 여기가 정말 어디인지조차도 모르는군요."

"네? 조금 전에 말했잖아요. 카이아의 벨로드라고."

"그런 걸 말하는 게 아니에요."

라일라의 얼굴에 잠시 연민이 스쳐 지나갔다. 그녀는 뭐라 말하려다가 잠깐 멈칫하고 이제야 민아의 이름을 물었다.

민아, 김민아. 민아는 짧게 자신의 이름만을 대답했고 라일라는 그녀의 이름을 듣고 아름다운 이름이라며 미소를 지었다. 그녀는 잠시 입술을 살짝 깨물었다가 다시금 이야기를 시작했다. 그녀의 태도는 민아를 아무것도 모르는 어린애처럼 대하는 것 같았다.

"그러니까, 민아. 제가 말하고자 하는 건, 당신은 지금 당신이 살던 곳과는 아주 다른 세계에 와있다는 거예요."

무슨 말인지 도통 알 수 없었기에 민아는 그저 멀뚱히 라일라만을 바라보았다. 머릿속에서 들었던 말을 정리하려고 했지만 쉽게 되지 않았다. 다른 세계라니, 그게 무슨 말인가.

"당신은 달의 문에서 온 방문자랍니다."

민아는 여전히 라일라의 말에 어떤 반응도 보이지 않았다.

라일라는 충분히 예상했던 일이라는 듯 오른쪽 어깨를 한번 으쓱였다. 그녀는 희고 통통한 손을 뻗어 민아의 손을 마주 꼭 잡았다.

그러고는 여전히 다정하게, 온화하게 말을 이어갔다. 하지만 그런 부드러운 태도와는 달리 그녀의 말은 민아에게는 청천벽력 같은 것이었다.

"다시 말하자면 당신은 결코 한국이란 곳으로 되돌아갈 수 없다는 거예요."

민아는 누군가에게 머리를 얻어맞은 것처럼 정신이 흐릿해지는 기분을 느꼈다.

"당신은 여기서 살아가야 해요. 이전의 방문자들이 그랬던 것처럼, 다시는 고국으로 돌아갈 수 없을 거예요."

예상치 못했던 말에 민아는 뭐라고 말도 못하고 어, 어, 어하는 소리만을 반복해서 냈다.

"걱정하지 마세요. 내가 가능한 한 도와줄게요. 예의나 태도를 잘 익히면 그렇게 험한 일은 하지 않고 살아갈 수 있을 거예요. 게다가 민아는 아름답고, 무엇보다도 흔치 않은 방문자니까 저처럼 좋은 주인님을 만나 사랑받으면서 살 가능성이 높아요. 저는 유루스님의 친구분 댁의 사람인데, 지금의 주인님을 만나고 정말 행복하게……."

"주인님이라고요?"

"네. 주인님이요. 제 주인님은 루텔가의 이카루스님인데, 정말 좋으신 분이에요. 그분은 저를 사신 뒤에 제게 낙인을 찍지도 않으셨거든요. 그래서 전 전주인의 낙인 하나밖에 가지고 있지 않아요."

라일라는 자신의 옷을 어깨 쪽으로 끌어내려 그녀의 왼쪽 흰 어깨를 드러냈다. 어깨에서 조금 내려간 부분에 무언가로 지진 듯한 흔적이 보였다. 민아는 사자의 얼굴 모양인 그 흉이 단순한 것이 아니라 누군가가 일부러 만들어낸 것이라는 걸 알 수 있었다.

노예의 낙인. 민아는 미간을 찌푸리며 눈을 질끈 감았다. 민아의 얼굴을 본 라일라가 재빨리 다시 옷을 끌어올렸다.

"이런, 제가 겁을 주었나요? 미안해요. 그래도 요새는 여자 노예들에게는 노예낙인을 찍지 않는 추세니까……. 걱정 말아요, 민아. 유루스님도, 언젠가 생길 새 주인님도 당신에게 낙인을 찍지 않을 거예요."

"그 주인님이라는 말 좀 그만해주세요!"

민아가 라일라의 말을 도중에 자르며 소리를 지르듯 입을 열었다. 라일라의 말은 민아에게 전혀 위로가 되지 못했다. 그녀는 희게 질린 채 하, 기가 찬 숨소리를 내는 것을 멈추지 못했다. 그녀의 목소리는 절망으로 심하게 떨리고 있었다.

"주인님이요? 사랑받는다고요? 그건 너무 끔찍해요. 말도 안 되는 거라고요. 어떻게 그런 말을 할 수 있죠? 그게 말이 되는 건가요? 누군가의 소유물로서 사랑받는 것이 행복하다고요? 라일라, 그건……. 너무 끔찍하다고요……."

민아는 결국 탁자에 얼굴을 묻은 채 울기 시작했다. 그녀에게 따져 물을 것은 아니었다. 라일라는 원래 노예제도가 있는 나라의 사람이고 그렇기에 그런 것을 당연하다고 생각할 수 있었다. 하지만 민아는 아니었다. 그녀는 자신의 가치관을 송두리째 뒤집는 말을 아무렇지도 않게, 웃으며 이야기하는 라일라의 모습에 큰 충격을 받았다.

라일라는 당황해서 어쩔 줄을 몰라 했다.

그녀가 민아의 등을 어루만지며 왜 그래요, 어디 아픈가요, 아직 몸이 다 낫지 않았나요, 하고 묻는 소리가 들려왔다.

민아는 그런 그녀의 목소리에 미안하다는 말을 건넸지만, 쉽사리 울음을 멈추고 고개를 들 수는 없었다. 민아는 한참이나 얼굴을 감싸 쥔 채 눈물을 흘렸다.

바람을 가르는 소리와 함께, 화살이 눈 깜짝할 새 한참 떨어진 과녁까지 날아갔다.

화살을 쏘고 미간을 찌푸린 채 그것을 바라보던 유루스의 얼굴에 곧 분한 듯한 기색이 떠올랐다.

화살은 과녁의 중앙을 약간 벗어난 곳에 박혀 있었다. 유루스의 못마땅한 얼굴과는 달리 누군가의 환호와 박수소리가 그의 뒤에서 들려왔다.

"대단하군!"

"장난치나? 정중앙이 아니면 아무 소용도 없어."

"넌 좀 이상한데 강박증이 있는 것 같아. 시작한 지 얼마 되지 않았잖아? 이 정도면 대단한 거라고."

유루스는 이제 아무런 대꾸도 하지 않았다. 그러나 여전히 뒤틀려 있는 그의 입술에서 기분이 엉망인 것을 알 수 있었다.

붉은 머리칼의 남자는 유루스의 등을 툭 치며 더 활발한 목소리를 내었다.

"이봐, 율. 얼굴 펴. 네 잘생긴 얼굴에 주름진다고. 성격이 더러우니 잘생긴 얼굴이라도 살려야지. 이제 넌 귀족 집의 자제로밖에 안 보여. 누가 널 벨로드 시골 소작농의 아들로, 7년 전의 비렁뱅이로 보겠어?"

"옛날이야기는 하지 마! 도대체 누가 그런 거지새끼였다는 거야?"

유루스는 신경질적으로 남자를 밀쳐냈다. 거의 치는 듯이 강하게 밀치는 손에 남자는 양팔을 가볍게 들어 올리며 진정하라는 동작을 취했다.

"워, 워. 그럼 내가 거짓말이라도 한다는 거야? 이거 자존심 상하는걸."

유루스는 상대하기도 짜증 난다는 얼굴로 남자에게서 등을 돌려 성큼성큼 걷기 시작했다.

이카루스 루텔은 7년 전, 유루스가 온드로드꽃의 재배에 성공했음에도 아무도 그것을 믿어주지 않고 판로조차 개척하지 못하고 있는 상황에서 함께 힘을 합쳐 판로를 뚫고, 지금의 지위까지 오르는 것을 도운 귀족 청년이었다.

그렇기에 이카루스는 유루스가 잠깐이나마 진짜 자신의 모습을 보이는 유일한 상대이기도 했다.

그가 귀족인데도 평민인 유루스와 허물없이 지내는 건 그들이 오래전부터 알고 있던 사이였기 때문이었다.

단순히 아는 사이가 아니라, 같은 나무껍질을 벗겨 먹던 가난했던 어린 시절부터 친구였다.

그는 귀족이라 해봤자 알아주지도 않는 끄트머리의 지위였고, 살던 성이라고 해봤자 다른 성에는 비교조차 할 수 없을 정도로 작은, 다 쓰러져가는 시골의 성이었다. 그나마 들어오는 쥐꼬리만 한 수입은 모조리 성을 유지하는 데 쓰여 그와 가족들은 항상 굶주려 있었다.

성이라도 팔았다면 좀 나았을 텐데, 그의 아버지는 귀족이라는 지위에 집착해 그러지를 못했다. 그들이 얼마나 끔찍하게 살았는지는 이카루스의 여덟 형제자매 중에서 오직 그와 그의 누나 한 명만이 살아남았다는 사실로 알 수 있었다. 그러니 이카루스에게는 귀족이라는 직위보다는 먹고 살 수 있는 실질적인 수단이 더 중요했다.

당연히 평민인 유루스를 친구라고 칭하며 함께 일하는데 거부감이 있을 리 없었다.

"어이, 잠깐만!"

이카루스는 자신을 두고 말을 타고 먼저 가버리는 유루스를 그 또한 말을 타고 황급히 쫓아갔다.

요즈음 둘의 가장 큰 관심사는 달의 문에서 온 방문자였다. 아무리 생각해도 이 유루스라는 놈은 행운의 여신을 꼬여내도 아주 단단히 꼬여낸 것 같았다. 온드로드꽃 재배도 그렇고 방문자도 그렇고, 남들 같으면 평생에 한 번도 오기 힘든 기회가 그에게는 왜 이리 자주 온단 말인가. 덕분에 그를 돕는 자신의 기세도 등등해지고 있었지만 그래도 이카루스는 유루스가 가끔 얄밉기도 했다.

"라일라가 그 여자 이야기를 자주 하더군. 배우는 게 몹시 빠르고 똑똑한 여자라고 말이야."

"그런가? 요새 바빠서. 지오가 보고한 그 날 한 번 보고 본 적이 없군. 아직도 어디에 넘기면 좋을까 생각하고 있어. 그나저나 라일라에게 고맙다고 전해줘. 내 이름으로 장신구라도 하나 사주고 말이야. 그런 걸 가르칠만한 여자는 흔치 않으니까."

"뭐. 그런 예절에 관해서라면 나보다도 잘 알고 있는 여자지. 어릴 때부터 대귀족 가문 영양의 몸종이었다니까 처신도 괜찮고. 나도 가끔 도움받고 있어. 그녀를 사게 된 건 정말 수지맞는 장사였다고 생각해."

유루스에게 라일라의 이야기는 전혀 관심 밖이었기에 이카루스의 말에 별다른 관심을 보이지 않았다. 유루스가 보기에 이카루스는 쓸데없는 데 정이 지나치게 많은 감이 있었다. 이카루스는 그 뒤에도 자기 사는 이야기, 주변 사람 이야기를 얼마간 더 늘어놓다가 다시 방문자 여자에 대한 이야기를 시작했다.

"아니, 그러고 보니 정말 하고 싶은 말은 이거였어. 알고 보니 나한테 좀 발이 넓은 먼 친척이 있더라고."

"흠. 그런 친척이 다 있으셨나?"

"그러게. 네 뒤꽁무니 졸졸 따라다니면서 돈 좀 만지니까 몰랐던 친척들이 우수수 생기던데?"

익살스러운 이카루스의 말에 유루스는 잠깐 바람 빠지는 듯한 성의 없는 웃음소리를 냈다.

"근데 그 친척이 자기가 카이아 제국 수도 귀족하고 발이 닿는다나. 그래 봤자 그 밑의 누군가를 알고 있다는 것이겠지만, 어쨌건."

"뭐? 수도에 거주하고 있는 귀족 말이야? 누구?"

"르네긴. 들어 본 적 있지?"

르네긴이라는 이름에 유루스는 잠시 워워, 소리를 내며 타고 있던 말을 멈췄다. 그런 유루스의 반응에 이카루스는 회심의 미소를 지었다.

"정말 르네긴하고 연결해 줄 수 있다는 거야?"

"그래. 내가 확인해봤는데 거짓말이 아니더라고. 그래서 말이야, 그 여자. 팔기보다는 르네긴에게 주는 게 훨씬 남는 장사 아니겠어?"

"잘됐네. 말이 나온 김에 그 먼 친척에게 당장 르네긴에게 연락하라고 말해둬."

"사실 그럴 줄 알고 벌써 얘기해 뒀지. 여자는 네가 직접 데려갈 거지?"

이카루스의 질문에 유루스는 뭐 그런 당연한 말을 하느냐는 표정을 지어 보였다.

"네가 없으면 이곳은 다 내 마음대로군."

유루스는 실없는 농담을 건네는 이카루스를 무시하며 다시 말을 재촉했다.

“그래서 달의 문을 통해 달의 자식들이 건너온단 말인가요?”

묻는 목소리는 사뭇 진지했다.

“네. 제가 직접 본 건 아니지만, 그게 이 세상의 상식이랍니다.”

라일라의 말로는, 민아가 이곳에 온 것은 「달의 문」이라는 이상 현상 때문이라고 했다. 달의 문은 「달의 자식」이라고 불리는 괴물들의 통로인데, 달의 자식은 사람을 먹기 때문에 이 세계 사람들에게는 공포의 대상이었다.

“그리고 저 같은 방문자들도 그 달의 문을 통해 오는 것이고.”

“그리고 달의 문은 거의 대부분이 푸른 사막에서만 열리고.”

다음에 따라올 질문을 미리 알기라도 하는 듯 라일라는 민아가 말 뒤에 곧바로 답을 내놓았다. 그러고는 어쩔 수 없다는 듯 고개를 살짝 저으면서 말했다.

“저기요, 민아. 당신 지금 다시 원래 세계로 돌아가겠다거나 그런 생각 하고 있죠?”

“네?”

"아닌 척하지 말아요. 지난 일주일간 당신이 내게 물어보는 건 그런 얘기들뿐인걸요. 내가 어떻게 이곳에 떨어졌겠느냐? 달의 문이 뭐냐? 그런 것들 말이에요."

조금 티가 나겠다고 생각은 했지만 역시였다. 하지만 민아는 포기할 수가 없었다.

「방문자」는 이 세계 사람 대부분이 그 존재를 알 정도로 종종 나타나는 모양이었다. 하지만 역사에 기술된 어떤 기록에도 방문자가 이 세계로 의도적으로 건너왔던 경우는 없었고, 전부가 원치 않게 사고로 오게 되었다고 했다. 그렇다면 다들 돌아가기 위해 노력하지 않았을까? 그 사람들의 기록 또한 남아 있지 않을까? 그 기록을 더듬어가다 보면 그녀는 돌아갈 수 있게 되지 않을까?

비록 라일라는 방문자가 자신의 세계로 돌아간 경우를 들은 적이 없다고는 했지만, 그 생각만이 민아의 유일한 희망이었다.

라일라는 입을 다문 민아의 뺨을 살며시 어루만졌다.

"낯선 세계에 떨어져서 힘들 거라는 거 알아요. 하지만 저는 당신이 이곳에 적응해 살아갔으면 좋겠어요. 자신의 의지로 달의 문을 넘는 건 지금까지 성공한 사람이 단 한 명도 없는 일이에요. 건강한 남자들도 실패했는데 어떻게 여인의 몸으로 성공할 수 있겠어요? 그리고 사실, 여기서 도망친다면 달의 문에 가까이 가기도 전에 유루스님께 다시 잡히고 말 거예요. 그분은 탈주 노예를 절대 용서하지 않아요. 그분이 얼마나 무서운지……. 아직도 동쪽의 온드로드 꽃 농장에는 효시 된 머리가 있다고요."

효시 된 머리. 국사책에서나 볼법한 표현에 민아는 몸을 떨었다. 그러나 곧 그 두려운 마음을 다잡았다. 이곳에서 무섭지 않은 것이 어디에 있단 말인가.

유루스 말고도 어차피 무서운 것 천지였다. 하지만 그중에서도 민아가 가장 무섭게 생각하는 것은 자유를 잃은 자신이었다. 그리고 그것에 순응하고 언젠가 집에 돌아가는 것을 포기하게 되는 것이었다.

민아는 그렇게 되지 않기 위해서라도 계속해서 집에 돌아가야 한다고 강박적으로 되뇌었다.

물론 지금 라일라의 의심을 키워봤자 좋을 것이 없기에 민아는 억지로 웃으며 고개를 끄덕였다.

"걱정하지 마세요, 라일라. 저도 낯선 땅에서 죽고 싶지는 않아요."

방문자는 다른 세계에서, 그것도 괴물들이 오가는 달의 문을 통해서 오는 사람이기 때문에 대부분 방문자를 불길하게 여기고 있었다. 그러나 그런 나쁜 인식은 일반 제국민들의 경우였고, 제국 상류층의 방문자에 대한 인식은 오히려 상당히 좋은 편이었다.

실제로 한때 상류층의 노예였던 라일라도 그 영향을 받아 처음부터 민아에게 호감을 표하고 있었다. 방문자가 온 알 수 없는 세계에 대한 신비함이 매력으로 작용하는 것 같다는 게 라일라의 의견이었지만, 신비함이라는 건 결국 시간이 지나면 사라진다.

민아는 누군가에게 재밋거리가 되기도 싫었고 결국 버려지기도 싫었다.

"민아……."

라일라는 눈치가 빠른 여자였다. 민아의 도망칠 생각은 훤히 보였다. 도주의 위험이 있다고 유루스나 자신의 주인인 이카루스에게 알릴 수도 있었지만, 라일라는 그녀의 주인처럼 정이 많은 인물이라 그럴 수가 없었다.

단지 민아를 걱정하며, 그녀가 유루스의 분노를 사지 않기만을 기도 할 뿐이었다.

서로 다른 생각을 하며 침묵을 지키던 두 사람은 갑자기 소란스러워진 문 바깥쪽을 주시했다. 전에 없던 소란함이었다. 갑자기 노크도 없이 문이 벌컥 열렸다. 두 여인은 반사적으로 앉았던 자리에서 일어났다. 그리고 방에 들어선 이를 향해 공손히 몸을 숙여 인사하는 라일라를 따라 민아도 한 박자 늦게 몸을 낮추었다.

쳐들어오듯이 방 안으로 들어온 사람은 이 저택의 주인, 유루스였다.

유루스는 그새 민아의 얼굴을 잊어버리기라도 한 건지 미간을 찌푸리고 민아 쪽을 한참 바라보다가 뒤늦게 입을 열었다.

"오랜만이야."

"오랜만에 뵙습니다, 유루스님."

유루스의 말에 라일라는 드레스 자락을 잡고 무릎을 가볍게 구부리며 환한 목소리로 대답했다. 하지만 정작 유루스가 계속해서 쳐다보고 있는 민아는 그의 인사에 뭐라고 대답하지도 못하고 굳은 얼굴로 무릎만 약간 구부렸을 뿐이었다.

자칫 무례해 보일 수 있는 태도였지만 유루스는 별달리 신경 쓰지 않는 듯 보였다. 애꿎은 라일라만이 안절부절못하며 민아와 유루스의 눈치를 보고 있었다.

"원래 지금 이 시간에 수업을 하나? 네가 있을 거라고는 미처 생각하지 못했군. 어쨌든 이렇게 매일 와서 내 일을 도와줘서 고마워, 라일라."

"미천한 재주나마 유루스님에게 도움이 되어 영광입니다."

그는 큰 키만큼이나 긴 다리로 몇 걸음 걷지도 않아 곧 두 사람이 앉아있는 테이블 옆으로 다가와 섰다. 그는 손을 뻗어 테이블 위를 톡, 톡, 톡 일정한 간격으로 두드리다가 라일라 쪽으로 고개를 돌렸다.

짧게나마 라일라와 대화를 나누면서도 그녀 쪽을 쳐다보지 않았던 유루스였기에 그 시선의 움직임은 왠지 모르게 의미가 있는 것으로 느껴졌다.

라일라는 살짝 미소를 머금은 채로 유루스의 말을 기다리고 있었다. 그러나 유루스는 여전히 손가락으로 테이블만을 두드렸다. 톡, 톡, 톡.

계속해서 이어지는 그 소리에 민아는 그가 얼른 할 말을 하거나 아니면 아예 방을 나가거나 해서 지금의 불편한 상황에서 벗어났으면 좋겠다는 생각을 했다. 다행히도 그는 얼마 안 가 그 소리 내는 짓을 멈추었다.

"오늘은 이제 됐어. 응접실에 아직 이카루스가 남아있을 테니 너는 지금 그를 따라 돌아가는 게 좋겠다."

그의 말에 라일라는 바로 자리에서 일어났다.

"만나 뵙게 되어서 영광이었습니다."

라일라는 여전히 흠잡을 수 없는 사랑스러운 모습으로 인사를 하고는 발소리도 내지 않고 뒷걸음질쳐 문을 나갔다.

민아는 갑자기 유루스와 둘만 남게 되자 등줄기에 식은땀이 흐르는 것을 느꼈다.

자신에게 어떤 위협도 행사한 적 없고, 오히려 잘 돌봐주었다고 할 수 있는 사람인데도 민아는 그가 무서웠다. 그녀는 작게 떨리는 자신의 손을 그에게 들킬까 봐 재빨리 두 손을 테이블 밑에 있는 자신의 무릎 위 드레스 자락 사이로 숨겼다.

자연스러운 행동이었다고 생각했으나 민아는 혹시 그가 자신이 겁먹었다는 것을 알아차렸을까 걱정이 되었다. 그녀는 숨을 고르게 쉰 다음 오히려 턱을 살짝 들어 올려 유루스를 바라보았다.

아무리 겁이 나도 결국은 그에게서 도망치고 말 것이다. 벌써부터 겁에 질려 있기는 싫었다.

유루스는 처음부터 끝까지 민아를 지켜보고 있었다. 유루스는 그의 눈을 피하지도 않고 오히려 태연하게 마주쳐오는 민아의 모습에 잠깐 헛웃음을 지었다. 그러고는 라일라가 떠난 빈자리에 털썩 주저앉았다.

오늘 그는 몸에 잘 맞는, 약간은 승마복같이 보이기도 하는 차림이었다.

찰랑거리는 장신구들 또한 하나도 달고 있지 않았다. 짧은 머리칼을 약간 뒤로 넘겨 빗어 이마가 더 잘 드러나 보이는 그의 얼굴은 마치 영화배우처럼 알 수 없는 카리스마가 느껴졌다. 조금은 사나워 보이는 인상이기는 했지만 그래도 흠잡을 데 없이 잘생겨 보였다. 그는 입술을 살짝 비틀어 미소를 지었다.

그렇다고 비웃는 것은 아니고, 그냥 그가 웃는 습관이 그런 것 같았다.

"깨끗하니까 보기 좋군. 처음에는 잠깐 못 알아봤지 뭐야."

유루스의 말에 민아는 그와 마주하던 시선을 살짝 돌릴 수밖에 없었다. 하긴 유루스와 만난 날의 민아는 정말이지 더러웠다. 눈을 뜨자마자 쫓기고 도망치려다가 얻어맞고, 사막의 흙먼지 또한 잔뜩 뒤집어쓴 채 며칠이고 씻지도 못했으니 깨끗할 리가 없었다. 지금과 인상이 달라 보일만도 했다.

"라일라한테 뭘 배웠어? 고작 일주일이었으니 많은 걸 바라지는 않아. 시끄러운 것보다는 입 다물고 있는 게 낫고. 그래도 너무 말이 없는 거 아닌가?"

유루스가 민아의 과묵함을 꼬집어 탓했다. 민아는 조금 당황했다. 급하게 무슨 말이라도 꺼내보려고 했지만, 머릿속에서 떠오르는 문장이 없어 아, 아 하는 당황한 소리만 반복하다가 결국 죄송하다는 말만 꺼냈다.

"죄송합니다."

"그나마 사과는 빠른 편이군."

유루스가 투덜거리듯 중얼거렸다. 그의 말에 민아는 어쩐지 민망해져서 고개를 푹 숙여 애꿎은 테이블만 바라보았다.

"몇 살이지?"

뜬금없이 나온 질문에 민아가 대답을 망설이자 유루스가 이제는 조금 짜증스러운 기색으로 그녀의 대답을 재촉했다.

"몇 살이냐고?"

"스물세 살이요……."

"생각보다 나이가 많네. 그럼 달의 문 저편에서는? 가족이 있었어?"

"네. 부모님하고, 저 그리고 남동생이요."

"그런 걸 묻는 게 아니야. 남편이 있었느냐고 묻는 거야. 결혼했을 만한 나이잖아?"

거침없는 그의 질문에 민아는 말문이 턱 막혔다. 그러고 보니 라일라도 똑같은 질문을 했었다. 그녀의 말로는 이곳 벨로드에서 여자의 결혼적령기는 스무 살부터라고 했었다.

스무 살에서 스물셋까지 결혼을 하고, 사실상 스물넷부터는 노처녀같이 여겨진다는 것이었다.

"아니요. 없었어요. 제가 살던 곳에서 여자는 그렇게 일찍 결혼하지 않아요."

"그럼 애인은?"

바로 이어지는 그의 질문에 민아는 다시금 뒷골이 댕, 하고 울리는 것 같았다. 민아는 지금까지 연애해본 적이 없었다. 물론 연애를 해보고 싶기야 했다. 하지만 운명은 그녀에게 여중, 여고, 문예창작과라는 3연타를 먹여주었다.

몇 번 소개팅을 해봐도 잘 안 되기만 했고, 결정적으로 본인이 하고 싶다는 막연한 생각만 있을 뿐 그다지 절실하게 원하지를 않았다. 민아는 어떻게 대답해야 할지 망설이다가 결국 있는 대로 대답하기로 했다.

"없었어요."

"뭐? 단 한 번도? 거짓말하는 거라면 그럴 필요 없어. 네가 연애를 몇 번 해봤건 남편이 있건 없건 이제 큰 문제도 아니잖아?"

유루스의 반응에 민아는 약간 기분이 나빠졌다. 민아가 자신의 연애 여부에 대해서 그에게 거짓말을 할 이유도 없었을뿐더러, 이제는 문제가 아니라는 말이 거슬렸기 때문이었다.

이제는 문제가 아니다.

그래, 맞는 말이었다. 이제 다른 세계로 떨어져 그에게 사로잡힌 노예 신세이니 그런 신변잡기는 아무런 상관도 되지 않을 테지. 주인이 시키는 대로만 살면 그만일 테니 말이다.

민아는 거슬린 기분을 미처 감추지 못하고 약간 찌푸린 얼굴로 그에게 대꾸했다.

"믿으시든 안 믿으시든 저는 당신에게 거짓말은 하지 않았어요."

그녀의 말에 유루스는 눈을 크게 떴다. 그의 그런 반응이 약간 이상해서 민아는 조금 고개를 갸웃하다가 자신이 조금 전에 유루스를 「당신」이라고 불렀던 것을 떠올렸다.

유루스의 눈에는 아무래도 그게 건방지게 보였을 것이다. 하지만 지금 와서 주인님이라고 정정하고 싶지는 않았다. 그것이 쓸데없는 자존심일지 몰라도 민아가 평생을 걸쳐 쌓아온 가치관이었다.

인간이 어떻게 다른 인간의 주인이 될 수 있단 말인가.

어느 순간 결국 그를 주인이라고 부를 날이 올지도 모르지만 적어도 자신이 자신의 의지를 간직하는 한 그를 그렇게 부르고 싶지 않았다.

"묘하게, 아니 대놓고, 넌 꽤나 건방진 면이 있어."

민아는 살짝 눈을 내리깔아 그의 시선을 피했다. 어쩌면 실수하는 것일지도 몰랐다. 다시 지하 감옥에 보내질 수도 있었다. 그러면, 지금의 당당함은 없어지고 왜 그랬을까 후회하겠지. 슬프지만 분명히 그럴 것이라고 민아는 생각했다.

하지만 그녀의 생각과는 달리 유루스는 그다지 화가 난 상태가 아니었다. 그는 어차피 처음부터 귀족도 아니었고 지금도 귀족이 아니었다. 그는 여태까지 살아온 삶 절반 이상을 가난한 소작농의 아들로 살아왔다. 게다가 지금 벨로드의 다섯 손가락 안에 드는 부를 쌓았어도 그는 스스로가 그렇게 높은 인물이라고 생각하지도 않았다.

"넌 그곳에서 귀족이었지? 내 시선을 피하지도 않으면서도 하고 싶은 말은 다하는 걸 보니 분명 높은 신분이었을 거야."

"제가 살던 곳에는 귀족 같은 건 없어요."

"귀족이 없다고? 그럼 뭐가 있어?"

"신분제 자체가 없다고요. 귀족도 평민도 없고 다 그냥 사람이에요."

"뭐?"

그녀의 말에 유루스는 얼굴을 살짝 찌푸렸다.

그는 혼자 무어라 중얼거리더니 곧 어이없다는 웃음을 지었다. 하지만 기분 나빠 보이지는 않았고, 오히려 조금 재미있어하는 것 같았다.

"나는 지금 별다른 일정이 없거든. 저녁에는 거래처에 들러야 하지만, 그래도 오늘은 말하자면 휴일 같은 거야."

이 사람은 늘 이렇게 뜬금없는 말을 하나? 민아는 그를 물끄러미 쳐다보았다.

"그때까지 네가 있던 달의 문 저편의 얘기를 듣고 싶어."

유루스의 말에 민아는 조금 놀랐다.

라일라야 달의 문 저편을 항상 궁금해했지만 지금까지 그녀 말고는 그런 사람을 보지 못했었다. 하긴 상류층은 방문자를 신비하게 여긴다고 했었다. 그 또한 그런 맥락에서 궁금해하는 것일 것이다.

물론 이야기해준다고 나쁠 건 없었다. 어쨌든 지금 자신은 유루스 덕분에 잘 지내고 있는 것이기도 하니까.

민아는 고개를 끄덕였다. 유루스는 그런 민아를 빤히 쳐다보다가 늦어도 한참 늦은 질문을 했다.

"그런데 네 이름은 어떻게 되지?"

살아오면서 수백 번을 들었을 질문이었었다. 그러나 민아는 그의 그 질문에 어쩐지 마음이 조금 이상했다.

그녀는 한숨같이 긴 숨을 한 번 뱉었다가 또 들이마시고 그 질문에 대답했다.

"김민아, 민아예요."

물어본 건 그였으나 유루스는 별다른 반응을 보이지도, 그녀의 이름을 확인 차 다시 부르지도 않았다.

하지만 그저 그가 이름을 물어본 것만으로 민아는 어쩐지 그가 전처럼 무섭게는 느껴지지 않았다.

민아는 치마폭에 숨겨두었던 자신의 손이 어느 순간 떨리지 않고 있다는 것을 깨달았다.

⁖ 2 ⁖

레단스크로 가는 길

르네긴에게서 서신이 도착했다. 유루스가 르네긴에게 서신을 보내고 정확히 한 달 뒤였다.

카이아의 속국인 벨로드는 카이아 제국 본토와 바로 옆에 붙어있었기 때문에 거리상으로는 상당히 가까운 편이었다. 다만 그 두 국가 사이에 푸른 사막의 끝자락이 닿아 있었기에 유루스의 거처인 벨로드의 도시 케르그에서는 전속력을 다한다고 해도 카이아까지 보름 정도가 걸렸다.

그러므로 그가 편지를 보낸 뒤 한 달 만에 답신이 도착했다는 것은 르네긴이 그의 편지를 받자마자 답신을 썼다는 것을 의미했다.

르네긴이라면 현 황제의 최측근으로 1년 365일 다사다망한 인물이다. 그런 그가 유루스의 서신을 가장 먼저 처리했다니.

카이아의 상류층이 달의 문이나 달의 자식들, 무엇보다도 방문자에 대해서 관심이 많다는 것은 들어 알고 있었지만 이 정도일지는 유루스도 생각지 못했었다.

"그가 뭐라고 해?"

유루스가 막 서신의 인장을 개봉했을 뿐인데 옆에서 성질 급한 이카루스가 재촉했다.

"아직 읽지도 않았는데 알 리가 있나."

유루스는 차갑게 대꾸하며 르네긴의 서신을 빠르게 읽어 내려갔다. 짐작했던 대로 유루스와 방문자의 방문을 환영하며, 만남을 기대하고 있겠다는 글이었다.

그는 달의 문 저편에서 온 방문자를 모시기에는 저의 식견이 짧아 고명한 르네긴님의 조언을 얻고자 한다는 골자로 서신을 보냈을 뿐, 딱히 민아를 넘긴다는 말은 하지 않았다. 그럼에도 이런 답장이라는 건 기대 이상이었다.

후에 르네긴이 민아를 보고 나서 그녀를 원하든 원하지 않든, 이렇게 그를 만나 인맥을 쌓아두는 것만으로 유루스는 대단한 성공을 거두는 것이었다.

"이카루스. 내 일정 앞으로 두 달 정도만 네가 처리해."

유루스의 무덤덤한 말에 이카루스는 기뻐하는 기색을 감추지 못했다.

이 붉은 머리 남자는 유루스의 일에 항상 자기 일처럼 기뻐하고 슬퍼했다.

유루스도 나름 이카루스를 신뢰하고 있었으나 정을 표현하는데 있어서는 팍팍한 면이 있었고, 사람 자체도 원래 정이 없는 편이었다.

이카루스는 그런 유루스와 정말 정반대의 사람이었다. 게다가 이카루스 나름대로는 유루스를 자신의 친형제처럼 여겼다. 고작해야 3개월 먼저 태어났고, 유루스보다 한 뼘이나 작으면서도 그는 자신이 유루스의 형 노릇을 해야 한다고 여기는 모양이었다.

그런 유루스가 드디어 수도 귀족과 연이 닿게 되었으니 오랫동안 그의 사업을 도운 입장으로서도, 친구로서도 기뻐하지 않을 수 없었다.

"걱정하지 말라고, 율. 온드로드꽃 재배도, 네 잡다한 사업들도 내가 알아서 잘 처리하고 있을 테니. 넌 그 복덩이나 르네긴한테 잘 데려다 주라고."

복덩이. 말 그대로 복이 덩어리 채 굴러들어온 보석 같은 여자가 아닐 수 없었다.

사실 이카루스는 평소 라일라를 통해 민아에 대해 전해 들은 것이 많았다. 게다가 붙임성이 좋고 유들유들한 그는 유루스 저택의 고용인들과도 친분이 있었는데, 그들에게서 유루스가 일주일에 두세 번 방문자 여자의 방에 들린다는 이야기 또한 들은 적이 있었다.

괜히 유루스를 놀리고 싶어진 이카루스는 갑자기 친구의 어깨에 다정하게 팔을 둘렀다. 물론 유루스의 얼굴은 뭐 씹은 것처럼 팍 구겨졌다.

"뭐야, 이카루스. 팔 치워."

유루스의 냉랭한 말에도 이카루스는 오히려 다 알고 있다는 듯한 미소를 지으며 팔을 두른 채 남은 한 손으로 유루스의 배를 툭 툭 치기 시작했다.

"사막을 건너고 나면 그 여자와 헤어지게 될 텐데, 괜찮겠어?"

"지금 그 여자 얘기가 왜 나와?"

"어떤 여자도 「개인적」으로는 하룻밤밖에 찾지 않던 너잖아. 지난 한 달 동안 꽤 바빴는데 그래도 일주일에 두세 번씩은 그 애를 찾아갔다며?"

이카루스도 몇 번 멀리서 민아를 본 적이 있었다.

그녀가 사막 이동에 특화된 동물, 넬룸에 올라타는 연습을 하고 있을 때였다.

먼발치에서 봤어도 그녀가 가진 이국적이고, 신비한 매력은 그야말로 태양 빛처럼 선명하고 눈에 띄었다. 그러니 유루스가 마음에 들었다고 해도 무리가 아니라고 생각했다.

하지만 유루스는 찬바람이 불 것 같은 기색으로 이카루스를 쳐다보았다.

유루스는 친구건 뭐건 자신의 사생활이 밖으로 새나갔다는 사실이 짜증스러웠다. 아무래도 고용인들과 노예들의 입단속을 철저히 시켜야 할 것 같았다.

"무슨 말을 하나 했더니. 바보 같은 소리 좀 하지 마. 그 여자애랑 난 아무 일도 없었으니까."

“뭐라고?”

이카루스는 펄쩍 뛰는 것 같이 놀란 반응을 보였다.

“뭐야? 그러면 걔 뭐하러 그렇게 꾸준히 보러 다녔는데? 설마 지금껏 손만 잡고 있었다는 말을 할 건 아니지?”

유루스는 한심하다는 눈빛으로 이카루스를 쳐다보다 긴 한숨을 푹 내쉬었다.

“난 도대체 네가 무슨 생각을 하고 사는지 모르겠다. 그 여자, 르네긴한테 넘길 애라고 했잖아. 내가 언제 한 번이라도 「상품」을 건드린 적 있었어?”

“아니, 그런 게 아니라. 난 네가 그래도 그 여자를 좀 마음에 들어 하는지 알았는데.”

“도대체 어딜 봐서?”

그렇게 물으면 할 말은 없었다. 그래도 요새 유루스는 왠지 모르게 평소보다 더 편해 보였다. 그 변화가 미약하게나마 긍정적이라, 이카루스는 따로 근거는 없었지만 분명 민아 덕분일 거라고 짐작하고 있었다.

“괜히 장난치려고 하지 말고, 나 없는 동안 내 일정이나 차질 없이 좀 잘 해결해줘.”

유루스는 탁 소리가 나게 르네긴의 편지를 다시 봉투에 접어 넣고는 책상에 쌓인 다른 서류로 손을 옮겼다.

이카루스는 못마땅한 듯 그런 유루스를 쳐다보다가 괜히 조그맣게 구시렁거렸다.

“아무래도 수상한데.”

물론 그의 그런 구시렁거림에도 유루스는 눈썹 하나 까닥하지 않았다.

급하게 문을 두드리는 소리에 뒤이어 민아가 뭐라 대답하기도 전에 라일라가 방 안으로 들어왔다.

상기된 얼굴이었다. 늘 단정하게 땋아져 있던 그녀의 밀빛 머리카락은 미처 다 정리되지 못해 부스스했고, 그녀의 푸른 눈은 전에 없이 크게 뜨여 있었다. 게다가 숨 또한 곧 넘어갈 것처럼 거칠게 몰아쉬고 있었다.

민아는 잠옷을 입은 채 침대에 앉아 젖은 머리를 빗고 있었지만, 그런 라일라의 모습에 놀라 빗질을 그만두고 자리에서 벌떡 일어났다.

“라일라, 왜 그래요, 무슨 일 있어요? 이렇게 늦은 저녁에…….”

“이카루스님에게 얘기를 듣고 바로 왔어요. 도저히 그냥 앉아있을 수가 없어서요.”

“네? 무슨 얘기를 들었길래요?”

“아직 못 들었어요? 당신 르네긴님의 저택에 가기로 결정되었대요.”

라일라의 말을 듣자 민아의 얼굴이 당황으로 굳었다.

언젠가 팔려갈 것이라고는 생각했지만, 그래도 한 달이나 넘게 이곳에서 평화롭게 지냈기에 어쩌면 한국으로 돌아가기 전까지 이곳에 있을 수 있을지도 모르겠다고 생각했다.

혹시나 했지만 역시 바보 같은 생각이었다. 유루스에게 있어 자신은 특이한 돈벌이 수단에 지나지 않으니, 값을 많이 부르는 이가 나타나면 팔려나갈 수밖에 없었다. 소나 돼지, 집에서 기르는 가축과 다름없이 말이다. 민아는 라일라에게 굳은 얼굴을 보이기가 싫어서 고개를 살짝 옆으로 돌렸다.

"그런가요, 안 그래도 이런 날이 올 거라고 생각하고 있었어요. 언제라고 하던가요?"

"떠날 준비가 되면 바로요. 아, 난……. 너무 마음이 이상해요. 민아가 어쩐지 떠나지 않을 것만 같아서. 이렇게 빨리 우리가 헤어지게 될 줄은 몰랐어요."

라일라의 커다란 두 눈에는 금방이라도 흘러 떨어질 듯 눈물이 고여 있었다.

언제나 우아하고 평온한 모습만 보여준 라일라였기에 그녀가 민아와의 이별 앞에서 얼마나 슬퍼하고 있는지 알 수 있었다.

민아도 그녀와 다름없는 참담한 심정이었다. 라일라와 헤어지는 것 또한 슬펐고 한국으로 돌아갈 방법에 대해 알아낸 것도 없는데 이런 상황에 부닥친 것도 불편했다. 유루스가 목에 걸어 주었던, 소통의 돌로는 대화만 가능하지 글자를 읽을 수 없었다.

그래서 지난 한 달하고 일주일 동안 글을 읽을 수 있도록 그토록 열심히 공부했는데, 겨우 띄엄띄엄이나마 책을 읽을 수 있게 되자 이렇게 다른 곳으로 팔려가게 된 것이다.

원래는 산더미같이 책이 쌓여있는 유루스의 책장에서 무언가 정보를 찾을 계획이었으나 이렇게 된 이상 도주에 관한 모든 계획을 변경해야만 했다.

그녀는 머리가 아파 와서 다시 힘없이 침대에 주저앉았다. 그런 그녀의 곁으로 라일라가 빠른 걸음으로 다가와 앉았다.

"너무 슬퍼하지 마세요, 민아. 그래도 르네긴님이라면 카이아 제국 수도의 대귀족이세요. 듣기로는 지금 황제 폐하를 보필하는 실세라고 하시고요. 게다가 인품도 훌륭하시다 하니, 민아는 지금 여기에서처럼 살 수 있을 거예요."

마음은 고마웠지만, 안타깝게도 예나 지금이나 라일라의 말은 별다른 위로가 되지 못했다. 다만 그녀의 마음이 고마워 민아는 라일라의 따뜻한 손 위로 자신의 손을 가만히 가져다 대었다.

"그래도, 저는……. 유루스님이 당신을 이렇게 보내게 될 거라고는 생각하지 못했어요. 유루스님과 당신은 그래도 꽤 깊은 사이가 아닌가요?"

"네? 그게 무슨 말이에요?"

깊은 사이는 무슨 얼어 죽을 깊은 사이란 말인가. 만날 때마다 뭐 씹은 얼굴로 픽, 픽 거리며 비웃는 남자와 자신은 무슨 사이랄 것도 없는 관계였다.

"유루스님이 일주일에 두세 번 정도는 항상 당신을 찾는다고 들었거든요. 그분은, 어떤 여성의 방에든 하룻밤밖에 들리시지 않는 분이기에……. 전 두 분이 꽤 연모하는 사이가 된 게 아닌가 하고……."

"라일라."

어이가 없어도 너무 없다 보니 참담했던 심정이 순간적으로 날아가 버렸다.

민아는 라일라의 얼굴을 쳐다보며 억지웃음을 지었다. 그리고 한 글자 한 글자 확실하게 말했다.

"그 사람하고 그런 사이 아니에요."

"그래도……."

"절대 아니에요. 도대체 왜 그런 생각을 한 거예요? 그 사람하고 난 지난 한 달 동안 손가락도 닿은 적이 없다고요. 아니, 손이라도 닿은 적은 맨 처음 만났을 때 한 번뿐이에요. 제 손바닥을 보면서 일해본 적 없는 손이라고 말했었을 때 단 한 번이요."

"그럼……. 그럼 대체 두 사람은 밤에 뭘 하신 거예요?"

라일라의 당황한 얼굴을 보니 그녀는 둘 사이가 깊을 것이라고 확신하고 있었던 모양이었다.

민아로서는 기가 찬 일이었다.

"얘기했어요. 아니, 대화 같은 게 아니라, 저만 말했어요. 그냥 일방적으로 밑도 끝도 없이 말 시키더라고요. 제 가족 얘기, 친구 얘기, 학교 얘기, 어릴 때 얘기 같은 거요. 그 사람은 그냥 앉아서 듣다가 비웃기만 했어요."

라일라는 세상에서 가장 이상한 이야기를 들은 것 같은 얼굴이었다. 그녀는 자신이 들은 이야기를 어떻게 받아들여야 할지 고민하는 듯했으나, 결국은 그냥 있는 대로 받아들이기로 한 모양이었다.

그녀는 어찌 되었건 슬프다며, 민아의 손을 다시 한 번 꼭 잡았다.

"이카루스님에게 허락을 받았어요. 민아만 괜찮으시다면 오늘은 같이 자요. 이렇게 헤어지게 된다면 다시 못 만날 수도 있는데, 있을 수 있을 때 당신과 좀 더 오래 같이 있고 싶어요."

"라일라……."

민아는 저도 모르게 라일라를 꼭 껴안았다. 낯선 곳에 떨어져 불안했던 그녀에게 마음 붙일 곳을 주었던 단 한 사람이었다.

라일라는 처음부터 그녀에게 호의적이고 친절했다. 그것이 민아에게는 항상 커다란 힘이 되었다.

민아는 라일라에 대한 고마움으로 눈시울이 붉어지는 것을 느꼈다.

"라일라, 고마워요……. 저 어디로 가든, 만약 언젠가 원래 세계로 돌아가게 돼도 결코 당신을 잊지 못할 거예요. 정말 고마워요……."

"저도요."

라일라가 작게 말하며 마찬가지로 민아를 마주 껴안았다. 그때 갑자기 누군가 문을 두드리는 소리가 들렸다.

"저, 라일라님. 저 루나에요. 여기 계신 거 맞죠?"

문밖에서 아직 앳된 여자아이의 목소리가 들렸다. 그 소리에 라일라는 맞다, 하고 허둥지둥 문으로 향했다.

그녀는 문을 열어 밖에서 기다리고 있던 계집아이를 안으로 들였다. 그 아이는 양손으로 바구니를 들고 있었는데, 바구니를 가린 천 틈새로 술병으로 보이는 두 개의 긴 주둥이가 삐져나와 있었다.

라일라는 루나에게서 그 바구니를 받고는 아이의 정수리에 가볍게 입을 맞추었다.

"고마워, 루나. 너는 어서 저택으로 돌아가렴. 나는 여기서 민아님과 자고 갈 거란다."

루나라는 아이는 라일라와 민아 쪽을 보며 몸을 숙여 인사하고는 복도를 뛰어갔다. 문이 닫히자 민아는 눈가에 고인 눈물을 훔쳐내며 라일라에게 물었다.

"라일라, 그게 뭐예요?"

"이카루스님께서 저희에게 베푸신 호의예요. 그분은 제가 민아를 얼마나 좋아하는지 알고 계시거든요. 정말 구하기 힘든 좋은 술이니까 오늘 밤은 같이 마셔요."

라일라는 바구니에서 꽤 커다란 술병을 꺼내 한 손에 하나씩 들었다. 그래, 이별에는 역시 술이 필요하지, 민아는 장식장에 있는 술잔을 꺼내러 자리에서 일어났다.

노크도 없이, 갑작스레 나타난 유루스에게 라일라가 황급히 침대에서 일어나 인사를 했다. 유루스는 미간을 찌푸린 채 고개를 까닥였다.

"유루스님! 그게……."

"쟤 왜 저래?"

라일라가 뭐라 말하기도 전에 유루스는 침대 쪽을 턱짓하며 약간 불편해 보이는 목소리로 질문을 던졌다. 방 안이 온통 술 냄새로 진동했다. 게다가 침대 위에는 완전히 술에 취한 민아가 웃으며 굴러다니고 있었다.

"그것이……. 저희가 헤어지는 게 아쉬워 술을 한 잔 나눈다는 게 좀 지나쳤던 것 같습니다."

"뭐? 너랑 같이 술을 마셨다고? 라일라, 넌 말술 중의 말술이잖아."

유루스는 어이가 없다는 듯 혀를 찼다. 이카루스가 이따금 숙취에 절어 나타나면 늘 하는 말이 라일라와 술을 마셨다는 소리였다.

그렇게 이카루스가 정신을 못 차리는 데도 라일라는 멀쩡한 모습으로 돌아다니는 걸 몇 번이고 목격한 사람들이 많아서, 주변 사람들은 대부분 그녀가 술고래임을 알고 있었다.

"죄송합니다. 적당히 마시려고 했던 것이……. 제 불찰입니다."

"뭐가! 불찰이야! 내가! 술 좀 마셨는데, 그게 그렇게 불만이야? 아깝냐?"

민아가 갑자기 끼어들어 소리를 고래고래 질렀다. 침대 위에서 격하게 발을 구르면서 화를 내던 민아는 자리에서 벌떡 일어났다.

"야! 유루욱스! 넌 왜 여자 방에 벌컥벌컥 들어오는데?"

민아는 비틀거리며 기어코 유루스의 코앞까지 걸어갔다. 라일라가 어색한 웃음을 지으며 넘어질 것같이 휘청대는 민아의 팔을 재빨리 잡아 부축했다.

"왜 이래요, 민아."

라일라는 민아를 조곤조곤 타일러보려고 했지만, 술 취한 사람에게는 통하지 않았다.

"유룹스, 너 진짜 웃기는 거 알아? 만날 얼굴 찌푸리고 있으면 좀 멋있어 보이는 것 같냐? 완전 밥맛이거든?"

"민아! 그만 하세요, 너무 취했어요. 유루스님, 제가 민아님을 책임지고 재울 테니까 오늘은 그만 돌아가시는 게 좋을 것 같습니다. 이대로 민아님이 무언가 실수라도 하실까 두려워요."

라일라는 있는 힘껏 민아를 자신의 쪽, 그러니까 유루스의 반대쪽으로 잡아당겼다. 하지만 술에 취한 사람의 힘은 평소보다 배는 더 센지라 좀처럼 민아를 제어할 수가 없는 모양이었다.

민아는 그 사이에도 알코올의 힘으로 유루스를 향해 삿대질을 했다. 유루스도 이제는 아예 팔짱을 끼고 이 여자가 어디까지 가는지 두고 보고 있었다.

"내가 너희 집 개니? 아니면 소야? 왜 네 멋대로 잡아다가 멋대로 갔다가 팔아? 내가 가만히 있으려고 해도, 어이가 없어서 그렇게 못하겠다. 너 대체 뭔데?"

삿대질로는 부족했던 모양이었다. 이제 민아는 유루스의 가슴팍을 다분히 공격적인 자세로 꾹꾹 찔러대기 시작했다.

원래는 이마를 누르고 싶었으나 162cm인 민아로서는 자신보다 머리 하나 이상 차이 나는 유루스의 이마를 생각처럼 찔러댈 수가 없었다.

유루스는 더 이상은 못 보겠는지 민아의 손목을 잡아챘다. 그는 그렇게 세게 잡지도 않았는데 민아 입장에서는 꽤 아팠던 모양이었다. 안 그래도 붉은 민아의 얼굴이 눈에 띄게 울그락불그락 시뻘게지더니 곧 악, 하고 비명을 질렀다.

"야! 이거 안 놔? 너 이거 안 놓으면 가만 안 둔다!"

"안 놓으면, 뭘 어떻게 할 건데?"

유루스는 민아의 협박에 기가 차지도 않는 듯 콧방귀를 뀌었다. 눈 하나 깜짝하지 않는 유루스의 반응에 민아는 더 화가 나서 발을 쾅쾅 바닥에 굴러댔다. 라일라는 그런 두 사람을 바라보며 뭘 어떻게 하지도 못하고 갈팡질팡했다.

민아는 급기야 손가락으로 찔러대는 정도가 아니라 주먹을 쥐고 유루스의 가슴을 때리기 시작했다. 어찌나 세게 때리는지 퍽, 퍽 치는 소리가 방 안에 크게 울릴 정도였다.

"놓으라고! 이 나쁜 새끼야! 이거 안 놓으면 가만 안 둘 거야! 내가 너 가만두지 않을 거라고!"

"너야말로 이제 그만해."

그는 민아의 나머지 한 손목도 잡아채더니 전과 다르게 힘주어 움직이지 못하도록 꽉 잡았다. 민아는 무엇이 그렇게 억울한지 눈물이 그렁그렁한 얼굴로 유루스를 향해 개새끼, 소새끼 욕을 하며 움직일 수 없게 된 손 대신 유루스의 가슴에 이마를 쾅, 쾅 부딪쳤다. 그러다 결국 힘에 부치는 모양인지 민아는 어느 순간부터 유루스에게 이마를 기댄 채 가만히 서 있기만 했다.

"유루스님……. 괜찮으세요?"

"이제 좀 진정이 된 것 같으니까 재우도록 해."

얌전해진 민아의 모습에 유루스는 붙잡고 있던 그녀의 손목을 놓았다. 그러나 이번엔 오히려 민아 쪽에서 유루스의 옷자락을 붙잡고 매달렸다. 웁, 민아의 입에서 갑자기 흘러나온 소리에 라일라와 유루스가 순간적으로 굳었다. 설마 했지만 유루스가 미처 그녀를 자신에게서 떼어내기도 전에 일은 벌어지고 말았다.

"우우욱!"

유루스는 마음의 준비도 하지 못한 채 민아가 오늘 저녁에 먹었던 메뉴를 강제로 확인해야만 했다.

유루스는 침대에 굴러다니는 술병을 집어 거꾸로 들어보았다. 흔들어봐도 두 병 다 한 방울도 떨어지지 않았다. 도수가 높기로 소문난 케르그의 과실주를, 그것도 대용량을 두 병이나 여자 둘이서 해치웠으니 탈이 안 날래야 안 날 수가 없었다.

유루스는 한숨을 푹 쉬었다. 이렇게 될 줄 알았으면 차라리 민아의 방에 들르지 말 것을. 늦은 밤이기는 했지만, 그래도 일단 민아의 거취가 정해졌으니 잠깐이라도 들려 직접 말해주려고 한 것인데, 술주정뱅이가 된 여자에게 붙들려 이런 바보 같은 꼴이 되고 말았다. 유루스는 못마땅한 얼굴로 침대에서 끙끙거리며 몸을 떨고 있는 민아를 쳐다보았다.

그는 민아의 토사물로 엉망이 된 상의를 벗고 급한 대로 라일라의 가운을 걸치고 있었는데, 아무리 무늬가 없는 수수한 것이라도 여자의 가운을 걸치고 있자니 별로 좋은 기분이 아니었다. 라일라는 사색이 된 채로 그의 엉망이 된 상의를 벗기고 자신의 가운을 그에게 걸친 후 새 옷과 몸을 씻을 만한 물을 가져오겠다고 뛰어 나갔다.

말릴 틈도 없었다. 아무것도 생각한 대로 흘러가지 않는 밤이었다.

결국 그는 라일라의 상의를 벗어 의자에 걸쳤다. 생각해보니 굳이 라일라를 기다릴 필요도 없었다. 그가 막 자신의 방으로 돌아가려던 참이었다.

"추워……."

떠나려는 유루스의 발을 민아의 목소리가 붙잡았다. 그러고 보니 아까부터 몸을 웅크린 채 떨고 있었다. 짜증이 치솟았지만, 그래도 앞으로 사막을 건너야 하는데 아프기라도 하면 자신이 고생인지라 유루스는 이불이라도 덮어주려고 다시 민아 쪽으로 돌아섰다. 하지만 이불에도 민아의 토사물이 묻어있는 것을 보고 얼굴을 찌푸릴 수밖에 없었다. 이 여자가 술을 마시면 이렇게 개가 될 줄은 상상도 한 적이 없었다. 유루스는 어쩔 수 없이 의자에 걸쳐놨던 라일라의 가운을 그녀에게 덮어주었다.

가운이 그녀의 몸에 덮이기가 무섭게 민아가 그것을 자신의 몸쪽으로 확 끌어당겼다. 워낙에 불시에 일어난 일이라 순간적으로 유루스의 몸이 민아 쪽으로 넘어졌다. 유루스는 그녀의 머리 옆으로 재빨리 손을 받쳐 몸을 지탱해, 다행히 그 위로 쓰러지는 일만은 막을 수 있었다.

유루스는 안도의 한숨을 내쉬었다. 하마터면 술 취한 여자를 깔아뭉갤 뻔했다. 그 짧은 찰나에도 아무래도 몸무게 차이가 큰 자신이 갑자기 쓰러져 그녀를 짓눌렀다가 뼈라도 부러질까 걱정이 되었던 탓이었다.

그가 막 몸을 일으키려고 팔에 힘을 주는데 갑자기 문 쪽에서 달칵하는 소리가 났다. 라일라가 돌아온 모양이었다. 하지만 라일라는 방 안으로 들어오지 않고 다만 파란 눈만을 꼭 쏟아질 듯 크게 떴다. 어머, 어머, 라일라가 당황한 목소리를 내더니 이내 고개를 숙이고는 도로 방문을 닫아버렸다.

"죄, 죄송합니다, 제가 방해를……."

닫힌 문밖에서 라일라의 목소리가 희미하게 들렸다. 유루스는 어이가 없어서 입이 저절로 벌어지는 것을 느꼈다. 방해는 무슨 놈의 방해인가. 라일라 건 이카루스 건 자기들 멋대로 오해하는 건 알아줘야 했다.

그러다가 유루스는 자신의 꼴을 돌아보고 조금 오해를 살 만했다는 것을 인정했다. 일단 젊은 여자 방에서 상의를 벗고 있는데다가 심지어 두 사람 다 애매한 자세로 한 침대 위에 올라가 있었으니 말이다. 이대로 라일라를 보내면 또 이카루스한테 말이 들어가서 이러니저러니 귀찮게 할 것 같았지만, 그렇다고 자신이 그녀를 쫓아가서 해명하는 것도 구차한 꼴이 될 것 같았다.

"웃기지도 않는군."

유루스는 자신의 꼴이 우스워 저도 모르게 소리 내어 웃었다. 민아가 자신에게 한 행동을 돌이켜보니 어쩐지 모든 것이 다 우습게만 느껴졌다.

그녀는 자기 집 개나 소처럼 자신을 팔아치운다고 화를 냈다. 그런데 그게 그가 늘 하는 일이었다.

의약용이라는 딱지를 달았지만 그래도 마약을 재배하고 있었고, 사람을 잡아다가 팔았다. 그렇게 해서 몇 년 만에 누구도 따라올 수 없는 속도로 이 자리에 올랐다.

그게 잘못된 거라고는 생각한 적이 없었다. 카이아 제국법상 푸른 사막의 야만인들과 방문자들은 어떠한 인권적 보호도 받지 못했다. 아예 노예라고 법률에 나와 있는 것은 아니었지만, 결국 사고팔아도 아무도 뭐라고 하지 않는 이들이었다. 그렇기에 유루스는 자신이 할 수 있는 장사를 했다. 평판이야 어찌 되었던, 결과적으로 그런 장사들이 그를 더 위로 올려주었다. 게다가 야만인들을 잡다가 달의 문 저편에서 온 방문자, 민아까지 손에 넣어 르네긴과의 연결고리도 생기게 되었으니 그로서는 정말 수지맞는 장사였다.

그러나 이 이방인 여자를 보면 그랬던 자신에 대해 회의적인 생각이 들고는 했다. 단 한 번도 자신이 하는 일에 옳고 그름을 생각해본 적 없었는데, 단지 자신의 위치를 더 견고히 할 생각밖에 없었는데, 이 이방인 여자는 그런 유루스의 머릿속을 어지럽혔다.

그녀는 영리했고, 좋은 집에서 사랑받고 자랐으며, 그녀의 두 눈에서는 다른 여자들이나 노예들에게서는 볼 수 없는 생기가 반짝였다. 그리고 유루스는 그런 그녀를 그녀 말대로 멋대로 잡아 자기 집 가축처럼 팔아넘기려고 하고 있는 것이다.

유루스는 자기도 모르게 두 눈을 질끈 감았다. 더 생각하고 싶지 않았다.

"유루쓰……."

민아가 그의 이름을 불렀다. 어느새 깨어났는지 그녀는 눈가를 찌푸리고 그를 멍하니 쳐다보고 있었다. 여전히 술기운이 역력한 채였다. 유루스는 그런 그녀를 물끄러미 마주 보았다. 뭐라고 대답해야 할지 알 수 없었다.

사실 민아가 자신을 이렇게 정확하게 부른 적은 없었다. 민아는 항상 유루스를 부르는 것을 피해왔다. 그를 주인님이나 유루스님이라고 부르기 싫어서 그리한다는 것쯤은 눈치채고 있었다. 여태까지 신분이 없는 세상에서 살아왔다니 누군가를 자신의 주인으로서 존대해야 한다는 상황이 분명 마음에 들지 않았을 것이다. 유루스는 그러기에 민아가 은근슬쩍 자신을 저기요, 저기, 따위로 부르는 것을 용납하고 있었다.

그 때문에 그녀가 오늘 술에 취해 자신의 이름을 부르는 게 조금 이상하게 느껴졌다. 물론 묘하게도 제대로 부르는 것 같으면서도 정확히 부른 적은 단 한 번도 없지만. 유루욱스, 유룹쓰, 유르쓰.

"유루쓰."

민아는 유루스를 한 번 더 부르고서 고개를 저으며 뭐라 웅얼거렸다. 단순히 웅얼거리기만 하던 말은 곧 알아들을 수 있을 정도의 발음이 되어 울렸다.

"너 같은 인간 정말 싫어. 사람 같지도 않아. 질색이야."

그녀는 그의 눈을 피하지도 않고 똑바로 마주 보면서 말했다. 분노도 슬픔도 없는 그저 덤덤한 눈빛과 목소리였기에 그는 오히려 그게 그녀의 진심임을 알 수 있었다.

유루스 또한 무덤덤하게 그녀의 말에 대답했다.

"그래."

그의 말이 낮게 바닥에 깔렸다. 유루스는 더는 이 방에 있고 싶지 않았다. 왠지 모르게 너무 피곤해서, 이만 방에 가서 쉬고 싶었다.

그러고 보니 아직도 민아의 위에서 팔로 버티고 있던 자세였다. 그는 그만 일어나려고 했다. 그러나 오늘 밤은 그의 마음대로 되는 것이 없는 밤이었다. 그가 막 몸을 일으키려는 순간, 이번에는 민아가 그의 버팀이 되는 팔을 잡아 끌어당겼다. 그는 다시 한 번 균형을 잃고 결국 그녀의 위로 쓰러지고 말았다. 그렇게 세게 부딪히지는 않았지만 민아가 무거운지 끙, 하는 소리를 내며 얼굴을 찌푸렸다. 그러면서도 그녀는 그에게 진지한 목소리로 다시 한 번 으름장을 놓았다.

"가만두지 않을 거야. 두고 봐, 네 등 뒤에 칼을 꽂아 줄 테니까. 그렇게 해서 꼭 원래 세계로 돌아갈 테니까."

그녀의 얼굴은 바로 코앞에 있었고, 맞닿은 잠옷 위로 그녀의 심장 뛰는 소리가 울렸다. 언젠가 등에 칼을 꽂겠노라 하는 선전포고에도 유루스는 별다른 감흥이 없었다. 왜 이런 기분이 드는지 알 수 없었지만, 정말 어느 날 그녀가 유루스를 찌른대도 그는 아무렇지도 않을 것 같았다. 그건 차라리 미래에 대한 어떤 예감 같은 기분이었다.

"그래, 그렇게 해."

네 마음대로, 하고 싶은 대로 해.

방 안에 퍼져있는 술기운 탓일까. 유루스는 자신 또한 취한 것 같다는 생각을 했다. 서로의 숨결이 상대의 입술 위로 바로 내려앉았다. 그는 민아의 숨결에 자신도 모르게 조금 더 앞으로 고개를 떨어뜨렸다. 이제 두 사람 사이에는 손톱만한 틈밖에 남아있지 않았다.

두 사람의 입술이 닿을 것 같을 때쯤, 유루스는 갑자기 자리에서 일어났다. 그리고 민아를 한 번 쳐다보지도 않고 방을 나가 버렸다.

방에 혼자 남은 민아는 라일라의 가운을 끌어안은 채로 두 눈을 천천히 깜빡이다가 스르륵 잠이 들었다.

등골까지 시린 한기에 민아는 부들부들 떨다가 살며시 눈을 떴다. 비몽사몽간에 이불이 어디 갔나 찾아보니 자신이 덮고 있는 것은 얇은 슬리핑 가운뿐, 이불은 보이지 않았다. 또 잠결에 이불을 걷어찼나 보군. 민아는 자신의 잠버릇에 투덜거리며 바닥에 떨어져 있을 이불을 찾으려고 침대 위를 엉금엉금 기어 시트 끄트머리로 기어갔다.

그나저나 머리가 아파도 너무 아팠다.

금방이라도 깨질 것 같은 머리에 민아는 고개를 휙, 휙 크게 저었다. 세상에. 도대체 어젯밤에 얼마나 마신 건지 기억이 나지 않았다. 그 루나라는 여자애가 가져온 술병은 하나가 2L 정도 되는 페트병 크기만 했는데, 설마 어젯밤에 그걸 라일라랑 둘이서 다 해치운 것일까.

그렇지 않다면 이 숙취는 설명되지 않았다. 방 안 가득 술 냄새와 희미하게, 무슨 냄새인지 모를 알 수 없는 이상한 냄새가 났다.

"이제 좀 괜찮아요?"

저 멀리서 라일라의 목소리가 들렸다. 목소리가 들린 방향으로 퉁퉁 부은 눈을 옮기니 라일라가 활짝 열린 창가에 서 있었다. 왜 이렇게 추운가 했더니 창이란 창은 다 열어두어서였다. 민아는 이불을 다시 찾으면서 라일라에게 칭얼거렸다.

"추워죽겠어요, 라일라. 창문 좀 닫아주세요."

"아, 미안해요. 저는 좀 환기를 시키는 게 좋을 것 같아서."

"환기도 좋지만, 너무 추운 걸요? 아직 새벽이죠?"

"네. 조금 더 자두도록 해요. 혹시 이불 찾는 거예요? 제가 조금 전에 세탁실에서 새 이불 가져왔어요."

라일라가 황급하게 창문을 닫고 탁자 위에 올려놓았던 이불을 들고 침대로 다가왔다.

조심스럽게 민아의 몸 위로 이불을 덮어준 라일라는 민아의 헝클어진 머리칼을 손으로 살짝 빗어 넘겨주었다.

그게 마치 어릴 때 엄마가 자신에게 해주던 것 같은 느낌이어서 민아는 숙취에 시달리면서도 살며시 미소를 지었다. 하지만 그 미소는 오래가지 못했다. 민아는 갑자기 웃던 얼굴을 싹 굳히고 미간을 찌푸렸다. 어젯밤의 기억이 스치듯이 다시 돌아오기 시작했기 때문이었다.

"라일라……. 저……. 혹시 어젯밤에 그 사람 여기 왔어요?"

"유루스님이요?"

그 사람이라고 밖에 안 했는데 찰싹 알아듣는 모습에 민아는 불길한 기분이 들어 얼굴을 더 찌푸렸다.

“어젯밤에는 정말 죄송했어요. 저 때문에 유루스님이 바로 방 밖으로 나가시더라고요. 방해할 생각은 없었는데…….”

“으으으으…….”

확인 사살 같은 라일라의 말에 민아는 앓는 건지 우는 건지 모를 소리를 내며 이불 위로 엎어졌다. 영화나 드라마 같은 데서 보면 술 먹으면 잘도 필름이 끊기던데, 왜 자신의 필름은 끊기지가 않는가. 심지어 왜 이렇게 화질마저 좋은 건지 알 수 없었다. 마치 HD 동영상처럼 선명하게 재생되는 어젯밤의 기억에 민아는 계속해서 죽겠다는 소리를 내었다.

“아, 진짜. 라일라. 저 그 사람이랑 그런 사이 아니라니까요.”

라일라는 유루스와 민아가 방에서 알콩달콩한 시간을 보내고 있는 걸 방해했다고 생각하는 모양이었지만 사실은 그것과는 전혀 달랐다. 알콩달콩한 시간 따위는 없었다. 민아는 술에 취해 겁도 상실한 채 유루스에게 등에 칼이나 꽂겠다는 말을 했었다.

과연 자신이 그 르네긴인가 뭔가한테 보내지기 전에 살아남을 수나 있을까? 지금 당장에라도 유루스가 들어와서 자신을 목 졸라 죽이기라도 하지 않을까? 죽어도 꼭 한국에서, 자기 집에서 죽고 싶다는 생각을 하며 민아는 뜨거운 후회의 눈물을 흘렸다.

푸른 사막을 건너는 것은 몹시 위험한 일이었다. 사막에 몰아치는 푸른 폭풍을 만약 만나게 되면 보통은 일행이 거의 전멸할 정도로 치명적이었고, 언제 어디서 달의 문이 열려 달의 자식들이 튀어나올지 알 수 없었다. 따라서 사막을 건넌다는 것은 만반의 준비가 필요한 일이었고, 짐이 많다면 더욱더 준비를 철저히 해야 했다.

다행히도 유루스의 상단은 사막을 일 년에 열 번 이상은 건너는 베테랑들로, 이번에도 유루스의 충성스러운 부하, 지오의 지휘 아래에 모든 것이 다 착실히 준비되고 있었다.

유루스의 부하들은 군더더기 없이 효율적으로 움직였기 때문에 이르면 내일 오후 즈음에는 길을 나설 수 있을 것이다. 벌써 어젯밤에 준비가 되는 대로 도착하겠다는 서한을 르네긴에게 보냈으니 가능한 한 빨리 출발하는 것이 좋았다.

새벽 일찍부터 일어나 정오가 될 때까지 일만 했더니 목이며 등 따위가 뻐근해지기 시작했다. 꽤 오랫동안 자리를 비우는 셈이니 그 전에 자신이 처리할 수 있는 모든 일을 처리하고 갈 예정이었지만, 더 일 해봤자 효율도 오르지 않을 것 같아 유루스는 펜을 놓았다. 그는 피로한 두 눈을 양 손바닥으로 감싸 쥔 채 자리에서 일어났다. 잠깐 정원이라도 산책할 생각이었다.

“민아. 오늘 정말 넬룸 타는 연습 안 할 거예요?”

바로 머리 위에서 라일라가 보채는 목소리가 울렸다. 그러나 라일라가 보채든 말든 민아는 넬룸에 오를 생각이 전혀 없었다. 몸이 천근처럼 무거웠고 머리도 아팠다. 여러모로 숙취로 정신이 없었기 때문에 오늘만은 정말 그런 운동 같은 걸 정신적으로나, 체력적으로나 소화할 수 없을 것 같았다.

민아는 이해할 수 없다는 눈으로 라일라를 가만히 올려다봤다. 라일라는 마치 평생 술 한 잔 안 마신 사람처럼 청량하고 상쾌해 보였다.

아니 분명히 술은 같이 마셨는데, 게다가 민아가 한 잔 마실 때 라일라는 두 잔을 마셨는데 어떻게 지금 저렇게 쌩쌩할 수 있단 말인가?

"라일라, 오늘은 좀 봐주세요. 아니, 어떻게 어제 그렇게 마셔놓고 이렇게 멀쩡할 수 있어요?"

"어제요? 어제 우리 그렇게 많이 마시지도 않았잖아요."

민아의 물음에 돌아온 라일라의 답은 그녀의 정신을 안드로메다로 날려 버릴 만한 것이었다. 주당은 우리의 곁 어디에서나 존재한다는 사실을 새삼 깨달았다.

"아니……. 난 정말 죽을 것 같아요. 그냥 여기 앉아있을게요. 오늘은 라일라 혼자만이라도 연습하세요. 난 보고만 있을게요."

듣기로는 말도 안 되는 소리였다. 애초에 두 사람이 넬룸을 타는 목적이 민아가 배우기 위한 것이니 말이다. 선생님이 학생 없이 수업을 한다는 것이 말이 되는가? 하지만 라일라는 그렇게 했다.

넬룸을 탈 때 라일라를 보면 그녀는 민아를 가르치는 것보다도 자기가 즐기는 게 더 큰 것 같았다. 넬룸은 사막의 이동에 특화된 동물이다. 야생 넬룸을 길들인지는 역사적으로 오래되지 않았고, 그 사육기술도 꽤 까다로운 것이라 일반인들은 넬룸을 탈 기회가 거의 없었다.

하지만 라일라는 과거 대귀족 영애의 몸종으로 귀족 영애가 배우는 것을 항상 곁눈으로 봐왔고, 운이 좋을 때면 때때로 함께 배우기도 했다고 했다. 라일라는 자신의 과거에 대해서는 극도로 말을 아꼈지만 대화를 나누다 나온 말들을 종합해보면 그녀는 대귀족 영애인 좋은 주인을 만나 꽤 유복하고 풍족한 유년시절을 보낸 듯했다. 그 증거로 그녀의 넬룸 타는 솜씨는 타인에게 가르칠 수 있을 정도로 수준급이었다.

민아는 벤치에 앉아서 라일라가 혼자서 넬룸을 타고 저 멀리까지 가는 모습을 지켜보았다. 그리고 자기는 달리지 않느냐며 코끝으로 민아를 건드리며 보채는 자신의 넬룸, 마오의 주둥이를 달래듯이 만져주었다.

민아의 세계에서는 흔히 사막 하면 낙타를 떠올리지만, 이곳에서는 사막 하면 넬룸을 떠올린다. 이 넬룸이란 동물은 몸체를 따지자면 타조와 비슷하면서도 조류는 아니었다. 동물학에 문외한인 민아로서는 이 넬룸이 어느 목, 어느 과에 속하는지 알 도리가 없었다. 그저 이 세계에만 존재하는 동물일 것이라 생각했다. 넬룸은 온몸에 짧게 흰털이 나고 머리부터 목까지는 말처럼 길게 갈기가 나 있었는데, 말과는 다르게 디디는 다리가 둘밖에 없었다. 그 두 다리 외에도 짧은 팔이 몸통에 붙어 있는 것이, 굳이 비슷하게 생긴 동물을 찾아보자면 다리가 길고 날렵하게 생긴 캥거루 같았다. 민아는 타는 법을 익히는 게 어렵긴 했지만 그래도 이 시간을 좋아했는데, 일단 넬룸이 생긴 것이 귀엽고 사람을 잘 따랐기 때문이다.

하지만 원래 넬룸은 사람을 잘 따르지 않고 상당히 사나운 편이었다. 민아가 넬룸이 유순하다고 착각하는 것은 유루스가 애써 잘 길든 순한 넬룸을 구해왔기 때문이었다. 순한 넬룸은 모래사장의 금만큼이나 찾기 어려움에도 유루스는 구하기로 마음먹자마자 두 필을 구할 수 있었다. 유루스의 재력과 벨로드에서의 영향력을 바로 보여주는 것이기도 했다.

물론 그런 속사정을 모르는 민아는 달리지 못하는 걸 영 아쉬워하는 마오의 엉덩이를 살짝 쳐서 혼자서라도 연습장을 돌도록 보내주었다. 잘 길든 민아의 넬룸은 원래 연습코스대로 혼자 연습장을 돌고 제자리로 돌아올 터였다.

민아는 멀어지는 마오의 발소리를 들으며 벤치 위에 올려두었던 두꺼운 책을 집어 들었다. 유루스의 서고에서 집어온 이 책은 벨로드 지방의 민담집이었는데, 일반적인 민담집은 아니고 무서운 이야기만을 모아둔 것이었다. 이쪽 사람들에게 달의 자식에 관련된 것은 무서운 이야기에 속했기 때문이었다.

물론 이런 민담집 말고도 제대로 된 연구서도 있겠지만 유루스의 저택에 그런 것이 있을 리 만무했다. 일단 할 수 있는 것에서부터 빨리빨리 정보를 모아야 했다.

유루스는 민아에게 이 저택 내에서라면 어디에서 무엇을 하건 상관하지 않고 무한에 가까운 자유를 주어 서고를 기웃거려도 아무 말도 하지 않았지만, 르네긴이라는 사람은 어떨지 몰랐다.

민아는 책장을 넘기며 어떻게든 책들을 몰래 챙겨가야겠다고 생각했다. 유루스는 이런 책 몇 권 없어진 대도 상관 쓰지 않을 것 같았다.

물론, 어젯밤의 선전포고로 유루스가 민아를 죽이지 않는다면 말이다. 그래도 하루 종일 아무런 말도 없고 보이지도 않는 것을 보면 그는 민아의 말을 단순한 술주정으로 넘긴 것 같기는 했지만, 그래도 내내 불안했다.

모르겠다. 죽을 때 죽더라도 살아있을 때는 할 일을 해야지. 결국, 그녀는 다시 책장으로 시선을 옮겨 띄엄띄엄 책을 읽기 시작했다.

"어느, 마을에……. 키아라는 이름의 젊은 여자가……."

막 글을 읽는 아이처럼 어눌하고 느린 책 읽는 소리가 주변으로 울려 퍼졌다.

「……키아는 갑자기 몰려드는 불안함에 걸음을 재촉했다. 그 날로부터 벌써 8년이 지났다. 그 날 이후 키아는 이곳을 떠나 다른 마을에서 살았고 남편과 아이들을 돌보느라 바빴기에 8년 전의 기억은 이미 희미해진 뒤였다. 그러나 오늘 그녀는 자신이 다시 그 날 그때로 돌아간 것 같은 기분을 느꼈다. 달이 기묘하게도 크게 뜬 밤이었다. 저 멀리서 사막의 모래바람 소리가 들렸다. 아니, 아니다……. 그 날은 이미 지난날이다. 8년이나 지난 일이다. 키아는 떨리는 가슴을 진정시키기 위해 노력했다. 지금 발걸음을 재촉하지 않으면 자신의 아이가 죽을 수도 있다는 긴박감이 그녀로 하여금 공포를 누르고 계속 걸을 수 있게 했다. 바람이 여인의 울음소리처럼 울리고 있었다. 키아는 이제 확실하게 느낄 수 있었다. 저 멀리서 누군가가 자신을 쳐다보고 있다는 것을, 그 날의 숨소리가 바람 사이로 섞여 울리고 있다는 것을……. 키아는 결국 뒤를 돌아보았다. 새빨간 세 쌍의 눈동자가 자신을 쳐다보고 있었다. 그 날, 그 장소에서…….」

"뭘 그렇게 읽는 거야?"

"으아아아!"

거의 책에 빠져들 정도로 몰입하고 있었던 민아는 갑자기 누군가 자신의 어깨를 건드리는 바람에 소스라치게 놀랐다. 어찌나 놀랐던지 소리를 있는 대로 지르면서 들고 있던 책을 그쪽으로 휘두르기까지 했다.

다행히도 상대방은 꽤 운동신경이 좋은지 이차, 소리를 내며 민아가 휘두르는 책을 피해냈다.

민아는 눈을 등잔만 하게 뜨고서는 등을 돌려 상대방을 바라보았다. 라일라도, 그간 보던 하녀들도, 이 집에서 일하는 고용인들도 아니었다. 유루스도 아니었다. 그간 전혀 본 적이 없었던 붉은 머리칼의 젊은 남자였다.

그는 유루스처럼 조각 같은 미남이라기보다는 꽤 훈훈한 얼굴의 청년이었는데, 어딘가 유쾌해 보이는 분위기의 사람이었다. 그는 자신의 오른손을 가슴에 가져다 댄 채로 과장스럽게 숨을 크게 몰아쉬었다. 그 또한 갑자기 소리를 지르고 책을 휘두르는 민아 때문에 꽤 놀란 모양이었다.

"아, 진짜. 정말 놀랐잖아. 내 놀란 가슴 어떻게 할 거야? 조금 전 일로 수명이 이틀은 줄은 것 같은데……."

웃음기 어린 남자의 말에 민아는 당황했다. 하필이면 무서운 부분을 읽고 있을 때 건드려서 놀란 거긴 했지만, 어쨌거나 그 두꺼운 책으로 때릴 뻔한 것은 확실히 민아의 과실이었다. 민아는 그를 향해 황급하게 고개를 숙였다.

"죄, 죄송합……."

"죄송하다면 다야?"

민아가 미처 죄송하단 말을 다 끝내기도 전에 낯선 남자가 팔짱을 끼고 기세등등하게 외쳤다. 그의 말에 민아는 어떻게 해야 할지 몰랐다. 따지고 보면 진짜 때린 것도 아닌데 도대체 사과 외에 또 어떤 보상을 해주어야 한다는 것인지.

더구나 지금 자신의 처지에서는 줄 수 있는 것도 없었다. 유루스의 노예인 지금은 몸에 걸친 옷가지 하나도 자기 것이 아니었다. 보면 노예인 걸 뻔히 알 텐데 뭐 이런 벼룩의 간을 빼먹을 남자가 다 있담. 민아의 표정은 굳어갔는데, 이 낯선 남자는 민아의 표정이 안 좋아지면 안 좋아질수록 더 신 나하는 것 같아 보였다.

결국, 민아가 꺼낼 수 있는 말은 단 한 가지였다.

"놀라셨다니 정말 죄송합니다. 그렇지만 저는 지금 사과 말고 해드릴 수 있는 것이 없네요."

남자는 흥미롭다는 듯한 눈으로 민아를 마주 보았다. 조금 전까지 당황하던 민아가 갑자기 고개를 치켜들고 자신을 똑바로 바라보는 게 꽤 재미있는 모양이었다. 아까부터 무슨 자신의 반응을 보려는 듯한 그의 태도에 민아는 조금 약이 올라서 가슴을 펴고 더 당당하게 말했다. 초면에 이렇게 뻔뻔하게 행동하는 사람에게 기가 죽은 모습 따위를 보여주고 싶지 않았기 때문이었다.

"그래도, 사과만으로 만족하실 수 없다면 지금 저에게 이러시지 마시고 이 저택의 주인인 유루스님에게 가보도록 하세요. 그 사람이 내 주인이니, 대신 배상해주시겠죠. 그 놀라서 짧아졌다는 수명 이틀분을 말이에요."

생각해보니 유루스를 유루스님이라거나 주인님이라거나로 부른 것은 지금이 처음이었다. 어쨌든 민아는 지금 자신에게 주인인지 나발인지가 있어서 좋은 점을 처음 발견했다. 무슨 잘못을 해도 주인한테 보상받으라고 떠넘길 수 있다는 점 말이다.

당당한 걸 넘어서 건방지기까지 한 그녀의 모습에 남자는 이제 대놓고 킥킥거리며 소리 내서 웃기 시작했다.

"뭐야 이거. 과연 율이 왜 그러는지 알 것 같다. 진짜 특이하네. 너 같은 여자는 처음 본다."

남자는 손뼉까지 치면서 웃었다. 민아는 짜증 나는 걸 넘어 이제는 뭐 씹은 표정으로 그를 바라보았다. 그리고 그런 그녀의 얼굴을 본 남자는 더 크게 웃어댔다.

"심지어 율이랑 표정까지 닮았어!"

이러다가 호흡곤란이 오지 않을까 걱정될 정도였다.

"이카루스님!"

멀리서 급하게 달리는 넬룸의 발소리와 함께 라일라의 목소리가 들렸다. 민아는 소리가 나는 쪽으로 고개를 돌렸다. 어느새 연습장을 다 돌았는지 라일라가 이쪽을 향해 넬룸을 급하게 몰고 오고 있었다.

근데 이카루스라고? 민아는 주위를 둘러보았다. 이카루스는 평소 라일라가 입에 침이 마르게 칭찬하던 그녀의 주인 이름이었다. 어찌나 잘생기고, 남자답고, 호쾌하고, 다정한 사람이라는지 그녀는 이카루스에 대한 말을 할 때마다 거의 꿈에 잠긴 듯 초롱초롱한 눈을 했다. 그 덕분에 민아 또한 단 한 번도 만나본 적 없는 이카루스에 대해서 덩달아 환상 같은 것을 가지고 있었다.

도대체 어디에 있단 말인가. 그 완벽한 붉은 머리의 다정한 남자가…….

주위를 둘러보던 민아의 표정이 급속도로 썩어들어갔다. 자신의 주변에 있는 남자라고는 아까부터 미친 것처럼 웃고 있는 이 남자밖에 없었다. 심지어 그의 머리칼은 붉은색이었다. 그렇다면 이 사람이 그 멋있다는 이카루스였단 말인가?

민아는 씁쓸함을 감출 수 없었다. 아무래도 라일라의 두 눈에는 대형 콩깍지가 끼어있는 것 같았다…….

넬룸에서 급히 내린 라일라는 오랫동안 웃느라고 얼굴까지 새빨개진 이카루스의 등을 가볍게 쓸어주었다. 그는 이제 웃는 것도 힘든 건지 마른기침을 하며 오른 손바닥으로 자신의 눈에 고인 눈물을 닦아내었다. 그리고 나머지 손은 민아 쪽으로 내밀었다. 아마도 인사를 하려고 하는 것 같았다.

민아는 이카루스가 자신을 향해 내민 손을 물끄러미 쳐다보았다. 그래도 여기서 자신은 평민도 아니고 노예 신분이라는데 귀족이라는 사람의 손을 막 잡아도 되는지 조금 고민스러웠기 때문이었다. 그런 민아의 고민을 아는지 모르는지 그는 민아를 향해 내민 손의 손가락을 장난스럽게 꼼지락거렸다. 아무래도 기다리기 싫으니까 빨리 잡으라는 몸짓 같아서 민아는 일단 이카루스의 손을 잡았다.

"반갑다. 이카루스 루텔이야."

"김민아입니다."

언제나 그렇듯 민아는 자기소개 뒤에 조금 웅얼거리듯이 민아가 이름이에요, 라는 말을 붙였다. 이카루스는 기쁜 듯한 기색으로 맞잡은 민아의 손을 크게 흔들어 힘차게 악수를 했다. 어깨까지 흔드는 그의 악수에 민아는 억지웃음을 지으며 최대한 자연스럽게 손을 빼냈다.

"한번은 꼭 인사하고 싶었거든. 라일라가 네 얘기를 많이 하기도 하고. 율 일도 있고."

"율이요?"

"아. 유루스 말이야."

낯선 이름에 민아가 갸웃하자 이카루스가 친절하게 덧붙여 줬다. 아무래도 율은 유루스의 애칭인 모양이었다. 확실히 율이라고 부르니까 더 짧고 편하게 느껴지기는 했다. 뭐, 민아 자신이야 평생 그렇게 부를 일은 없겠지만…….

"이러지 말고, 들어가서 이야기 나누죠. 여기는 먼지가 많이 날려서요."

라일라가 평소보다 더 생글생글 웃으며 말했다. 그녀는 이카루스를 보며 들뜬 기분을 감추지 못했다. 비록 동등한 관계는 아닌, 주종관계였지만 그래도 제법 어울리는 한 쌍 같아 보인다고 민아는 생각했다. 하지만 이카루스는 아쉽다는 듯 말했다.

"아니. 안될 것 같아. 나는 너랑 이 방문자 아가씨와 인사나 할까 하고 잠깐 들른 거거든. 나도 유루스가 떠나기 전까지 한창 바빠.

그것도 내일이면 끝이지만."

"내일이요?"

"들은 바가 없나?"

들은 바는커녕, 온종일 마주친 적도 없다. 민아는 희미하게 실소를 내지었다.

"들은 적 없어요."

"그래? 우리 쪽에서는 르네긴한테 서신을 보낼 때부터 준비하고 있었던 일인데. 지금 하는 건 준비됐던 짐을 다시 싸고 확인하는 정도라 내일이면 끝날 거야. 율은 모든 일을 일찍 끝내고 싶어 해."

"그렇군요."

이카루스는 덤덤한 민아의 반응을 살피다가 좀 시큰둥해진 모양이었다.

"이상하단 말이야. 율과 네 관계를 알 것 같으면서도 전혀 모르겠어. 아쉽지 않니? 이 저택에서 떠나는 게?"

"뭐 다를 게 있나요? 어딜 가나 노예 처지일 텐데."

"어딜 가나 노예 처지라. 그렇지는 않을 텐데. 뭐, 네 경우는 그럴 수도 있겠다. 르네긴은 인격자라고 소문이 났으니, 어쩌면 여기에서보다도 잘 지낼 수도 있겠지."

이카루스는 어깨를 으쓱해 보이더니 자신의 긴 겉옷 안쪽을 뒤지기 시작했다.

"그런 것보다는, 사실 너한테 주고 싶은 게 있었거든. 그래서 인사차 온 거야."

민아는 그가 옷자락 안쪽에서 꺼낸 물건을 멍하니 쳐다보았다. 그게 무슨 물건인지 모르는 것은 아니었지만, 아무래도 과연 자기가 생각하는 그것이 맞는지 확신하는 것이 힘들었다.

이카루스의 손에 들린 것은 화려한 보석이 박힌, 검집이 민아의 팔뚝 길이만 한 단검 한 자루였다.

"이건……."

"자. 선물이다. 그동안 라일라의 좋은 친구가 돼 줘서 고마워."

"이카루스님……."

라일라는 이카루스의 행동에 감동을 받은 목소리였다. 그녀에게 준 선물도 아님에도 라일라는 몇 번이고 그에게 감사하다는 말을 반복해서 했다. 어쩔 줄 몰라 하는 것은 민아뿐이었다.

"정말 저에게 주시는 건가요?"

"그래. 그다지 필요하지는 않겠지만, 그래도 혹시 모르니까. 이건 그냥 단검이 아니라 달의 자식에게 유효한 타격을 줄 수 있는 특별한 무기야."

그의 말에 민아가 눈을 동그랗게 떴다. 그렇다면 그들에게는 일반적인 무기를 통한 공격이 듣지 않는다는 것일까? 이카루스는 민아가 물어볼 수고도 없이 그녀의 표정만 보고 자기가 먼저 설명을 해주기 시작했다.

그러고 보니 라일라도 그랬는데, 이카루스도 그러는 것을 보니 이 사람들은 남들에게 무언가를 가르쳐주는 것을 굉장히 좋아하는 것 같았다.

"그 괴물들은 일반적인 무기로는 별로 타격을 받지 않아. 다쳐봤자 금방 재생하기도 하고. 일반인이 그 녀석들을 상대하려면 이런 신성력을 담은 무기가 좋지. 이걸로는 일반 무기처럼 효과가 반감되지도 않고 재생도 느리거든. 그래서 혹시 푸른 사막을 건너다가, 뭐 그럴 일이야 없겠지만, 달의 자식이 너한테 달려들면 이걸로 콱 찍어버려. 하지만 그런 일은 웬만하면 일어나지 않을 테니까 걱정할 건 없어. 지오랑 부하들은 실력이 뛰어나니까 너한테 해가 가기 전에 그놈들을 잡을 거야. 여차하면 율이라도 널 지킬 거고."

신성력을 담은 무기. 예전 같으면 코웃음을 치며 그런 것이 어디 있느냐고 비웃었겠지만 지금 그녀는 그런 마법적인 것들을 확실하게 믿고 있었다. 무엇보다도 자신이 이렇게 그들과 불편 없이 대화를 나눌 수 있는 것은 목에 걸린 목걸이의 붉은 소통의 돌 덕택이었다. 소통의 돌을 잃어버렸을 때를 대비해서 라일라에게 제국어를 배우고 있기는 했지만, 일단 이 목걸이를 벗으면 결코 지금처럼 자유롭게 대화할 수 없을 것이다.

"감사합니다. 정말 감사합니다."

민아는 이카루스에게 받은 검을 소중하게 품에 끌어안은 채 허리를 깊게 숙여 그에게 몇 번이고 인사했다. 굉장히 유용한 선물이었다. 달의 자식들에게서 몸을 지킬 수 있을 뿐만이 아니라, 언젠가 도망칠 때도 유용하게 쓸 수 있을 것이다. 민아에게 정말 필요한 물건은 바로 이런 것이었다. 이런 귀한 물건을 흔쾌히 주다니, 첫인상은 좀 그랬지만 친절한 사람인 것은 확실한 것 같았다.

"그래, 좋아하니 기쁘네. 언젠가 인연이 되면 또 만날 수 있겠지. 그때도 잘 부탁해."

이카루스는 민아의 기뻐하는 모습에 자못 흡족한 듯 보였다. 셋은 잠시 그 자리에 서서 실없는 이야기들을 나눴다.

하지만 그렇게 오래 있을 수는 없었다.

"이만 가봐야겠는데. 너희도 넬룸 연습도 끝났고, 들어가야 하지 않아? 먼저 들어가. 난 너희 들어가는 거 보고 있다가 갈게."

"네. 그러도록 할게요. 오늘 만나서 반가웠습니다."

"나야말로. 생각보다 더 재미있는 아가씨네. 조금 더 일찍 인사 나눴다면 좋았을걸."

라일라와 민아는 가볍게 손을 흔들어 작별인사를 하는 이카루스에게 고개 숙여 인사한 뒤 저택 쪽으로 발걸음을 돌렸다. 뒷모습만 봐도 신이 난 듯한 둘의 모습에 이카루스는 흡족한 미소를 지었다.

두 사람이 저택 안으로 들어가 모습을 감추자 연습장 귀퉁이의 나무들 틈에서 유루스가 조용히 모습을 드러냈다. 딱히 숨으려 했던 건 아니었다. 산책하다가 연습장에 도착했을 때는 이미 셋의 틈에 끼어들기도 묘한 시점이었을 뿐이었다.

"넌 대체 왜 거기에 숨어있었던 거야?"

이카루스는 그런 유루스를 이미 눈치채고 있었다. 결국, 이카루스는 시간이 조금 더 있음에도 숨어있는 유루스를 배려해서 여자들을 먼저 보낼 수밖에 없었다.

"글쎄. 내가 도착했을 때, 네가 그 방문자 여자한테 막 칼을 주고 있었거든."

"그게 왜? 그거 주면 안 되나?"

"그건 아니지만……. 언제 등을 찔릴까 걱정됐달까."

"뭐? 그게 무슨 소리야?"

이카루스가 물었지만 유루스는 대답하지 않았다.

"별말 아니야."

설명할 의지가 전혀 느껴지지 않는 그의 태도에 이카루스는 유루스가 이런 게 하루 이틀이냐 싶어 설명을 듣기를 포기했다.

유루스는 이카루스에게 시선을 돌리다 벤치 위에 있는 책을 발견했다.

"근데 이 책은 왜 여기에 있어? 넌 아닐 거고, 누가 읽던 거지? 라일라?"

유루스는 책을 집어 들었다. 하도 예전에 읽어 내용은 기억나지 않고 예전에 사들였던 책이라는 것만 기억이 났다. 이카루스는 어깨를 으쓱하며 대답했다.

"민아가 읽고 있던데? 책에 어찌나 집중하던지, 내가 갑자기 나타나니까 깜짝 놀라더라고."

"그 여자가? 그 여자 글도 읽을 줄 아나?"

"그런 모양이더라고. 그러고 보니 전에 라일라가 글도 가르친다는 얘기를 한 적 있어. 짧은 시간 배워서 그 정도의 책을 읽을 수 있을 정도라니 꽤 똑똑한 모양이야."

"그래?"

유루스는 시큰둥하게 대답했다. 책장을 대충 넘겨보니 한 페이지가 구겨져 있었다. 아마도 읽고 있었던 부분인 듯했다. 그는 잠깐 인쇄된 활자 몇 줄을 읽다가 다시 덮어버렸다. 그에겐 아무래도 좋을, 관심 없는 이야기였다.

떠나는 날 저택은 아침부터 분주했다. 라일라는 떠나는 날은 으레 바쁘므로 찾아오는 것이 실례라며, 오늘 대신 어제 작별인사를 했다.

어제 그녀가 어찌나 울던지 민아는 그녀를 달래주려고 진땀을 뺐다. 민아 또한 슬프지만 모든 상황에 담담해지려고 노력했다. 어쩔 수 없는 상황들에 감정적으로 휘둘려 힘을 뺏기기가 싫었기 때문이었다.

사람들 모두가 바빴지만 민아는 그다지 할 일이 없어, 하녀들이 싸준 그녀의 짐 상자들을 살펴보기만 했다. 그중 가장 눈에 띄는 건 옷 상자였는데, 그 안에는 새로 맞춘 것이 분명한 벨로드의 전통의상들이 들어있었다. 치마로 된 것부터 바지로 된 것까지.

특히 바지로 된 것은 통이 넓고 하늘하늘해서 마치 어릴 때 읽었던 아라비안나이트의 여주인공을 떠올리게 하는 옷이었다.

민아는 그 옷상자 깊숙이 어제 이카루스에게 받은 단검을 숨겼다. 잘 세탁해서 종이봉투에 넣어둔 민아의 원래 세계의 청바지와 셔츠 위였다. 그 위에 다른 옷들을 잘 쌓아두고 막 상자의 문을 닫을 때쯤 누군가 방문을 두드렸다. 저택의 하녀 중 한 명이었다.

"아가씨. 이제 나오도록 하세요. 준비가 다 되었답니다."

"네, 알겠어요."

민아는 황급히 자리에서 일어났다. 이제 이곳을 떠나 사막으로 간다. 푸른 사막. 민아가 이 세계에서 처음으로 떨어진 곳에 다시 가는 것이다.

민아는 잠시 제자리에 서서 자신에게 행운이 따르기를 기도했다.

푸른 사막을 채우는 모래에는 백색에 가까운 푸른빛이 돌았다. 그래서 사람들은 얼핏 보기에는 옅은 푸른빛인 그곳을 푸른 사막이라고 불렀다.

그러한 푸른 사막은 여전히 민아로 하여금 알 수 없는 기분을 들게 하는 곳이었다. 불안, 두려움, 신비로움 등이 뒤죽박죽으로 섞인 그런 기분.

민아는 그런 기묘한 기분과 이질감을 천천히 곱씹고 있었다. 이곳을 처음 봤을 때도 그랬다. 그때는 다른 세계라는 것을 몰라 눈앞에 있는 옅은 푸른빛의 사막을 부정했지만, 이제 민아는 자신이 달의 문 너머 카이아 제국에 있음을 알고 있었다.

자신은 이 세계에 속한 사람이 아니다. 민아는 언젠가 원래의 세계로 돌아가고 말리라는 다짐을 더욱 단단히 굳혔다.

하지만 그건 나중 일이었다. 민아는 가도 가도 끝나지 않는 사막의 모습에 결국 가마에서 머리를 빼꼼히 내밀어 외쳤다.

“여기서 좀 쉬었다 가면 안 돼요?”

그 질문에 유루스는 대답하지 않았다. 대답할 가치가 없는 말이었기 때문이었다. 길을 떠난 지 하루도 되지 않았다. 이제 겨우 네 시간 왔는데 쉬자는 말이 어떻게 나오는지 유루스는 이해할 수 없었다. 그가 대답하지 않자 민아는 질문을 바꿔 다시 한 번 외쳤다.

"그럼 언제 멈춰서 쉬어요?"

유루스는 여전히 대답하지 않았다. 민아는 듣는 척도 하지 않는 유루스의 뒤통수를 보며 뭐라 불만을 중얼거렸지만, 그는 신경 쓰지 않았다.

보통 사막은 넬룸을 타고 건너지만, 이번에는 유루스가 특별히 민아를 위해 가마를 준비했다고 했다. 그는 민아가 넬룸만 타고 사막을 건너는 것을 버텨낼 수 없을 것으로 생각한 모양이었다.

그 가마는 과연 다른 세계의 물건이라는 생각이 들 정도로 신기한 모양새로, 밑면에 특수 재질의 널찍한 돌이 붙어있어 네 살 아이 키만큼 공중에 떠 있었다. 그 돌은 가마 자체의 무게 또한 줄여주어 가마를 끄는 넬룸의 부담도 덜어 준다고 했다.

하지만 가마가 아무리 넬룸보다 편하다고는 하지만 승차감은 엉망이었다. 여태까지 장거리 이동을 할 때는 편하게 아버지 차나 버스, 기차를 타던 민아에게 계속 흔들거리는 가마는 두통과 짜증을 유발했다. 민아는 유루스를 원망스럽게 쳐다보다가 대답 듣기를 포기하고 도로 가마 안으로 들어가 버렸다.

민아는 가마에 실린 짐 상자들을 뒤지기 시작했다. 지금껏 멀미가 날까 봐 책을 읽지 않고 있었는데 이제는 도저히 참을 수 없을 만큼 심심했다. 어제 읽던 민담집은 어디다가 놓았었는지 찾을 수 없어서 아쉽게도 가져오지 못했지만, 그래도 다른 책들은 무사히 챙겨서 다행이었다.

민아는 챙겨온 책 중에 카이아의 전설에 관련된 책을 골라 읽기 시작했다. 어릴 때부터 독서를 좋아했던 그녀였던지라, 가마가 아무리 흔들리고 불편해도 곧 책 속으로 빠져들 수 있었다. 다행히 멀미는 나지 않았다.

십수 번의 달이 뜨고 그만큼의 해가 졌다. 짐이 많기도 하고, 아무래도 전령이 혼자 전속력으로 넬룸을 몰고 달리는 것과는 비교할 수 없는 이동속도 탓에 일행은 아직도 사막 안에 있었다.

오늘로 사막으로 나온 지 벌써 17일이 지났고, 도중에 오아시스에 몇 번, 사막 가운데 있는 마을 같은 곳에서 한 번 쉬긴 했다. 그래도 대부분 밤을 사막에서 야영해야 했고, 민아는 그런 날들이 이어짐에 따라 사막을 건너는 것이 자기 생각보다 훨씬 힘든 일이라는 것을 체감해야만 했다.

이곳이 한국이었다면 먼 거리는 단숨에 비행기를 타고 날아가면 될 텐데.

민아는 따스한 불빛과 함께 녹아들어 가고 있는 향초를 멍하니 쳐다보고 있다. 개인 막사의 카펫 위에 누워 몽롱한 눈으로 타오르는 불꽃을 바라보고 있자니 지금이 마치 환상이나 꿈처럼 여겨졌지만, 그러한 기분과는 달리 머릿속에는 지극히 현실적인 생각이 들어차 있었다. 바로 빵에 슨 곰팡이에 대한 생각이었다.

그녀는 이제껏 자신에게 주는 빵과 말린 고기, 포도주 같은 것을 조금씩 모아두고 있었다. 기회를 봐서 도망치기 위해서였다. 그러나 모아둔 빵에 곰팡이가 슬 때까지 그녀는 도망칠 기회를 잡지 못했다. 막상 사막까지 나오니, 어디로 가야 할지 짐작도 할 수 없었기 때문이었다.

도망치는 데 성공하더라도 길을 잃어 죽게 된다면 도망친 의미가 없었다. 더해서, 사막을 무사히 빠져나간다 하더라도 지금 상태로는 할 수 있는 것이 거의 없었다. 무작정 원래 세계로 돌아가고 싶다고 해서 돌아갈 수 있는 것도 아니었고, 어떻게 도망쳐 마을에 들려도 자신을 수상하게 여길 것이 분명했다.

하지만 이 모든 것은 핑계일지도 몰랐다. 솔직해지자면, 기회가 있어도 자신이 과연 도망치려고 할지 의문이었다. 도망친다는 생각은 수없이 했어도 그 생각은 이내 도망쳤다 잡혔을 때의 보복으로 이어졌다. 유루스는 탈주노예를 절대 용서하지 않는다는 라일라의 말이 자꾸만 생각났다.

물론 자신은 희귀한 방문자이니 죽이지는 않을 것이다. 그러나 안심할 일은 아니었다. 분명 죽음에 상당하는 보복을 할 것이다.

그렇다면 어떻게 해야 할까? 어떻게 해야 옳은 일일까? 이 두려움은 어떻게 떨쳐버릴 수 있을까? 곰팡이 슨 빵은 그 부분만 떼어내면 먹을 수 있지 않을까? 민아가 계속 누운 채로 향초를 보며 앞으로의 일을 생각하고 있는데, 밖에서 유루스의 목소리가 들렸다.

"들어간다."

웬일이래, 들어온다는 소리도 하고. 민아는 콧방귀를 뀌며 몸을 일으켜 앉았다. 막사 입구의 천이 살짝 걷히면서 유루스가 들어왔다. 그의 등 뒤로 사막의 밤하늘이 살짝 보였다. 별이 무수히 떠 있는 사막의 밤하늘. 저것만은 보기 좋았다.

"저녁."

그는 민아에게 쟁반을 내밀었다. 평소에는 상단의 잡일 하는 어린 소년이 가져다주는 것을 오늘은 웬일인지 유루스가 가지고 들어온 것이다.

사실 사막을 건너는 동안 민아와 유루스는 거의 접촉이 없었다. 저택에 있을 때는 일주일에 두어 번 유루스가 민아를 찾아와 그녀의 옛이야기를 듣고는 했는데 그런 것도 없었다. 귀찮지 않아 잘되었다 싶으면서도 내심 민아는 왠지 모르게 아쉬움을 느꼈다. 아마도 자기 이야기를 들어줄 상대가 없어져서 그런지도 몰랐다.

"고마워요."

민아는 짧게 인사를 하며 일어서서 유루스를 향해 손을 뻗었다. 수프와 빵, 말린 고기. 별다를 것 없이 평범한 저녁이었다. 민아는 유루스가 쟁반 밑으로 무언가 받쳐 들고 있다는 걸 알아차렸다. 저택에서 잃어버렸다고 생각했던 민담 책이었다.

"그건……."

"읽던 거지?"

유루스가 민아에게 책을 건넸다. 민아는 쟁반을 간이 식탁에 올려놓고 엉겁결에 책을 받으며 그의 표정을 살폈다.

무표정. 여전히 무슨 생각을 하고 있는지 모르겠는 얼굴이었다. 도대체 그가 어떻게 이 책을 가져왔으며 자기가 읽던 것인지는 또 어찌 아는지는 모를 일이었지만, 일단은 주니 감사하게 받았다. 책을 받으며, 혹시 유루스가 뺏을까 봐 여태까지 몰래 읽던, 저택에서 가져왔던 책을 이제는 당당하게 읽어도 되겠다는 생각을 했다.

"어……. 그러니까, 고마워요."

"이제 얼마 남지 않았어. 고생은 더 해야겠지만, 그래도 중간에 한 번 더 제대로 쉴 수 있는 데가 있으니 괜찮을 거야."

유루스는 말을 하면서도 민아를 쳐다보지 않았다. 그러기에 민아는 조금 마음 놓고 그의 얼굴을 힐끗힐끗 쳐다볼 수 있었다.

옅은 갈색 눈. 처음 저 눈을 봤을 때 민아는 그가 정말 무섭고 알 수 없는 사람이라고 생각했다. 물론 지금도 그 생각은 별로 변하지 않았지만 그래도 이제는 어느 정도 그에게 익숙해졌다. 처음에는 좀 이상한 사람같이 느껴졌는데, 시간이 지나고 보니 그렇지도 않았다. 그의 태도는 단지 평면적이 아니라 다면적일 뿐이었다.

저택에서 살면서 그가 일할 때의 모습을 본 적이 몇 번 있었다. 그럴 때의 유루스는 평소보다 더 날카롭고 말을 많이 했고 뻔뻔해 보였다. 하지만 개인적으로 보는 그는 별로 그렇지가 않았다. 비록 대화라기보다는 민아 혼자 계속 말을 하는 거긴 했지만, 그래도 그는 그녀가 하는 말을 잘 들어주었다. 게다가 왠지 모르게 늘 조금 지쳐 있는 것 같기도 했다. 민아는 그가 미웠지만, 가끔은 그가 그렇게 밉지도 않았고, 한 편으로는 궁금하기도 했다.

"저기요. 당신은 그래도 나한테 좀 잘해주시네요."

민아가 저도 모르게 툭 말을 꺼냈다. 그녀의 말에 유루스가 천천히 눈동자를 돌려 그녀를 바라보았다. 처음에는 남자답고 잘생겼다고 생각했지만, 아니 지금도 그렇다고는 생각하지만 이제는 너무 많이 봐서 그런지 그냥 사람 얼굴로 보였다. 가끔은 그의 얼굴에 살짝 두근거리기도 했었지만 그것도 다 지난 일이었다. 저 얼굴은 그냥, 잘생긴 얼굴이라기보다는 유루스의 얼굴이었다.

"저택에 있을 때, 먼발치에서 당신의 건설업에 동원되었다는 노예들을 본 적 있어요. 다 힘든 일을 하는 것 같더라고요. 나는 그때 깨끗한 새 옷을 입고 라일라에게서 제국어를 배우고 있었어요."

그는 아무런 말도 없었다. 그러나 확실하게 민아의 말을 듣고 있다는 것만은 알 수 있었다.

"솔직히 나는, 부끄럽지만 그때 다행이라고 생각했어요. 저렇게 힘든 일을 하지 않아도 돼서 다행이라고. 저렇게 더러운 옷을 입고 제대로 씻지도 못하고 까맣게 타는 힘든 일을 안 해서, 정말 다행이라고요."

민아는 얘기를 하면서 고통스러운 듯 미간을 찌푸리며 두 눈을 질끈 감았다. 그런 생각을 했던 자신이 수치스럽게 느껴졌기 때문이었다. 남의 불행 앞에서 안도하고 있었던 그때의 자신을 돌이켜 떠올리는 것은 그다지 마음 편한 일은 아니었다.

"나는 그때 내가 여기서 이렇게 편하게 있는 것은 다 당신 덕택이라는 생각을 잠깐 했어요. 근데, 곧 이런 생각도 따라오더군요."

지금 이 말을 계속 해야 할까?

민아는 자신의 머릿속에서 입 밖으로 튀어나올 말들을 생각하며 잠깐 고민에 빠졌지만 그 고민이 끝나기도 전에 입은 벌써 말을 내뱉고 있었다.

“내가 왜 고마워해야 하지? 힘든 일을 시키지 않는다고 해서, 좋은 음식, 좋은 잠자리를 제공한다고 해서 내가 왜 고마워해야 하지? 뭐 그런 생각 말이에요. 당신은 내 자유를 빼앗고, 내게 상표를 붙인 사람이잖아요. 그런 사람에게 고맙다는 생각 할 필요는 없다고.”

유루스의 표정은 여전히 변화가 없었다. 계속 처음과 다름없는 표정으로 민아를 쳐다보고 있을 뿐이었다. 민아는 그런 그의 시선을 살짝 피하며 자신의 머리칼을 매만졌다.

“사실 이런 말을 하려던 건 아니었어요. 그냥 책을 줘서 고맙다는 말을 하려고 했는데, 어떻게 하다 보니 이런 말들이 나와 버렸네요. 하지만 지금에 와서 생각해보니……. 당신의 세계에서는 모든 게 자연스러운 일이네요. 노예도, 주인도, 사람을 사고파는 것도. 나의 세계와는 다르게요……. 그러니까, 이곳의 모든 일을 다 받아들일 수는 없지만, 그래도 당신이 내게 잘 해주시는 건 정말 감사하게 생각해요.”

민아는 말을 다 쏟아내고 나서야 조금 민망해졌다. 원래는 책을 줘서 정말 고맙다는 말만 하려고 했는데, 말을 하다 보니 속에 있던 말을 쏟아내고 말았다.

사실, 이 세계에 있어서는 유루스의 행동은 지극히 정상의 범위였다. 그를 원망하다가도 요즘은 그를 탓하는 게 정말 옳은 일일까, 이 세계의 상식으로 그를 비난할 수는 없지 않은가, 그런 생각을 하게 됐다. 그러나 그녀의 그런 생각은 조용히 입을 연 유루스에 의해서 흩어졌다.

"고마워할 필요 없어."

당연히 이번에도 유루스는 아무런 말도 안 할 거라고 생각했기에 그가 입을 연 것은 꽤 놀라운 일이었다.

"네가 「방문자」가 아니었다면 너 같이 건방진 노예를 결코 이렇게 두지는 않았어. 옛날 옛적에 팔아치웠겠지. 하지만 넌 그 주제 모르는 태도를 내가 감안할 정도로 가격이 높기 때문에 참았던 것뿐이야. 상품을 최상의 상태로 관리하는 게 우리 상단의 기본방침이거든."

"가격, 가격이라고요?"

"그래, 가격. 넌 꽤 돈이 되는 상품이야. 난 너와 이렇게 헤어지게 돼서 꽤 후련해. 슬슬 네 세계의 도덕적인 척, 깨끗한 척하는 말들에 짜증이 나고 있었거든."

그의 말에 민아는 잠깐이라도 유루스를 친근하게 느꼈던 것을 후회했다. 그 후회 뒤에 밀려오는 것은 배신감이었다. 그가 자신을 그런 식으로 생각하고 있을 줄은 몰랐다.

유루스는 자신의 이야기를 듣던 그 많은 밤 동안 그런 기색을 드러내지 않았었다.

그러기에 민아는 어렴풋이 그가 자신의 이야기를 듣는 걸 좋아한다고 생각하고 있었다.

그러나 모든 것은 결국 기만에 불과했다. 민아는 자신의 도덕적 잣대로 그를 평가하지 않으려고 노력했으나, 그는 민아 세계의 도덕을 오히려 역겹다고 생각하고 있었다. 민아는 그가 조금은 이해해 줄지도 모른다고 생각했던 자신이 싫어졌다.

"내 세계에 대해 그런 식으로 생각하고 있었나요?"

"네 세계는……. 기괴한 세계지. 노예도 없고 왕도 없고 폭력도 없는. 흥미롭기는 했지만, 그뿐이었어. 싸우지 못하는 바보들의 세계에는 이제 관심 없어."

"싸우지 못하는 바보들이라고요? 그게 평화고 인간이 누릴 수 있는 가장 기본적인 권리라는 생각은 해본 적 없나요? 사람을 사고파는 것이 얼마나 비인간적이고 추한 일인지는? 단 한 번이라도 그런 걸 느낀 적은 없나요? 아, 당신은 모르겠군요. 노예가 아니니까. 그들은 당신의 재산일 뿐이니까!"

"그래, 그것들은 내 재산일 뿐이야. 그리고 지금에야 말하는 거지만, 난 네가 이런 식으로 구는 것도 마음에 들지 않아. 넌 어쭙잖게 나를 비난하고, 내게 죄책감을 느끼게 하려고 해. 내 모든 게 잘못된 거라고. 하지만 넌 틀렸어. 네 세계의 법은 네 세계에 가서나 말해. 여기선 내가 법이고, 내가 하는 모든 것이 다 옳은 일이야. 너도 지금은 내 노예다. 그러니 넌 내 말에 입 다물고 따라야 해. 내가 죽으래도 당장이라도 죽어야 해!"

민아는 잡아채듯 그의 옷소매를 잡았다. 유루스는 얼굴을 찌푸렸다.

"나는, 당신의 처지에서 생각해보려고 하고 있었어요. 이 모든 부당함은 당신의 세계에서는 당연한 일이라고……. 하지만 애초에 당신을 이해하려고 노력할 필요도 없었군요! 당신을 이해할 수 있을 리가 없어! 당신은 사람이 아니라, 쓰레기니까!"

"입 다물어!"

유루스는 민아의 손을 붙잡아 자신의 옷자락에서 거세게 떼어냈다. 거의 밀치듯한 그 힘에 민아가 중심을 잃고 그 자리에 나동그라졌다. 민아는 이를 악물고 그를 올려다보았다. 유루스가 민아에게 이런 식으로 구는 것은 처음이었다. 그는 여태껏 민아에게 소리 한 번 친 적이 없었다.

"왜요? 쓰레기란 말을 들으니까 기분 나쁜가요? 그 정도도 못 참겠나요? 물건 취급받는 나는 어떨 것 같아요?"

"더는 참아줄 수가 없군. 넌 오만하고, 주제도 모르는 여자야. 웬만하면 노예 낙인은 찍지 않으려고 했는데, 넌 그렇게 해서라도 네 위치를 머릿속에 새겨줘야겠어. 내일 아침 해가 뜨자마자 네 등에 낙인을 찍을 거다!"

"누구 마음대로! 당신이 뭔데!"

민아도 이제 더 이상은 참을 수가 없었다. 노예 낙인이라니! 그런 게 자신의 등에 남게 된다는 생각만 해도 미칠 것 같았다.

민아는 자리에서 일어나 그에게 덤벼들었다.

그러나 그녀가 뭘 어떻게 해보기도 전에 그가 그녀의 손목을 붙들어 꼼짝 못 하게 만들었다. 하지만 그녀는 그 정도로는 얌전해지지 않았다. 그녀는 있는 힘을 다해 몸을 던져 그에게 부딪쳤다.

"이거 놔! 나한테 낙인 같은 거 찍어봐! 가만있지 않을 거야, 죽여버릴 거야!"

"닥쳐! 나한테 두 번 다시 그딴 말 하지 마! 주인을 죽이겠다는 노예는 혓바닥을 이 자리에서 잘라도 할 말 없어!"

"차라리 죽여! 혓바닥을 자를 거면, 낙인을 찍을 거면, 여기서 죽이라고!"

민아는 있는 힘껏 악을 쓰며 발버둥 쳤다. 유루스는 버둥대는 그녀를 더 감당하기 힘든지 내던지듯 그녀를 떼어냈다. 하지만 그녀는 그의 옷자락을 붙들고 늘어졌다. 저택 생활 대부분에서 얌전하게 있었던 민아의 모습으로는 상상도 할 수 없는 상황이었기에 유루스는 어떻게 할까 잠깐 고민했다. 그때 갑자기 손등에 찢어지는 듯한 통증이 엄습했다. 민아가 유루스의 손등을 문 것이다.

"이게 정말!"

분노로 이성을 잃는 것은 금방이었다. 그는 그녀를 거의 휘두르듯 밀쳤다. 민아가 큰 소리를 내며 바닥으로 쓰러져 바로 일어나지 못했다. 하지만 그 눈빛만은 증오로 가득 차 그를 노려보고 있었다.

주인에게 반항적인 노예는 가만히 두어서는 안 된다. 유루스는 바닥에 엎어진 그녀의 목을 두 손으로 잡았다. 가는 여인의 목은 그가 조금만 힘을 주어도 부러질 것 같았다. 죽일 필요는 없다.

그녀는 여전히 그에게 필요한 상품이었다. 여기서 조금만 힘을 주어도 충분히 겁을 줄 수 있을 것이었다. 아주 조금만, 그 목을 약간만 누르면 되는 일이었다.

그러나 유루스는 그러지 못했다. 그는 결국 민아의 목에서 손을 떼고 말았다.

"네가 이런다고 변하는 건 아무것도 없어."

유루스의 목소리가 나지막하게 울렸다. 그 말에 민아는 이를 악문 채 고개를 저었다. 전혀 포기하지 않은 듯한 그녀의 얼굴에 유루스는 한숨을 내쉬었다.

유루스가 일어나 막사를 완전히 나가고 나서야 민아는 상반신을 일으켜 두 손으로 자신의 목을 감쌌다. 그녀는 바닥에 앉아 가쁜 숨을 진정시키려고 노력했다. 몸이 덜덜 떨렸다. 유루스가 목을 조르려고 했다는 것 자체가 엄청난 공포였다. 그는 정말 자신을 죽일 수도 있는 사람이었다.

그와 싸울 생각은 아니었다. 하지만 일은 이미 이렇게 됐고, 그녀는 그와 싸운 정도로 울고 싶지 않았다. 그는 자신과 아무런 상관도 없는 사람이다. 민아는 속으로 그렇게 되뇌었다. 아무 상관도 없는 사람이 한 말에 상처받을 필요는 없었다.

하지만 결국 잔뜩 붉어진 볼 위로 눈물 한 방울이 툭 떨어졌다. 민아는 이를 악물고 떨어지는 눈물을 손등으로 닦아냈다. 그러다 민아는 카펫 위에 떨어진, 반짝이는 무언가를 발견했다. 민아는 자신의 두 눈을 믿을 수 없어서 재빨리 그것을 주워들어 확인했다.

그건 유루스의 나침반이었다. 아까의 몸싸움 탓에 유루스가 떨어뜨린 것 같았다.

이제 상황은 바뀌었다. 이제는 두려움 때문에, 도망친 이후의 문제 때문에 머뭇거릴 시간은 없었다. 내일 아침이면 유루스가 자신의 등에 노예의 낙인을 찍을 것이다. 불에 달궈진 쇳덩이가 등에 파고들 생각을 하니 끔찍해서 견딜 수가 없었다.

지금이야말로 떠날 때였다. 여기에서 북쪽으로 계속 간다면 카이아 끄트머리의 도시 레단스크에 도착할 것이다. 남쪽으로 간다면 다시 벨로드로 갈 수 있을 것이고, 서쪽으로 간다면 또 다른 제국령인 테바루아로 갈 수 있을 것이다.

이제 그녀는 길을 찾을 나침반도, 혹시 모를 위험에 저항할 단검도 있었다. 적어도, 사막에서 길을 잃을 걱정은 없었다.

민아는 나침반을 끌어안은 채 힘없이 바닥에 쓰러지듯 누웠다. 그녀는 손의 들린 나침반을 힘주어 쥐고 어린아이처럼 몸을 웅크리고 또 웅크렸다.

3

달의 문이 열리는 밤

민아의 천막 앞을 지키는 사병들은 이제 완전히 긴장을 풀고 있었다. 그동안 민아가 워낙에 얌전히 굴었기 때문이었다. 처음에는 「방문자」라는 말을 듣고 재수 없고 불길한 여자일 거라는 생각에 바짝 날을 세웠지만, 실제로는 꽤 예쁘장하고 조용하게 생긴 여자가 지나다니면서 인사를 어찌나 잘하던지 지금은 거의 경계를 하지 않고 있었다.

오늘 밤에도 그녀의 천막 앞을 지키는 남자 두 명은 조용히 자기 꿈이나 가정 이야기를 나누다가, 어느 순간부터 어떤 이야기도 나누지 않았다. 민아는 옷가지며 물주머니, 말린 음식, 돈, 장신구 등을 담요로 싸 들고는 찬막 밖의 기색을 살폈다. 짐은 무거워서 좋을 것이 하나도 없었기에 아쉽지만 책은 챙기지 않았다.

오랜 시간, 민아는 그들이 한눈을 팔 기회만을 노리고 있었다. 주변 사람들에게 꾸준히 인사를 하며 경계를 풀려고 노력했고, 어설프게 도망치려는 시늉도 내지 않았다.

실제로도 어느 정도 효과가 있는 것 같았다. 오늘 기회가 올지 안 올지는 알 수 없었지만 기회가 오지 않더라도 아침이 오기 전에 떠나야만 했다. 게다가 민아에게는 라일라와 헤어지기 전, 그녀가 혹시 쓸데가 있으면 쓰라고 준 돈이 조금 있었다. 이곳의 물가는 모르지만 라일라가 준 돈이 적은 돈은 아닐 것이라는 확신이 있었다.

분명 살아만 있다면, 마을에 도착한다면 어떻게든 지낼 수 있을 것이다. 돈이 떨어진 다음에는 자신의 짐 상자에 있던 장신구들을 좀 팔 수 있을 것이고, 그 장신구마저 떨어지면 할 수 있는 일을 찾아야 하겠지만 그런 건 그때 가서 생각해볼 일이었다.

오랫동안 멈춰있던 밖의 기척이 다시 들리기 시작했다. 민아는 바짝 귀를 기울이며 이카루스가 준 단검을 쥔 손에 저도 모르게 힘을 주었다.

"이봐. 나 잠깐 볼일 좀……. 뭐야, 언제부터 자고 있었어?"

남자의 말에 민아는 자신의 심장이 요동치기 시작하는 것을 느꼈다. 이러다가 자신의 심장 소리가 밖에까지 들리는 것은 아닐까 싶을 정도였다.

"뭐……. 상관없겠지."

깨어있는 남자는 자신이 잠깐 자리를 비워도 상관이 없겠다고 결론 내린 모양이었다. 심지어 자는 동료를 깨우지도 않았다.

물론 그의 생각으로는 금방 갔다 올 것이기 때문에 굳이 그럴 필요가 없다고 여겼기 때문이리라. 물론 민아의 천막을 열어보았다면 그녀가 자고 있지 않다는 것을 알 수 있었겠지만, 유루스의 사병들은 단 한 번도 민아의 천막을 함부로 연 적이 없었다. 유루스의 배려였지만 그녀가 그런 것을 알 수는 없었다. 민아는 다만 그들이 함부로 천막을 왔다 갔다 하지 않아서 편하다고만 생각하고 있었을 뿐이었다.

남자의 발소리가 멀어지고 있었다. 민아는 천막 입구를 살짝 손가락으로 걷어 멀어지는 남자의 뒷모습을 바라보았다. 조금만 더, 조금만 더. 그가 조금씩 멀어질 때마다 입술이 긴장으로 바짝바짝 마르는 기분이었다.

남자의 모습이 사라지자 민아는 조용히 천막 밖으로 발을 내밀었다. 돌이라도 밟는 소리가 날까 고양이처럼 조심스러운 움직임이었다.

민아는 한 걸음 한 걸음을 떼며 천막 앞에서 졸고 있는 사병에게서 눈을 떼지 못했다. 심장이 입 밖으로 튀어나올 것 같았지만 그래도 일단 실행한 이상 여기서 멈출 수는 없었다.

다행히 사병은 끝까지 깨어나지 않았다. 그녀는 천막에서 충분히 멀어지자 점차 빠르게 걷다가 곧 뛰기 시작했다. 일단 아무도 모르게 천막에서 나오는 데까지는 성공했다. 게다가 몇 번이나 다른 곳을 지키고 있는 사병들과 마주치긴 했지만, 운이 좋게도 매번 그들을 먼저 발견해 몸을 숨길 수 있었다. 그렇게 그녀는 자기의 생각보다도 훨씬 쉽게 넬룸을 모아 묶어놓은 곳에 다다를 수 있었다.

넬룸은 귀중한 재산이었기 때문에 그 동물들을 지키는 사병은 세 명 정도였다.

민아는 커다란 짐들 뒤에 몸을 숨긴 채 그들을 조심스럽게 살폈다. 그 사람들은 민아의 천막을 지키는 사병들처럼 해이하지 않았다. 늦은 밤임에도 계속 주변을 돌며 경계하고 있었다.

그 뒤로 조금 떨어져 있는 기다란 나무 기둥 끝에 달린 보랏빛 돌도 보였다.

사병들은 넬룸과 동시에 저 돌 또한 주시하고 있었다.

저 보라빛 돌은 민아의 목에 걸린 붉은 소통의 돌처럼 마법적인 힘을 가지고 있는 것으로 푸른 폭풍이 오면 빛을 내서 경고를 해준다고 하는데, 민아는 아직 단 한 번도 저 돌이 빛나는 것을 본 적이 없었다.

넬룸들 사이에서 마오는 쉽게 찾을 수 있었다.

마오의 갈기에 장난삼아 매어준 붉은색 리본이 지금처럼 표식이 될 줄은 생각도 못 했었다. 심지어 마오는 민아의 근처에 홀로 다른 넬룸들과 많이 떨어진 울타리 근처에 서 있었다. 신이 돕는다고 생각할 수밖에 없었다.

마오를 확인하자 마음이 진정이 됐다. 민아는 병사들이 움직이는 모습을 집중해서 살펴보았다.

어차피 시간은 많으니 초조해할 필요는 없었다. 천막을 지키는 병사들은 천막을 열어보지 않으니 그녀가 없어진 것을 눈치채지 못할 것이다.

병사들이 움직이는 패턴은 생각보다 단순해서 금방 익힐 수 있었다. 저 남자가 모퉁이를 돌아가면 당분간은 어떤 사람도 지나지 않는다.

아마도 이 탈출극에서 가장 어려운 부분과 맞닥트려야 할 때가 온 것이었다.

과연 자신이 할 수 있을까.

"제발……."

민아는 저도 모르게 숨소리와 같이 중얼거렸다. 두려움으로 등에서 식은땀이 흘렀지만 이제 와서 포기할 수는 없는 노릇이었다. 민아는 속으로 숫자를 세었다.

하나, 둘, 셋……. 남자가 모퉁이를 막 돌자마자 그녀는 자신의 넬룸을 향해 뛰었다.

민아는 어린아이 무릎 정도 높이인 짧은 간이 울타리를 뛰어넘어 마오의 곁에 무사히 다다랐다.

그녀는 숨을 고르려고 노력하면서 부드러운 손길로 재빨리 마오의 얼굴을 매만졌다. 마오가 놀라 소란을 피우면 어쩌지 했지만, 다행히도 마오는 민아를 바로 알아보았는지 그녀의 손바닥을 핥을 뿐이었다.

민아는 서둘러 자신의 짐 바깥쪽에 있는 예비안장을 꺼내 마오에게 채웠다. 그리고 물 흐르듯 안장에 달린 주머니에 남은 짐들을 넣는 데까지 성공했다.

그녀는 깊은 안도의 숨을 내쉬었다.

남은 것은 이제 마오와 함께 조용히 울타리를 넘어 도망치는 일이었다. 넬룸은 원래 장애물들을 뛰어넘는데 그다지 뛰어난 생물이 아니었지만 그녀와 마오가 연습장에서 장애물 뛰어넘기를 연습했을 때 둘의 호흡은 꽤 잘 맞는 편이었다. 민아는 그걸 믿을 수밖에 없었다.

괜찮다. 모든 것이 잘될 것이다. 하지만 민아가 그렇게 생각하자마자 그런 그녀를 기만하는 것처럼 그녀가 절대 오지 않았으면 했던 순간이 찾아왔다.

“별다른 이상은 없나?”

유루스의 목소리에 민아는 순식간에 온몸에 소름이 돋았다.

“네. 계속 순찰하고 있습니다만, 수상한 기색은 전혀 없습니다. 달의 자식들도 보이지 않고, 보랏빛 돌도 울지 않습니다. 넬룸들도 잘 쉬고 있고요.”

“그래. 수고하고 있다. 하던 일을 계속하도록 해.”

이마를 타고 식은땀이 비처럼 흘렀다. 지금까지는 마오 뒤에 숨어 있는 민아를 아무도 발견하지 못했지만 앞으로도 운이 계속 따라줄까?

민아는 초조함을 느꼈다. 더 지체할 시간이 없었다. 아까와는 사정이 달라졌다. 마오 사이에 있는 이상 들킬 확률이 높으니 가능한 한 빨리 이곳을 떠나야 했다.

민아는 혹시 모를 상황에 대비해 들고 있던 검집에서 단검을 빼들었다. 그러나 그건 그다지 좋은 선택이 아니었다.

–푸아아아!

검집에서 검을 뽑을 때 난 미약한 쇳소리에 다른 넬룸이 놀란 모양이었다. 그 넬룸은 발을 구르며 거칠게 울기 시작했다.

"뭐야!"

순식간에 병사들과 유루스의 시선이 민아 쪽으로 쏠렸다. 그 어둠 속에서 민아는 유루스와 눈이 바로 마주쳤다.

"누구냐!"

병사들이 민아를 향해 소리 질렀다. 민아는 자신도 놀랄 정도로 신속하게 마오의 등에 뛰어올랐다. 마오는 갑자기 민아가 등에 올라 놀란 모양인지 크게 발을 구르며 울음소리를 냈다.

–푸아아아아!

그 커다란 울음소리에 다른 넬룸도 흥분했는지 덩달아 울며 발을 구르기 시작했다.

민아는 이 넬룸들을 흩어놓기로 마음먹었다.

그녀는 마오를 몰아, 넬룸들 사이를 지났다. 예상대로 갑자기 뛰기 시작하는 마오에 다른 넬룸들이 놀라서 발버둥 치기 시작했다.

순하다고는 할 수 없는 넬룸들이 미친 듯이 날뛰었고, 그중의 한 놈은 지나치게 흥분했는지 울타리로 뛰어올랐다. 장애물을 넘기 싫어하는 넬룸의 특성에 애초부터 얼기설기 만들어 놓은 울타리는 그 발길질 한 번에 부서졌다.

그 부서진 틈으로 넬룸들이 뛰어 나가기 시작했다. 어둠을 뚫고 넬룸들의 발소리가 울려 퍼졌다.

"잡아!"

유루스의 급하게 소리 지르는 목소리가 들렸다. 하지만 모두는 넬룸들 사이에서 제대로 움직이지 못했다.

막사에서 사람들이 뛰어 나오기 시작했고, 민아는 뒤도 돌아보지 않고 넬룸을 사막으로 몰았다.

그런 민아를 쫓는 사람은 아무도 없었다. 주변이 혼란스러워 정신이 없던 것도 있었지만, 장정들 모두가 넬룸의 발에 얻어맞지 않기 위해 우왕좌왕하고 있었기 때문이었다.

유루스는 혀를 차며 날뛰는 넬룸 사이에 뛰어들었다. 그는 망설임 없이 날뛰고 있는 한 넬룸의 옆구리에 있는 힘껏 몸을 부딪쳤다. 무방비했던 옆구리에 뭔가가 거세게 부딪치자 넬룸은 비명을 지르며 옆으로 주춤했다. 유루스는 그 틈을 놓치지 않고 그 위로 단숨에 뛰어올랐다.

안장도 없는 상태였지만, 그는 금세 중심을 잡고 넬룸을 몰기 시작했다.

하, 누군가 넬룸을 재촉하는 목소리에 민아는 뒤를 돌아보았고, 유루스가 어느새 자신을 쫓고 있다는 것을 알게 되었다. 그녀의 얼굴이 순식간에 희게 질렸다. 고삐를 쥔 손이 땀으로 미끈거렸다.

그래도 출발한 시간에 꽤 차이가 있었기 때문에 두 사람의 거리는 상당히 벌어진 뒤였다.

"거기 서!"

서란다고 설 거면 애초에 도망치지도 않았다.

민아는 계속 마오를 타고 달렸다. 그렇게 한참을 달리다 이제는 좀 거리를 벌렸을까 싶은 생각이 들어 살짝 고개를 뒤로 돌렸다. 하지만 민아는 눈앞이 깜깜해지는 것을 느꼈다.

유루스가 생각보다도 더 바짝 속력을 높여 쫓아오고 있었고, 그의 뒤 멀리로는 다른 병사들도 넬룸을 타고 쫓아오고 있었다.

도망칠 수 있을까. 민아는 고삐를 꽉 쥐었다.

유루스만 그 자리에 나타나지 않았다면, 어쩌면 잘 도망칠 수도 있었을 텐데. 모든 것이 그의 탓 같았다. 그녀는 필사적으로 마오를 몰았다.

하지만 아무래도 오랜 기간 넬룸을 타온 유루스의 솜씨를 이길 수는 없었는지, 민아가 아무리 애를 써도 유루스를 떨쳐버리기는커녕 오히려 점점 더 거리가 가까워졌다.

마침내 유루스는 민아의 바로 옆까지 바짝 쫓아왔다.

그가 넬룸 위에서 민아의 팔을 거세게 잡아당겼다. 그의 힘에 민아는 마오의 등에서 미끄러져 떨어졌고, 그런 민아를 유루스가 순간적으로 감싸 안았다.

두 사람은 한데 엉켜 사막의 모래 위로 떨어졌다.

"이거 놔!"

갑자기 넬룸에서 떨어져 모랫바닥에 파묻힌 민아는 반사적으로 그를 향해 손을 휘둘렀다.

문제가 있다면 여전히 그녀의 손에 이카루스가 건네주었던 칼이 들려 있었다는 것이다.

뜨거운 피가 그녀의 위로 쏟아졌다.

민아는 피를 얼굴에 묻힌 채로 눈을 크게 떴다. 한국에서 평화롭게 살아오는 동안, 그녀는 누군가를 칼로 헤칠 일이 올 거라는 생각을 한 적은 평생에 한 번도 없었다. 그럴 필요가 없었다.

물론 여기에 온 뒤 필요하다면 누군가를 찌를 각오는 했었지만, 각오와 실제는 달랐다. 민아는 유루스를 보며 거센 숨을 내쉬다가 재빨리 그를 밀치고 엉거주춤 일어나 몇 걸음 달아났다. 그러나 얼마 뛰지도 못하고 다리가 풀려 넘어지고 말았다. 손이 벌벌 떨리고 심장이 터질 것만 같았다.

도대체 그의 어디를 찔렀지? 민아는 공포감에 떨며 뒤를 바라보았다. 유루스는 비틀거리며 자리에서 일어나고 있었다. 그는 왼팔을 감싸 쥐고 있었고 그의 흰옷은 피로 젖어있었다. 유루스가 그녀를 매섭게 노려보았다.

"그러니까, 놓으라고…… 했……."

민아는 스스로 사람을 찔렀다는 두려움과 자신을 향해 다가오는 유루스에 대한 두려움으로 금방이라도 멎을 것처럼 숨을 몰아쉬기 시작했다. 하지만 달아나지는 않았다. 아니, 달아날 수가 없었다. 다리에 힘이 풀려 전혀 움직일 수가 없었다.

유루스는 허리춤에서 검을 뽑아들었다. 달빛에 비쳐 검날이 푸르게 빛났다. 그가 자신을 향해 검을 휘두르는 것을 끝까지 볼 수가 없어 민아는 두 눈을 질끈 감았다.

민아는 자신에게 내리쳐질 검날을 기다렸다.

그러나 아픔은 느껴지지 않았다. 그 대신 그녀의 뒤쪽에서 처절한 비명이 울렸다. 민아는 눈을 뜨고 등 뒤를 돌아보았다. 그리고 소리를 지르지 않기 위해 손으로 입을 막아야 했다. 유루스가 검을 휘두른 상대는 민아가 아니었다. 언제부터 있었는지 그녀의 뒤에는 커다란 달의 자식이 서 있었다.

민아는 누군가 자신의 머리를 망치로 때린 것 같은 충격을 받았다. 온몸이 저절로 사시나무 떨리듯 떨려왔다. 검은 몸통, 어둠 속에서 빛나는 수십 개의 빛나는 붉은 눈동자는 분명 전에 본 적이 있었다. 거의 소형차만한 크기의 검은 늑대 형상의 그 괴물은 민아를 이 세계로 떨어지게 만든 바로 그놈이었다.

유루스는 순식간에 달의 자식의 얼굴을 횡으로 베어냈다. 그러나 한눈에 봐도 그다지 치명상을 입히지는 못한 것 같았다.

유루스는 반격을 염려한 듯 바로 뒤로 빠지며, 민아에게 입은 상처가 고통스러운지 잇새로 괴로운 신음을 흘렸다. 그러나 그는 신음을 삼키고 곧 자세를 바로잡았다. 그리고 힐끗 뒤를 돌아보며 민아를 향해 소리쳤다.

"뭐해? 뛰어! 가서 네 넬룸을 잡아타! 도망가라고!"

민아는 바보같이 입만 벌린 채 으아, 두려움에 찬 소리를 내기만 했다. 여전히 몸이 움직이지 않았다.

그동안 민아가 조사한 바로는 달의 자식들은 다른 종처럼 느껴질 만큼 각각 개체의 외형이 판이하다고 했다. 그러나 민아 앞의 저놈은 분명 본 적이 있었다. 그녀를 이곳으로 떨어뜨린 놈이었다.

보통 사람들은 평생에 한 번 보기도 힘든 달의 자식을 평범한 여대생인 민아가 두 번이나, 그것도 같은 놈을 볼 확률은 도대체 얼마나 될까? 아니, 이게 과연 우연일까?

민아는 그것을 처음 봤을 때처럼 몸이 마비라도 된 것같이 움직이지 않았다. 순간적으로 전에 읽었던 민담집의 내용이 머리를 스치고 지나갔다.

이야기의 주인공 키아는 어릴 적 달의 자식에게 가족을 모두 잃었다. 그러나 키아만은 그녀 어머니의 희생으로 도망가 홀로 살아남을 수 있었다. 오랜 시간이 지나고, 겨우 그 악몽에서 벗어나게 될 때쯤, 키아는 그 괴물을 다시 만난다.

그 뒷이야기는 이카루스의 등장으로 마저 읽을 수 없었다. 그녀는 그 뒤에 어떻게 되었는가?

유루스는 공황상태에 빠져 도저히 움직일 생각을 하지 않는 민아를 보며 이를 악물었다.

"뛰라고! 김민아! 여기서 죽을 거야?"

자신의 이름을 부르는 소리에 민아가 정신을 차렸다. 유루스는 여태껏 단 한 번도 민아의 이름을 부른 적이 없었다. 하지만 지금…….

민아는 비틀거리며 자리에서 일어났다. 그녀는 유루스의 뒷모습에서 눈을 떼지 못하고 뒷걸음질을 치다가, 곧 등을 돌려 저 멀리 떨어져 주인을 기다리고 있는 마오를 향해 뛰어갔다.

민아는 뛰고, 또 뛰어서 숨이 턱까지 찰 때까지 계속 뛰었다.

다행히도 유루스 혼자서 달의 자식을 상대하는 불상사는 일어나지 않았다.

그를 뒤따라 오던 유루스의 부하들이 대형을 취해 달의 자식을 둘러싸기 시작했다. 문제는 달의 자식이 한 마리가 아니었다는 것이다. 검은 늑대 형상의 달의 자식 뒤로 기묘한 붉은빛을 내는 곰 형상의 달의 자식까지 모두 두 마리였다.

대부분의 달의 자식은 단독행동을 하니 매우 드문 일이었다. 재수가 없었다.

"지오는? 오고 있어?"

달의 자식들은 갑자기 나타난 사람들을 살피는지 바로 덤벼들지 않았다. 유루스도 놈들의 움직임을 눈으로 좇으며 고개도 돌리지 않고 물었다.

곧 매우 주저하는 대답이 들려왔다.

"그게, 여기에 온 것은 저희뿐입니다."

"뭐?"

"유루스님이 그 계집애를 쫓아가시자마자 은혜의 돌이 빛나기 시작해서, 지오님께서는 남은 녀석들과 함께 상단을 다른 자리로 옮기고 계십니다. 계집만 잡는 것엔 그다지 많은 인원이 필요하지 않을 거라면서……."

"미치겠군. 푸른 폭풍이?"

유루스는 기가 찬 웃음소리를 내었다.

아니, 불행이 한 번에 몰려온다고 해도 이렇게까지 몰려올 수가 있는 것인가? 재수가 없어도 너무 없었다.

지오는 옳은 선택을 했다. 확실히 도망친 계집애를 잡는 데는 많은 인원이 필요하지 않았고, 무엇보다도 중요한 것은 푸른 폭풍을 피해 일행과 상단 물품을 이동시키는 것이었다.

유루스가 지오의 입장이라도 그렇게 했을 것이고 지오는 유루스에게서 배운 대로 잘 행동한 것이다.

그러나 문제는 달의 자식들의 등장이었다.

그 변수가 끼어들어 결과적으로 지오의 조치는 유루스를 위험에 처하게 했다. 그는 가능한 한 빨리 이 달의 자식들을 처치하고 더해서 푸른 폭풍을 피해 달아나야 했다.

유루스는 뒤쫓아온 부하들을 곁눈질로 살폈다.

자신까지 모두 여섯 명.

두 마리나 되는 달의 자식을 상대하기엔 너무 적은 수였다. 그나마 위안이 되는 사실이 있다면 이들이 유루스의 상단에서 가장 오래된 베테랑들이라는 것이었다.

붉은 곰 형상의 놈이 그들 쪽으로 튀어 올랐다.

활을 겨누고 있던 부하 중 한 명의 화살이 밤하늘을 갈라 놈의 등에 맞았다. 괴물의 찢어지는 포효와 함께 양측 모두가 움직이기 시작했다.

거친 바람에 쓰러져 있는 붉은 곰 형상의 몸 위로 푸른 모래들이 쌓여가기 시작했다. 수십 쌍의 붉은 눈을 가진 검은 늑대는 이미 등에 화살 십수 개를 꽂고 상처를 입은 채 달아난 뒤였다.

유루스는 모래사장에 꽂아놓은 검에 몸을 간신히 의지하고 있었다. 하지만 검이 무른 모랫바닥을 버티지 못하고 쓰러지자 유루스 또한 앞으로 고꾸라졌다. 다른 이들은 살았는지 죽었는지, 쓰러져 움직이지 않고 있었다.

푸른 폭풍이 가까이 다가오고 있었기에 주변의 공기는 무시무시한 소리와 함께 요동치고 있었다. 빨리 이 자리를 피해야 했다. 하지만 자신과 부하들이 타고 온 넬룸은 이미 예전에 도망가 보이지 않았다. 유루스는 바닥을 손으로 짚고 일어나려고 했으나 그게 쉽지가 않았다. 피를 너무 많이 흘려서인지 눈앞이 흐려지고 있었다.

상단에서는 달의 자식이 나타난 이쪽의 상황을 모른다. 그러니 분명 유루스 일행이 여자를 잡아 다른 방향으로 잠시 피했다고 생각할 터였다. 구조대를 보낼 리는 없었다.

그렇다면 여기서 이대로 죽어야 하는가? 고작해야 이런 곳에서, 이런 식으로?

유루스는 헛웃음을 지으며 피에 젖은 손으로 모랫바닥을 움켜쥐었다. 모래들이 손가락 사이로 빠져나가는 그 감촉이 끔찍하게 느껴졌다. 이런 곳에서 이런 식으로 죽기 위해서 그 참담한 삶을 견뎌왔단 말인가? 인정할 수 없었다. 그러나 시야는 점점 새까맣게 변해갔다.

유루스는 거센 바람 소리 사이로 사박거리는 누군가의 발걸음 소리를 들은 것 같았다. 환청이겠지. 그는 고개를 힘들게 가로저었다. 하지만 정말로 누군가가 유루스를 향해 달려오더니 그의 옆에 무릎을 꿇었다. 눈꺼풀이 무거워 눈을 뜰 수가 없어 그게 누군지는 알 수 없었다.

지오가 보낸 구조대인가? 아니면 혹시 몰라 후발대를 보냈나?

"유루스, 유루스! 일어나 봐요, 제발!"

그러나 들려오는 목소리는 이상하게 여기에는 절대 있지 않을 것 같은 사람의 목소리였다. 예전에 멀리 도망갔어야 할……. 결국은 선언하던 말 그대로 자신을 칼로 찌른 여자의 목소리였다.

그는 그녀의 목소리를 들으며 결국 정신을 잃었다. 위도 아래도 알 수 없는, 단지 까맣기만 한 어둠 속으로 떨어지는 기분이었다.

새벽이 찾아오고 있었다. 민아는 얼어붙을 것 같은 숨을 삼키며 사막의 새벽을 응시했다. 이러고 있으니 맨 처음 이곳에 떨어졌을 때가 생각났다. 눈을 뜨니 푸른색의 사막이었다. 당연히 꿈인 줄만 알았다. 그러나 곧 이은 갈증과 더위에 가만히 있을 수만은 없어 일단 사막을 무작정 걷기 시작했다. 하지만 걸어도 걸어도 아무것도 보이지 않았다. 누구도 보이지 않았다. 겁이 왈칵 났다. 이 사막을 홀로 헤매다 죽을 수도 있다는 두려움이 그녀를 뒤덮었다.

그녀는 간신히 발견한 커다란 바위 그늘에 앉아 혼자 계속해서 울었다. 꿈이기를 바랐고, 꿈에서 깨기만을 바랐고, 그러지 못한다면 누군가 나타나 이 사막에서 자신을 꺼내주기를 바랐다. 그렇게 기도하고 또 기도하고 있을 때 민아는 저 멀리서 어떤 사람들의 무리가 사막을 건너고 있는 것을 발견했다.

민아는 신이 기도를 들어주셨다고 생각하며 그들을 향해 있는 힘껏 뛰었다. 그들이 붙잡은 노예를 끌고 이동하던 사람들이라는 걸 안 것은 그 이후의 일이었다.

그래도 그 사람들을 발견했던 그 순간만큼은, 이 넓은 사막에 혼자가 아니라는, 외롭게 죽지 않아도 된다는 생각에 마치 구원받은 듯한 기분이었다.

민아는 지금 그때와 비슷한 감정을 느끼고 있었다. 이 사막에 혼자가 아니어서 다행이라는 그 기분……. 아니, 좀 더 정확하게 말하자면 그것과는 약간 달랐다. 그건 이 사막에 그를 혼자 두지 않아서 다행이라는 안도감에 가까웠다.

등 뒤에서 뒤척이는 소리가 났다. 민아는 사막을 바라보던 시선을 급하게 뒤로 돌렸다. 유루스가 몸을 일으키고 있었다.

"유루스!"

민아는 달려가 그가 몸을 일으키는 것을 도와주려고 했다. 그러나 그는 민아의 손길을 매섭게 내쳤다. 그는 고통으로 얼굴을 찌푸린 채 잔뜩 신경을 곤두세우고 주위를 살폈다.

"여긴 어디지?"

날이 선 질문에 민아는 머뭇거리다 대답했다.

"몰라요……. 모래 폭풍이 불어와서, 당신을 마오에 태우고 무작정 달렸어요."

과연 주위를 둘러봐도 특별한 건 아무것도 보이지 않는 사막 한가운데였다. 그나마 두 사람이 있는 곳에는 커다란 검은 바위들이 몇 개 있었는데, 조그만 바위틈에서는 물이 흘러나오고 있었다. 비록 그다지 크지는 않았지만 웅덩이에는 그래도 깨끗한 물이 고여 있었고 그 주위에는 몇 가지 식물들도 자라있었다.

"그래도 물이 있는 곳을 찾아서 다행이었어요. 당신 상처는 일단 치료해야 할 것 같아서 물로 닦아내고, 깨끗한 천으로 감았어요. 해 본 적이 없어서 잘하지는 못한 것 같지만……."

유루스는 덮고 있는 담요를 들추고 자신의 상처들을 살폈다. 민아의 말대로 그의 복부와 팔에는 흰색 천이 엉성하게 감겨 있었다. 아마도 그녀의 옷을 찢어서 만든 천 같았다.

유루스는 조금 혼란스러운 얼굴로 민아를 쳐다보았다. 그녀의 긴 외투 아래로 여러 겹 껴입은 얇은 옷들이 보였다. 반면에 그는 담요를 세 겹이나 혼자 두르고 있었다. 도대체 그녀가 왜 그랬는지 유루스로는 이해가 가지 않았다. 사막의 밤은 춥다. 사막을 겪어본 적이 별로 없는 민아에게는 더욱더 추웠을 것이다. 그런데 자신이 덮어도 모자랄 담요를 왜 자신에게 전부 덮어주었단 말인가. 아니, 애초에 사막에 쓰러진 그를 구한 것도 이해 못 할 일이었다.

"배고프지 않아요?"

민아는 근처에 놓은 짐가방을 급하게 뒤져 빵과 말린 고기를 내놓았다. 그런 민아를 보며 유루스는 조금 기운 빠진 코웃음을 쳤다.

"오랫동안 준비했었던 모양이군. 여태까지 준 걸 이렇게 모아둔 거야?"

그 어조는 뜻밖에도 그렇게 비난스럽지도 비꼬는 것 같지도 않았다. 어쩌면 그런 감정을 내보이기에 그는 너무 지쳐있는지도 몰랐다. 민아는 희게 질린 유루스의 얼굴을 마주 보기가 힘들어 살짝 고개를 돌렸다.

"그래도 그런 말을 할 만큼 정신은 차린 모양이네요."

"먹고 싶지 않아. 물이나 좀 줘."

민아는 다시 가방에서 물이 든 가죽 주머니를 꺼냈다.

"도와줄까요?"

유루스는 대꾸조차 하지 않고 수통을 받아 천천히 목을 축였다. 그의 입술은 하루 새 다 껍질이 일어나 그를 더 초췌해 보이게 했다. 그나마 그가 물이라도 마시는 것을 보며 민아는 안도의 기색을 내비쳤다.

"난 뭐라고 말해야 할지 모르겠어요. 난 그럴 생각은 아니었어요, 다만……."

들어주지 않을 것 같았지만 그래도 쏟아내지 않고는 견딜 수 없었다. 민아는 바위에 기대 눈을 감고 있는 유루스의 곁에서 고개를 숙인 채 말을 이어갔다.

"그 사람들, 제가 도망친 탓에 죽은 거예요. 제가 도망치지만 않았으면 그 괴물들을 만날 일도 없었을 거고, 그 사람들이 죽을 일도 없었을 거예요. 당신의 팔도, 정말 찌를 생각은 아니었어요. 지금 와서 이렇게 말해봤자 아무것도 달라지지 않겠지만 그래도 나는 정말 일을 그렇게 만들 생각은 아니었어요……."

민아는 목구멍 안쪽에서 뜨거운 것이 올라오는 걸 느꼈지만 꾹 눌러 참았다.

여기서 울면 그건 울어서 죄책감을 덜려고 하는 것처럼 느껴졌기 때문이었다.

민아가 유루스가 있는 곳으로 돌아왔을 때는 상황이 너무 급박했다. 푸른 폭풍이 곧 그 자리를 덮칠 듯했다. 그녀는 쓰러진 남자들의 생사조차 확인하지 못하고 유루스만을 구해 데려올 수밖에 없었다. 어차피 민아가 가지고 있는 넬룸은 한 마리였기에 무리해서 생사를 확인해도 소용이 없었다. 하지만 민아는 아무것도 하지 못하고 그 자리를 떠난 것이 사무치도록 괴로웠다. 그녀는 밤새 한숨도 자지 못하고 그때의 일을 생각하고 또 생각했다.

유루스는 금방이라도 울 것 같은 민아의 얼굴을 바라보았다. 언제나 울 것 같지만 울지 않는 여자였다. 언제인가 그녀의 가족 얘기를 할 때도, 어젯밤 말싸움을 할 때도 그랬다. 민아는 자신의 감정을 잘 드러내지 않으려고 했다. 그녀를 처음 만났을 때도 그녀는 두려움으로 떨고 있었다. 하지만 끝까지 자신의 눈을 마주하면서 아무렇지도 않은 척했다.

"팔은, 그렇게 깊게 베인 것도 아니고 지금 뭐라고 할 기운도 없으니까 됐어. 게다가, 어차피……."

유루스는 저도 모르게 입을 열었다. 여자를 위로할 생각은 없었다. 그래 본 적도 없었다.

"달의 자식들은 사람들이 있는 곳을 찾아다녀. 네가 도망치지 않았어도 그 녀석들은 우리가 있는 곳으로 찾아왔을 거야. 정확하게 보자면, 그 녀석들이 우리가 있는 곳으로 찾아오다가 맞부딪힌 거지. 어차피 네가 도망치지 않았어도 그 밤에 우리는 그것들과 싸웠어야 했어."

민아는 유루스를 향해 힘겹게 고개를 들었다. 사실 그의 말은 옳았다. 달의 자식은 기본적으로 사람을 먹는다. 그렇기에 사람이 있는 곳을 찾아다니고, 습격한다. 그러니 어차피 민아가 도망치지 않았더라도 상단은 그놈들과 맞부딪치게 되었을 것이다.

하지만 그 이야기에도 그녀는 죄책감에서 벗어날 수가 없었다. 유루스의 이야기가 사실이라고 해도 그녀가 도망쳤기 때문에 유루스와 사병들은 더 안 좋은 상황에서 싸워야 했다.

더구나 어젯밤 싸운 달의 자식 중 하나는 민아를 이곳으로 오게 만든 바로 그 괴물이었다. 그 사실에 민아는 단순한 우연이라고 생각하기에는 이상할 정도의 불길함을 느끼고 있었다.

그러나 그에게 그런 사실을 어떻게 말해야 할지 모르겠고, 자신의 말을 믿어주지도 않을 것 같아 입을 다물었다.

"어쨌든 어젯밤에 내가 널 구해줬으니, 적어도 떠나기 전에 식량은 좀 두고 갔으면 좋겠어. 지오가 날 찾으려 근처를 뒤지고 있겠지만, 언제 발견될지는 모르니까. 적어도 굶어 죽고 싶지는 않아."

죄책감이든 미안함이든 어떤 심상이 그녀가 그를 구하게 했는지는 알 수 없었다. 하지만 결국 양립불가의 상반되는 목적을 가진 사람들이 부딪치지 않으려면 서로 피하거나 아니면 죽일 수밖에 없었다. 그게 유루스가 알고 있고 살아온 방식이었다.

민아는 노예로 살기를 거부했고, 유루스는 그녀에게 노예의 낙인을 찍어 르네긴에게 넘길 것이다.

"아뇨. 난 당신을 두고 가지 않을 거예요."

"뭐라고?"

"당신과 함께 가겠어요. 이제 조금만 더 가면 카이아죠? 정확히는 카이아 최남단의 도시 레단스크. 원래는 테바루아로 갈 생각이었지만 그냥 그쪽으로 갈 거예요. 도중에 마을을 발견하게 된다면 당신을 그곳에다 두고 갈 거고, 아니면 당신과 함께 레단스크로 가겠어요. 거기서 당신을 두고 난 다른 곳으로 갈 거예요."

"뭐하러 그렇게 해? 그냥 날 여기다가 두고 가. 넌 나에게서 도망치겠다고 그렇게 호언장담했잖아? 이제 이루게 되었으니 그냥 떠나라고. 다시 잡히지나 않게 기도하면서. 내가 다시 널 잡게 되면 그때는 너한테 낙인을 찍고 팔아치워 버릴 테니까."

유루스는 민아의 말에 짜증스럽게 대꾸했다. 하지만 민아의 목소리는 심하게 떨리고 있었지만 단호했다.

"사막은 넓어요. 그건 무엇보다 당신이 더 잘 알고 있을 거예요. 당신의 부하들이 당신을 제때 발견할 가능성이 얼마나 될까요? 당신이 푸른 폭풍에 휩쓸렸는지, 아니면 어느 방향으로 폭풍을 피해 갔는지 알지도 못하잖아요. 난 당신이 죽으라고 다시 돌아가서 데려온 것이 아니에요."

유루스는 민아를 다시 한 번 쳐다보았다. 그녀는 유루스의 시선을 피하지 않았다. 턱을 약간 들어 올리고, 오히려 그를 당당하게 마주 보고 있었다.

유루스는 그런 그녀에게 조금 화가 났으나 왜인지 자신도 그 이유를 알 수는 없었다.

사막의 모랫바닥을 걷는다는 것은 도시의 잘 정돈된 도로를 걷는 것보다 훨씬 더 체력을 소진하는 일이었다. 한 걸음 걸을 때마다 발목을 푹푹 잡아채는 푸른 모래 위로 민아의 땀방울이 비 오듯이 쏟아졌다. 모래도 모래지만, 타오르는 사막의 태양 또한 민아를 괴롭게 했다. 넬룸을 타고 간다면 이렇게 힘들지 않을 테지만 민아의 넬룸에는 이미 다른 이가 타고 있었다. 유루스가 여전히 좋지 않은 안색으로 마오 위에 앉아있었는데, 그마저도 조금 힘들어 보였다.

"제대로 가고 있는 거야?"

계속 입을 다물고 있던 유루스가 침묵을 깨고 꺼낸 말이었다. 겨우 한 시간 정도 걸었을 뿐인데 진이 다 빠져버린 민아는 그의 질문에 대답하는 것도 힘들었다.

"잘 가고 있으니 걱정하지 마세요."

"도대체 뭘 믿고 잘 찾아가고 있다는 거야?"

"나침반이 있으니까."

"뭐? 그걸 어디서 났어?"

유루스가 어이가 없다는 듯 말했다. 그는 민아에게 그런 걸 사주었던 기억은 없었다. 혹시 또 이카루스가 선물했나 싶어 유루스는 몸을 기울여 민아 쪽을 쳐다보았다. 결국, 민아 손에 들린 나침반을 확인한 유루스는 골이 울리는 것 같은 기분에 한 손으로 이마를 꾹 눌러 짚었다.

"미치겠군. 그거 내 거잖아? 도대체 언제 가져간 거야?"

민아는 유루스의 말에 대꾸하지 않았다. 유루스는 어이없다는 소리를 몇 번 더 내고는 뒤이어 한숨을 푹 내쉬었다. 그냥 평범한 여자인 줄 알았더니, 알고 보니 전혀 그렇지가 않았다. 반쪽이나마 일단 도주에 성공했고 그를 칼로 찔렀으며, 찌를 때는 언제고 구해오기까지 했다. 게다가 자신의 나침반마저 훔쳐냈다. 일반적인 여자의 범주를 넘어도 한참 넘었다.

"너는 대체……."

유루스는 민아에게 무언가 말을 하려다 결국 혼자 말끝을 흐리고는, 결국 하려던 말 대신 다른 말을 꺼냈다.

"됐으니까, 무슨 얘기라도 해봐. 정신 좀 차리게."

또 시작이군. 민아는 유루스에게 들리지 않을 정도로 조그맣게 투덜거렸다.

"싫어요. 어제는 내 얘기가 짜증 난다면서 지금 그런 말이 나와요? 아니, 그러지 말고 정신 차리고 싶으면 당신 옛날 얘기라도 해보는 게 어때요?"

"내 얘기? 그딴 건 들어서 뭐하게."

그는 민아의 말에 기가 찬 너털웃음을 지었다.

"당신은 그동안 뭐 쓸모 있어서 제 얘길 들었나요?"

"내 옛날 얘기는 전혀 재미없다고. 구질구질하고 짜증스러운 일 뿐인걸."

"왜요? 그런 일이 뭐가 있어요? 당신은 멋진 집도 가지고 있고, 하인들도 많고 아무튼 굉장한 부자잖아요."

아무것도 모르는 민아의 말에 유루스는 비웃는 듯한 웃음소리를 내며 두 손으로 얼굴을 가렸다. 벨로드 전체가 알고 있는 유루스의 과거를 민아는 모르는구나 싶었다.

"아무튼, 하기 싫어."

그의 비웃음 소리에 민아는 영문을 모르고 눈살을 찌푸린 채 유루스를 쳐다보았다. 사실 지금 민아는 뭔가 집중할 것이 필요했다. 이 사막의 더위에서 지루하게 계속 걷는 것은 고문에 가까웠고, 무엇보다도 힘들어서 금방이라도 주저앉고 싶었다.

민아는 잠시 입을 삐죽이다가 먼 곳을 향해 시선을 돌렸다. 여전히 푸른 모래뿐이었다. 가끔 바람에 모래알갱이들과 함께 검게 마른 식물 줄기 같은 것이 날리는 게 보이기는 했지만, 기본적으로 숨이 턱 막힐 정도로 모래밖에 보이지가 않았다.

민아는 그 삭막하고, 또 한편으로는 압도적인 풍경을 바라보다가 조금 퉁명스럽게 입을 열었다.

"그러면 다른 얘기를 하죠. 그 날, 나한테 키, 키스하려고 했었죠. 왜 그랬어요?"

툭 튀어나온 말은 정말이지 뜬금없는 소리였다. 유루스는 그 순간 숨을 잘못 들이마셔서 쿨럭이는 마른기침소리를 냈다. 민아는 그런 유루스를 향해 고개를 휙 돌려 그를 곱지 않은 눈으로 바라보았다.

"그 날 왜 그랬느냐고요."

"그게 무슨……. 너한테 그런 적 없어."

"그 날 내가 술에 취했다고 몰랐을 거라고 생각하지 마요. 생각할수록 더 확실하게 기억나니까. 그때 내 입술 바로 앞까지……. 앞까지……."

민아가 유루스를 정신없이 쏘아붙이다가 말끝을 흐렸다. 술에 취해 유루스에게 술주정을 부린 날, 분명 자신의 입술 앞에서 그의 간질거리는 숨결을 느꼈던 기억이 있었다. 그 숨결은 입술 위에서 잠시 머무르다가 떨어졌었다. 그 간질거리는 숨이 머무르던 때를 돌이켜 생각해보니, 술에 취했던 그 당시보다 다시 떠올리는 지금이 왠지 모르게 더 부끄러운 기분이었다.

흔히들 말하는 모태 솔로인 그녀는, 차마 입술 위로 그의 숨결을 느꼈다는 말을 꺼내지 못하고 「입술 앞까지」라는 말만 조그맣게 반복하다가 결국 입을 다물 수밖에 없었다.

"그건 사고였어."

다행히도, 그에게서 그날을 인정하는 발언이 나왔다. 민아는 자신이 더는 상황을 설명하지 않아도 된다는 사실에 속으로 안도했다.

"거봐요. 당신도 역시 기억하고 있었잖아요! 세상에 그런 사고가 어디 있어요?"

"네가 그때 내가 들고 있던 가운을 끌어당겼잖아. 그 통에 같이 넘어진 것뿐이라고. 게다가 나중에는 네 위로 넘어지지 않으려고 버티는 팔까지 잡아당겼었지?"

"그, 그랬었나요?"

분명히 어느 정도 제대로 기억하고 있다고 생각했었는데, 그의 팔을 잡아당겼던 것은 기억이 나지 않았다. 어쨌든 민아는 하던 추궁을 계속했다.

"그래도, 당신이라면 떨치고 바로 일어날 수 있었잖아요. 왜 그러지 않았어요? 왜 더 다가왔었느냐고요!"

"그건……."

"처음에는 사고라고 쳐도, 그 이후로 더 가까이 다가온 건 어떻게 설명할 거예요?"

유루스는 입을 다물었다. 이 세계에도 여자와는 말싸움하지 말라는 종류의 속담이 있었다. 하지만 유루스에게는 성공하기 전이나 후나 말다툼을 할 정도로 친숙한 관계의 여자가 없었다.

그러기에 그런 속담을 잘 이해하지 못했었다. 하지만 오늘 민아와 말씨름을 하면서 과연 왜 그런 속담이 생겨났나 이해가 될 것 같은 기분이었다.

유루스는 더 뭐라고 대꾸할 말이 없어서 다른 쪽으로 고개를 돌렸다.

"왜 그랬는지 설명해줘야 할 거예요. 그렇지 않으면, 뭔가 다른 이야기를 해주던가."

"뭐야. 결국, 나한테 옛날이야기인가 시키려고 그 얘기를 꺼낸 거야?"

"양자택일이잖아요. 왜 그랬는지 설명해주든가, 내가 당신에게 했던 것처럼 자기 얘기를 하든가. 선택지가 없는 것도 아니고. 이 정도면 나쁘지 않은 거 아닌가요?"

유루스는 끙, 하고 앓는 소리를 냈다. 애초에 입을 다물고 민아에게 아무런 말도 걸지 않았으면 좋았을 것을. 뒤늦게 후회했지만 때는 이미 늦었다.

"재미 하나도 없다니까……. 쓸데없이 고집만 센 여자군."

그는 자신의 얘기를 남에게 꺼내는 것이 불편했다. 모두가 아무런 재산도 지위도 없던 유루스가 어떻게 그렇게 성공했는가 궁금해했다. 그러나 그에게 그들이 원하는 특별한 비법 같은 건 없었다.

그는 그저 눈앞에 나타난 기회를 놓치지 않고 잡았을 뿐이었다. 어차피 자신의 지난날들은 웬만큼 사람들에게 알려져 있었고, 그건 대부분 맞는 말들이었다.

"그러니까, 넌 왠지 내가 날 때부터 금수저를 물고 태어났다고 생각하는 모양인데 사실 그렇지는 않아. 난 벨로드 시골 소작농의 아들이었거든."

여자들은 가난한 소작농의 아들 같은 건 좋아하지 않았다. 유루스가 여태까지 봐온 사실로는 그랬다.

친절하다가도, 그가 소작농의 아들이라는 걸 어디선가 들은 후로부터는 여자들의 태도는 조금 불편해지고는 했었다.

아니나 다를까 민아도 눈이 동그래져서 유루스를 쳐다보았다. 민아의 경우는 그녀가 여태껏 살아오면서 「소작농의 아들」이라는 사람을 처음 보았기 때문이었지만, 유루스는 민아의 놀란 듯한 얼굴을 보면서 이야기를 꺼낸 걸 조금 후회했다. 하지만 그렇다고 이왕 시작한 것을 멈추고 싶지도 않았다.

유루스는 열네 살 때 사고로 아버지를 잃었다. 소작을 부쳐주던 지주 집의 축사 짓는 것을 도우러 갔다가, 재수 없게도 축사 꼭대기에서부터 거꾸로 떨어졌다고 했다. 당장에 죽지는 않았지만 차라리 그 자리에서 죽는 것이 나았다. 지주의 집에서 불러다 준 의사도 가망이 없다고 고개를 저었던 그의 아버지는 이틀을 꼬박 내리 앓다가 눈을 감았다. 아버지가 얼마나 고통스러워했는지, 그에게서 풍기던 피와 병자의 냄새는 어떠했는지 유루스는 지금도 똑똑히 기억하고 있었다.

지주가 미안하다며 보상금 비슷한 돈을 쥐여 주기는 했지만 워낙에 없던 살림이니 그런 돈 조금 받는 것으로는 도저히 오래 버틸 수가 없었다. 결국 1년하고 반 조금 안 되게, 그러니까 15개월 정도 어머니와 아들 둘이서 아등바등 살다가 결국 각자 떨어져 살 수밖에 없었다. 그는 뭔가 더 나은 삶을 기대하며 가지고 있던 적은 양의 재산을 처분해 도시로 떠났고 그의 어머니는 나이 든 기술자와 재혼을 했다.

그 뒤로 그는 10년이 넘게 어머니를 다시 본 적이 없었다. 자리를 어느 정도 잡은 후에 그녀를 찾아보았으나 부부가 마을을 떠난 뒤로는 소식이 닿는다는 이가 없었다. 제대로 찾으면 찾을 법도 했지만, 그는 그러지 않았고 그의 어머니도 유루스의 소식을 들어 찾아올 만도 했으나 그러지 않았다.

어쨌거나 도시는 다를 거라고 당시 열여섯의 유루스는 생각했다. 하지만 세상은 어린애 생각대로 굴러가지 않는 법이다.

할 수 있는 일은 하찮고 형편없는 일들일 뿐이었고, 닥치는 대로 일을 해도 제대로 돈을 벌기는커녕 동전 한 푼 못 받고 쫓겨나기 일쑤였다. 배가 고파 도둑질을 해도 요령이 없어 뭔가를 제대로 훔치기는커녕 들켜서 딱 죽기 직전까지 맞는 일만이 이어졌다.

그에게 도시는 시골보다 나을 게 하나도 없었고 오히려 못한 곳이었지만 다시 돌아갈 엄두를 내지 못했다. 어차피 그의 집은 예전에 사라져 돌아갈 곳이 없었다.

그가 그나마 조금 살만해 졌다고 느낀 건 몸과 키가 자란 후였다. 뭔가 일다운 일을 할 수 있게 되었고 여자들의 환심이나 친절에 먹을 것이나 지낼 곳도 쉽게 얻게 되었다. 게다가 도박에서도 감이 굉장히 좋은 편이라, 그쪽에서도 어느 정도 판을 키우는 중이었다.

하지만 어느 날 그는 난데없이 덤벼오는 십수 명의 장정들에게 붙들려 손과 발이 묶인 채 황무지에 버려지게 되었다.

유루스가 어떤 자세한 묘사도 없이 있는 사실만 툭툭 짧게 말했음에도 어느새 날이 어둑어둑해져 있었다.

유루스는 누구에게도 자신의 이야기를 이렇게까지 해본 적이 없었기에 그는 자신의 이야기가 이렇게 길었었나 하고 조금 의아스럽게 생각했다.

민아는 그의 이야기를 처음부터 잘 경청하고 있었고, 중간중간 궁금한 것들을 물어보기도 했다. 그녀의 질문은 상당히 의외인 것이 많아서 유루스는 새삼 이 여자가 정말 다른 세계에서 왔음을 느낄 수 있었다.

민아는 커다란 바위들이 모여있는 곳을 발견하고, 더 어두워지기 전에 그곳에서 그 날 밤을 지내기로 했다. 그녀는 바위 쪽으로 마오를 몰며 물었다.

"뭐예요, 그 사람들은? 사기도박이라도 했어요?"

"아니. 도움받았던 여자가 문제였어."

"네? 무슨 문제였는데요?"

"돈이랑 보석을 주길래 받았는데 그게 그 여자 게 아니었더군. 남편 거였어."

"남편이요? 당신 유부녀들하고도 어울린 거예요?"

민아가 얼굴을 찌푸리며 물었다. 민아는 그가 여자에게 도움을 받았다는 게 그저 사람 대 사람이 아니라 남녀로서의 관계로 도움을 받았다는 것을 의미한다는 걸 모를 정도로 어리지 않았다. 잘생긴 청년에 대한 단순한 동경으로 여자들이 그를 챙겨주었을 수도 있지만, 대부분은 깊은 남녀관계로 그에게 접근한 여자들이 더 많았을 터였다.

물론 유루스가 여자들과 정말로 깊은 관계를 맺었는지 아닌지는 알 도리가 없었지만, 그래도 유부녀에게 그런 도움을 받는 것은 아니다 싶었다.

“무슨 소리야. 나도 유부녀는 안 만나. 그 여자가 거짓말을 한 거야. 워낙에 어려 보이는 얼굴이라 나도 깜박 속았고. 어쨌든 그 황무지에서 살아나온 이후로 여자가 주는 친절은 전혀 받고 싶지가 않더군.”

“어떻게 살아 나왔는데요?”

“내 과거에 대해서 쑥덕거리는 사람들도 이 얘기는 몰라. 그냥 알아서 살아 나왔거니 하지. 나도 누구에게도 이야기한 적 없고. 어쨌든 나는 그 황무지에서 살아나왔고, 도박으로 그 땅을 얻었고 그곳에서 온드로드꽃의 재배에 성공했지.”

유루스의 안색은 별로 좋지 못했다. 그가 넬룸의 등에서 내릴 때는 크게 비틀거리기까지 해서 민아가 달려가 그를 부축해주어야 했다. 물론 그는 민아의 손이 닿자마자 바로 그녀를 살짝 밀쳐냈다.

다시 눈을 뜬 이후로 유루스는 민아가 자신의 몸에 손을 대지 못하게 했다. 민아도 한번 칼로 찌른 사람을 믿을 수 없으니 당연히 그럴 법하다고 생각했다.

그녀는 약간의 민망함을 느끼며 그를 향해 뻗었던 손을 다시 거둬들였다. 민아는 어색해진 분위기를 환기하기 위해 넬룸의 안장을 내리면서 다시금 물었다.

“그래서, 그 황무지에서 어떻게 나왔는데요?”

"말했잖아. 다른 사람들도 그 얘기에 대해서 모른다고. 난 지금껏 다른 사람들이 알고 있는 만큼만 얘기했어. 그리고 그 이상 말할 생각은 없어."

민아는 그가 어떻게 황무지를 벗어났는지, 도박해서 따낸 그 황무지에 어떻게 그 꽃을 심을 생각을 했는지 따위가 여전히 궁금했지만 그래도 그에게 뭐라고 할 마음이 들지 않았다. 유루스의 안색은 매우 좋지 않았고 피곤해 보였다.

그는 멋대로 짐가방에서 담요를 한 장 꺼내서는, 바위에 기대어 앉았다. 민아는 그런 그가 걱정되어 주변에서 얼쩡거리며 말했다.

"밥 먹어야죠."

"입맛 없어."

"점심때도 그렇게 말하고 말린 고기 하나 먹었을 뿐이잖아요. 많이 다친데다가 피도 많이 흘렸는데, 뭘 좀 든든히 먹어야 해요."

"피곤해."

그가 한숨을 내쉬며 말했다. 아닌 게 아니라 그의 얼굴에는 정말 짙게 피곤이 내려앉아 있었다. 그녀는 아무 말도 더 하지 않고 그를 내버려두기로 했다. 민아는 가방에서 나머지 담요 두 장을 더 꺼내 그에게 가져다가 덮어줬다. 그는 민아에게 뭐라고 하려다가 곧 그것도 귀찮다는 듯이 눈을 감았다.

민아는 유루스에게서 등을 돌린 채 자신의 손톱을 딱, 딱 깨물어 뜯기 시작했다. 여섯 살 이후에는 하지 않던 손톱을 물어뜯는 버릇이 다시 나온 것이다.

그녀는 초조했다. 약도 없는 지금으로서는 그녀가 그에게 해줄 수 있는 것이 없었다. 마을이라도 빨리 나오면 그를 의사에게 데려가 보일 수 있을 텐데, 그럴 수도 없다.

민아는 저물어가는 태양을 바라보았다. 사막에 내려앉은 태양의 넘실거리는 주홍빛 위로 어둠이 내려오고 있다. 민아는 그 하늘을 바라보며 지금은 자신의 안위도 미래도 아닌 유루스의 상태가 호전되기만을 소망했다.

배신당한 남편은 아내를 홀린 새파랗게 젊은 애송이가 황무지에서 굶어 죽기를 바랐다. 그는 사람들을 시켜 애송이를 잡아 손과 발을 묶은 채 감시인과 함께 그를 황무지에 버렸다.

열아홉의 유루스는 그 남자의 바람대로 황무지에서 죽어가고 있었다.

그는 묶인 채로 마주앉은 감시인이 낄낄대며 마약을 피우는 것을 지켜볼 수밖에 없었다. 누구도 황무지에서 건장한 청년이 굶어 죽을 때까지 감시역을 하고 싶어 하지 않았기에 배신당한 남편은 오랫동안 마약을 하지 못한 약쟁이를 구해 많은 양의 약과 함께 감시역을 맡긴 것이었다.

그는 유루스가 오래도록 고통받다 죽기를 바랐으나 사실 그렇게 오래 걸릴 일도 아니었다. 잡힌 뒤로 물 한 방울도 마시지 못한 유루스는 아버지에게 찾아왔던 죽음이 자신에게도 오는 것을 느꼈다.

유루스의 감시인은 감시 대상에 그다지 관심이 없었다. 밥도 잘 먹지 않았다.

유루스는 어떻게든 그의 관심을 사려고 했지만 곧 약에 취해 알 수 없는 소리만 지껄이는 중년 남자에게는 어떤 것도 바랄 수 없다는 것을 깨달았다. 결국 별 볼 일 없던 자신의 인생이 결국 이렇게 끝나는가 싶을 때, 유루스에게 거짓말처럼 기회가 찾아왔다.

"왜 그래요? 어디 안 좋아요?"

목이 말라서 말 한마디 할 때마다 목이 찢어지는 것 같은 느낌이었다. 감시인은 너무 많은 약을 했는지 그의 눈은 정상이 아닌 듯 번들거리고 있었고 자꾸 허공을 향해 미친 것처럼 손사래를 치고 있었다.

"내가 도와줄게요, 어디가 안 좋은 거예요?"

"괴물이, 괴물이……."

"내가 당신을 도와줄 수 있어요. 내가 도와줄게요."

"괴물이 나를 죽이려고 해……."

마약을 너무 한 나머지 끔찍한 환상을 보는 모양이었다.

유루스는 그에게 다정하게 말 거는 것을 멈추지 않았다. 남자는 보이지 않는 괴물을 쫓아내는 데 필사적이었지만 유루스 또한 살아남을 희망을 좇는 데 필사적이었다.

"당신 혼자서는 괴물을 쫓을 수 없어요. 내가 그걸 잡아줄게요. 당신을 해치지 못하게 해줄게요."

"난 미치지 않았어……."

"나도 알아요. 당신은 미치지 않았어요."

"나는……."

남자는 울고 있었다. 계속해서 횡설수설 대던 남자는 마침내 유루스 쪽을 바라보았다. 유루스는 그의 눈을 바라보며 마치 친구를 보듯 웃었다.

"내가 도와줄게요."

유루스는 그를 향해 벌써 수십 번은 더 말한 그 말을 또다시 반복했다. 마침내 남자가 환상 속의 괴물에 쫓겨 벌벌 떨면서 유루스에게 무릎걸음으로 기어와 그의 손목에 감긴 밧줄을 손과 손톱을 사용해 뜯어내기 시작했다. 손톱이 벗겨져 피가 흐르는데도 그는 아픈 기색도 없이 유루스를 향해 도와달라는 말만을 반복했다.

마침내 유루스의 손목을 묶고 있던 밧줄이 헐거워지고 드디어 손을 뺄 수 있을 만큼의 넓은 틈이 생겼다. 그 틈이 생기자마자 유루스는 남자를 거세게 밀쳐 내고 밧줄을 손에서 빼냈다. 손만 자유롭다면 발에 묶인 것쯤이야 금방 풀 수 있었다.

유루스가 발목에 있던 밧줄을 정신없이 풀고 있던 중에 쓰러진 남자가 바닥을 구르며 알 수 없는 소리를 지르기 시작했다. 유루스는 그 남자를 힐끔 쳐다보았으나 지금 그를 돕는 것보다는 발에 묶인 밧줄을 풀어내는 것이 더 중요했다. 유루스는 발목에 묶인 밧줄도 헐겁게 만들어 발을 하나씩 빼어냈다.

밧줄에서 벗어난 후에는 뒤도 돌아보지 않고 남자의 가방을 향해 걸어갔다. 그의 가방을 뒤지니 가방의 반을 차지하고 있는 건조식품과 이제는 한 줌밖에 남지 않은 온드로드꽃의 잎이 보였다. 가방 옆에는 포도주를 담아놓은 가죽 주머니가 여러 개 있었다.

물은 상하기가 쉬우니 포도주로 가져온 모양이었다.

유루스는 황급하게 가죽 주머니를 열고 그 붉은 즙을 들이켰다. 워낙에 급하게 마셨기에 그의 입가와 목선을 타고 술이 다 흘렀으나 유루스는 상관하지 않았다. 유루스는 그 자리에서 술이 든 가죽 주머니 하나를 반은 흘리고, 반은 마시며 싹 비웠다. 얼굴에 열이 확 오르는 것이 느껴졌다.

가장 급했던 갈증을 해결하고 나서야 유루스는 몸을 돌려 감시인이 쓰러져있는 곳을 바라보았다. 그는 더는 허공을 향해 손을 저어대고 있지도 바닥을 구르고 있지도 않았다. 남자는 하얗게 눈을 까뒤집고 있었다.

유루스는 미간을 찌푸렸다. 그의 입가에 흰 거품이 물려있는 걸로 보아 유루스가 술을 마시는 동안 발작이라도 일어났던 모양이었다. 유루스는 조심스럽게 그에게 다가가 그의 목에 손을 대보았다. 숨을 쉬지 않았다. 결국, 그는 이렇게 죽은 모양이었다.

유루스는 손으로 아직 뜨인 그의 눈을 감겨주었다. 그래도 그가 유루스를 풀어줬으니 마지막 예의는 지켜야 할 것 같았다. 그는 땅이라도 파서 묻어줄까 싶어 주위를 둘러보기 시작했다. 그러다 유루스는 감시인이 머무르던 자리에 무언가 푸른 줄기가 돋아나 있는 것을 발견했다.

평소라면 그냥 지나칠 수도 있던 풀이었지만 유루스는 마침 땅을 팔 도구를 찾고 있었기에 그 풀 부근을 힐끗 살펴보았다.

처음 봤을 때는 무엇인지 알 수 없었다.

그러나 마땅한 도구를 찾아내지 못하고 다시 돌아섰을 때야 그는 자신이 이전에 이 풀을 한 번 본 적이 있음을 깨달았다. 그건 도박판에서 약을 팔던 놈이 들고 왔었던 것이었다.

온드로드꽃의 싹.

유루스는 그 순간, 이 싹의 발견이 자신의 운명을 바꿀 것이라는 걸 깨달았다.

차갑고 부드러운 손이 유루스의 얼굴을 매만지고 있었다. 유루스는 그 손길이 기분 좋아서, 계속해서 자신에게 머물러 있었으면 하고 생각했다. 그러나 그 손길 너머로 누군가의 다급한 외침이 자꾸만 들려왔다.

"유루스, 제발요! 제발 눈 좀 떠봐요!"

유루스는 그 소리가 시끄럽다고 생각했다. 한편으로는 참 필사적이라는 생각도 들었다. 그는 여자의 말을 정확하게 인지할 수가 없었다. 멀리서 울리는 듯했고, 또 머릿속도 멍해서 여자가 무슨 말을 하는지 정확히 알 수 없었다.

"어떡하지? 이렇게 열이 나서……. 어떡하면 좋아? 유루스, 죽지 말아요, 부탁이에요……."

뭐야, 민아였구나. 유루스는 희미한 시야로 자신을 향해 울듯이 소리치는 여자가 민아라는 걸 간신히 깨달았다. 그녀가 왜 이렇게 자신을 향해 소리를 치는지 알 수 없었다. 그러나 차가운 손길은 기분이 좋았다. 그러고 보니 그녀의 손은 왜 이렇게 차가운 걸까?

"유루스! 내가 보여요? 당신 열이 너무 많이 나서, 온몸이 불덩이에요."

유루스가 반쯤이나마 눈을 뜨자 민아는 그 순간 신에게 감사의 기도를 드렸다. 그녀는 그의 양 볼에서 손을 떼지 않은 채 고개를 들었다. 멀리서 횃불 같은 어떤 불빛들이 보였다. 그렇다고 무리를 지은 것도 아닌 꽤 적은 수였다. 이 밤에 저렇게 적은 인원이 횃불을 들고 지나가는 것이면 아무래도 유루스를 찾는 그의 부하들일 가능성이 높았다.

민아는 아까부터 계속 저 멀리의 불빛을 향해 있는 힘껏 소리를 지르고 있었다. 혼자만 있다면 숨을 죽이고 그들이 지나가기를 기다렸을 테지만 지금은 상황이 달랐다. 유루스의 열이 너무 심해서 당장에라도 약이 필요했다. 아무래도 상처가 심한데도 넬룸을 타고 사막을 무리하게 이동한 것이 문제가 된 것 같았다.

하지만 그들은 민아의 목소리가 들리지 않는지 오히려 자꾸만 멀어지고 있었다. 민아는 최후의 수단을 쓰기로 했다. 그녀는 겹겹이 입고 있었던 겉옷 몇 벌을 벗어 사막의 모래 위로 던졌다. 그리고 유루스의 담요 또한 한 장만 남기고 빼앗고 마른 음식이며 다 마신 물주머니도, 탈 만한 물건들은 모두 한 곳에 쌓았다. 물건이 어느 정도 쌓이자 민아는 막사에 있을 때 향초에 불을 붙이던 조그만 성냥갑에서 성냥을 꺼내 들어 불을 붙여 망설임 없이 쌓아둔 물건들 위로 던졌다.

눈 깜짝할 사이에 불이 크게 붙었다.

사방이 어두운 곳에서, 특히 시야를 가리는 구조물이나 자연물이 거의 없는 이런 사막에서 불빛은 당연히 눈에 띄게 마련이다.

민아는 저 멀리의 횃불을 살펴보았다. 다행히도 그녀의 결정은 효과가 있었다. 그들이 이쪽을 향해 빠르게 이동하고 있었다.

"유루스, 당신의 부하들이 오면 당신을 구할 수 있을 거예요. 금방 그들이 도착할 테니까, 마음 놓고 있어요."

그녀는 땀에 흠뻑 젖은 유르스의 이마에 붙은 머리칼을 조심스럽게 뒤로 넘겨주었다. 유루스가 그런 그녀의 손을 잡고는, 자신의 쪽으로 그녀를 살짝 끌어당겼다.

"어디 가는데."

"당신과 함께 있으면 노예 신세를 면하지 못하니까. 그동안 고맙고, 미안했어요."

"민아, 김민아……. 왜 나를 구했어? 왜?"

고열 탓에 유루스가 잡은 손에 힘이 들어가 있지 않아 그 손을 떼는 것은 어려운 일이 아니었다. 유루스는 여태껏 단 한 번밖에 부르지 않았던 민아의 이름을 계속해서 불렀다.

"민아, 가지마, 여기에 있어……."

그는 열에 들떠 자신이 무슨 소리를 하고 있는지도 모를 것이었다. 게다가 어차피 민아가 남는다고 해야 그와 오래 있지도 못할 것이다. 르네긴에게 넘겨질 테니까. 그녀는 몸이 좋지 않은 유루스가 안타까웠으나 이미 자신이 할 수 있는 최선을 다했다.

"미안해요……."

그녀는 그 말만을 남긴 채 마오를 향해 뛰어갔다. 유루스는 마오의 등에 단숨에 올라타 어둠 속으로 달려가는 그녀를 가만히 바라보았다.

크게 타오르는 불빛이 그녀의 뒷모습만을 밝게 비췄다. 그녀의 머리칼이 넬룸의 발걸음에 따라 흔들거리고 그녀가 점점 멀어지는 모습을 유루스는 바라보고 또 바라보다가 힘겹게 눈을 감았다.

횃불도 없이 이 어두운 사막을 달리다니 멍청한 여자였다. 나쁘고, 어리석은 선택이었기에 유루스는 이 푸른 사막에 떠 있는 달이라도 그녀의 발밑을 환히 비춰주기를 바랐다.

고열 때문인지 숨을 쉬기가 힘들었고, 무엇보다도 머리가 깨질 듯이 아팠다.

4

뮤리온

청년은 눈가를 찌푸렸다. 그는 눈을 가늘게 떠서 더 멀리 보려고 하다가 결국 옆에 있던 이에게 의견을 묻기로 했다. 사막의 태양 탓에 아지랑이가 피어 제대로 볼 수 없었기 때문이었다.

"있잖아, 데이. 저거 혹시 사람 아니야?"

"뭐 말입니까?"

"저기. 저 멀리에 쓰러져 있는 거. 넬룸 한 마리가 근처에서 맴돌고 있는데, 그 아래에 사람이 쓰러져 있는 것 같아."

그의 말에 또 다른 청년이 햇빛을 가리며 친구가 말한 쪽을 쳐다보았다. 그는 한참이나 말이 없다가, 마침내 눈을 약간 더 크게 뜨며 무덤덤하게 대답했다.

"네. 사람이네요."

청년이 미심쩍은 표정을 지으며 데이라고 불렀던 남자를 쳐다보았다. 사람이 쓰러졌다는데 이렇게나 무심히 말하는 게 이해가 가지 않았기 때문이다. 혹시나 자신이 잘못들은 것을 아닐까 싶었지만 데이의 말을 되짚어봐도 잘못 들은 것 같지는 않았다.

"그걸 왜 그렇게 아무렇지도 않게 말하는 거야?"

"네?"

"빨리 가서 구해야지! 아직 살아있을 수도 있잖아!"

이번에는 데이가 조금은 어이없는 얼굴을 했다. 오히려 그가 청년에 입에서 나온 말을 잘 이해하지 못하는 듯한 표정이었다. 그러나 그는 별다른 거부의 의사는 밝히지 않았다. 하지만 사실 그가 그런 말을 했더라도 청년은 그걸 듣지 못했을 것이다. 그는 벌써 저 멀리, 사람이 쓰러져 있는 곳으로 넬룸을 몰고 달려가고 있었다.

데이는 눈동자를 가만히 위로 굴리다가 어깨를 한번 으쓱하고는 먼저 간 친구의 뒤를 쫓았다. 그러면서도 이 푹푹 찌는 더위에 빨리 카이아에 도착했으면 하는 생각만 했다.

온몸이 불덩이 같은 유루스를 두고 가는 것이 마음 편한 일은 아니었다. 그러나 유루스를 위해서라면 그게 최선이었다고밖에 생각되지 않았다. 민아는 계속해서 생각나는 유루스의 가지 말라는 말에 마음이 조금 괴로웠지만, 그런 마음은 꾹 누른 채 어두운 사막을 달리는 데 집중했다.

휘영청 밝은 달이 민아가 도망치는 길을 밝혀주었지만, 그녀는 언제 유루스의 부하들에게 붙들릴까 두려웠다. 민아는 한시도 쉬지 않고 물조차 마시지 않은 채 정신없이 마오를 몰았다. 그러다 결국 새벽녘에 넬룸에서 균형을 잃고 떨어지고 말았다. 떨어지면서 아차, 싶었던 기억만을 남기고 그녀는 의식을 잃었다.

그랬기에 민아는 눈을 떠서 보이는 풍경이 몹시도 이상하게 느껴졌다. 눈을 뜬 곳은 사막이 아니었다. 그렇다고 유루스의 천막으로 다시 붙들려 온 것도 아니었다. 나무로 된 바닥과 벽이 보였고 벽에 붙은 창문으로는 푸른 하늘이 비쳐 보였다.

민아는 눈을 등잔만하게 뜬 채로 주위를 살펴보았다.

그리고 곧 소스라치게 놀라 누워있던 자리에서 몸을 일으켜 침대 머리 쪽으로 확 물러났다. 으악, 그녀의 짧은 비명이 방 안에 크게 울려 퍼졌다. 방구석, 어두운 그림자 속에 검은 로브를 쓰고 앉아있는 사람은 마치 귀신 같았다. 그의 초록빛 눈은 어둠 속에서도 번쩍이는 듯 선명하게 보였다.

민아는 주위를 살피며 뭔가 무기가 될 만한 것이 있나 찾기 시작했지만, 그녀의 그런 허둥대는 행동이 무색하게 그는 바로 자리에서 일어나 방 밖으로 나가버렸다. 민아는 심장이 가슴 바깥으로 튀어나올 것만 같이 요동치는 것을 느끼며 숨을 몰아쉬었다.

그가 나가자 비로소 주변이 눈에 들어왔다. 작은 방이었다. 방에 있는 가구들은 이제까지 민아가 본 것 중에서 가장 간단하고 소박했다.

그러니까, 도대체…….

"여기가 어디야?"

대답해 줄 이가 없음에도 그녀는 자신도 모르게 질문을 던졌다.

민아를 구해준 이는 이제 막 스물한 살의 생일을 앞둔 청년이었다. 이곳 카이아에서는 여자는 스물, 남자는 스물하나에 성년을 맞았다. 그는 자신의 성년을 앞두고 전국의 신전을 다 돌아보겠다는 계획을 세우고, 여태껏 그를 길러주었던 신전에서 나와 첫 번째 목적지인 카이아의 레단스크로 향하던 중이었다.

그는 태어나자마자 신전에 맡겨졌고 지금까지 단 한 번도 신전에서 벗어난 적이 없었다.

청년은 자신을 신전 안에 갇힌 우물 안 개구리라고 생각했으나 실제로는 꼭 그렇지도 않았다. 그를 가르친 선생들은 세상 학문에 대해 누구보다도 잘 아는 학자들과 여러 전쟁에서 이름을 떨친 용사들이었다.

결국 그는 세상 돌아가는 이치에 대해서도 각국의 정치가들과 막힘없이 의견을 나눌 수 있을 정도로 해박한 지식과 통찰력을 겸비하고 자라났고, 무술 실력 또한 단련된 군인에 비해도 손색이 없었다.

그는 타고난 성품이 워낙에 순하고 유하여 신관들의 가르침에 따라 이제껏 신전에서 조용히 지내왔지만, 항상 그 마음속에서는 바깥 세상에 대한 동경이 있었다. 어릴 때는 신전에 들른 여행자 한 명이 놓고 간 도시의 화보를 책장 한 장 한 장 모두 다 닳도록 보고 또 보고는 했다.

도시는 얼마나 활기차고 생기 넘치는 곳일까? 사람들은, 다양한 인생을 다채롭게 살아가는 사람들의 얼굴은 과연 어떠할까? 어릴 때부터 쌓이고 쌓여온 궁금증은 결국 끝을 얼마 남기지 않고 터져버리고 말았다. 어차피 성년이 되면 신전을 떠나기로 되어 있었으나 청년은 그 얼마 남지 않은 시간을 더 참지 못하고 신전을 나와 버렸다.

그에게는 데이라는 이름의 친구가 한 명 있었는데, 그는 1년에 4개월쯤은 항상 집으로 돌아갔으나 그래도 여섯 살 무렵부터 신전에서 함께 자라온 친구였다. 그는 그 친구를 데리고 푸른 사막 위로 올라섰다. 그가 자라온 신전은 사막 한가운데에 있는 거대한 검은 돌산 위에 위치한 곳이었기에 푸른 사막의 모래 위로 올라선 것조차 그의 인생 처음이었다.

그에게는 사막을 헤맨 것도, 들짐승과 달의 자식과 마주쳐 두 번의 전투를 한 것마저도 모두 경이로운 경험이었다. 심장은 항상 새로운 것에 대한 기대로 설레고 있었다.

그러던 어느 날, 레단스크를 얼마 남기지 않은 곳에서 그는 지금껏 없었던 또 다른 만남을 가지게 되었다.

사막의 모래 속에 반쯤 파묻혀 있던 여자. 그 여자는 그의 인생에 있어 처음으로 만난 또래의 이성이었다.

엎어진 채로 반쯤 모래 속에 묻혀 있는 여자의 모습은 그녀가 과연 무슨 사연을 가지고 있기에 이런 곳에 홀로 쓰러져 있나 하는 궁금증을 자아냈다. 더구나 여인의 하얗고 가냘픈 얼굴은 왠지 모르게 묘하고 신비로운 데가 있었다.

모래 속에 잠긴 여자를 빼내다가 그녀의 길고 검은 머리카락에 그의 손등이 스쳤을 때, 그는 왠지 모르게 죄를 지은 듯한 기분이 들었다.

그는 자신의 넬룸에 그녀를 태우고 데이와 함께 걸었다. 데이의 넬룸은 비어있었으나 데이가 그와 걸음을 맞추고 싶어 했다.

결국 그들은 예상보다 더 늦게 레단스크에 도착했다. 그러나 그 늦어지는 시간이 그는 전혀 지루하지가 않았다. 여인의 등이 그녀의 여린 숨에 따라 올라갔다 내려가는 모습은 작은 동물을 보듯 어딘지 위태로워 눈을 뗄 수가 없었다.

“와, 정말 일어나셨네요!”

갑자기 문이 열렸다.

민아는 심장이 바닥까지 떨어지는 기분을 느끼며 들고 있던 짐가방을 얼른 등 뒤로 숨겼다. 하지만 방문을 열고 들어온 남자는 아까 방을 나간 이와는 다른 남자였다. 그는 선명한 갈색 머리칼에 환히 웃는 얼굴이라 인상이 정말 좋았다. 게다가 어딘지 모르게 소년 같은 느낌이 들었다.

“막 의사를 불러야 하나 고민하고 있던 참인데, 이렇게 일어나셔서 참 다행이에요.”

참 밝고 다정한 목소리였다. 민아는 조금 경계가 풀어지는 것을 느꼈다. 그러나 아무리 인상이 좋고 다정한 목소리로 말한다고 하더라도 그는 낯선 이였다.

민아는 다가오는 그에게서 조심스럽게 뒷걸음질쳤다. 더구나 그녀는 자신의 짐을 챙겨서 막 이 방을 나서려던 참이었기에 더욱이 이 남자와 대화하기가 꺼려졌다.

말없이 나가려고 했다는 걸 알면 혹시나 해코지를 할 수도 있었다.

민아가 경계 어린 눈으로 자신을 쳐다보며 뒷걸음질하자 남자는 당황하며 손을 뻗어 민아에게 손바닥을 보이며 말을 붙였다. 자신이 적의나 나쁜 의도가 없다는 걸 증명하려는 듯한 동작이었다.

"아. 저 나쁜 사람 아니에요."

그럼 나쁜 사람이 자기가 나쁜 사람이라고 말할까. 더구나 저런 말을 자신의 입으로 하니 어쩐지 좀 이상하게 들렸다. 남자는 차분히 설명했다.

"레단스크 근처의 푸른 사막에서 쓰러진 당신을 발견했어요. 그대로 두면 어떻게 될 것 같아서 저희가 여기로 당신을 옮겨온 거예요. 그나저나 레단스크로 오고 계시던 것 맞나요?"

그의 설명에도 민아는 여전히 그가 의심스러웠다. 물론 그가 그녀를 사막에서 구해왔다는 말은 신빙성이 높았다. 누군가는 분명히 넬룸에서 떨어져 정신을 잃은 자신을 구해 여기다가 데려다 놓았을 테니까.

단지 민아의 의심은 그 또한 유루스처럼 자신을 노예로 팔아치우려고 하지 않을까 하는 것이었다.

지금의 민아는 특이한 복장도 아니었고 말도 통하니 일단 달의 문 너머에서 온 방문자처럼 보이지는 않겠지만, 아무래도 인종상으로 이 세계에서 흔치 않은 외모였기 때문에 특이한 노예로 팔려갈 가능성이 높았다. 더구나 그녀는 뭔가 신분을 증명할 수단도 가지고 있지 않았다.

"저……. 당신 짐, 하나도 건드리지 않았어요. 확인해 보세요. 당신의 넬룸도 마구간에 맡겨놨으니 나중에 찾아가시면 되고요."

민아가 여전히 경계를 풀지 않자 남자는 멋쩍게 웃으면서 민아의 등 뒤를 가리켰다.

나름 숨긴다고 숨겼는데 확인해보니 짐이 등 뒤로 다 튀어나와 그대로 보이고 있었다.

민망했다. 무엇보다 일단은 자신을 사막에서 구해준 사람에게 너무 무례하게 구는 것 같았다. 민아는 고개를 숙이며 간신히 감사 인사를 했다.

"구, 구해줘서 고마워요. 더구나 짐까지 같이 가져와 주셔서……."

"뭘요. 사막에서 쓰러진 이를 돕는 것은 당연한 일인 걸요."

그는 빙긋 웃었다.

민아에게 그런 남자의 모습은 어딘지 성스러워 보이기까지 했다. 그래, 사람은 서로 돕고 사는 것이 기본이었다. 잡아서 팔아치우는 게 아니고. 간신히 그 사실을 떠올리자 민아는 어딘지 모르게 안심이 되었다. 그녀가 겨우 마음을 조금 놓으며 희미하게나마 자신을 구해준 이에게 살며시 웃음을 지으려는 찰나, 열린 문 너머로 또 다른 그림자가 나타났다.

맨 처음 눈을 뜨자마자 봤던 남자였다. 아까는 머리까지 검은 로브를 뒤집어쓰고 있었지만, 지금은 로브의 모자를 내려 그의 얼굴이 훤히 보였다. 눈에 띄는 화려한 금발을 가진, 게다가 꽤 단련한 듯한 다부진 체형의 남자였다.

그의 초록색 눈은 처음이나 지금이나 다름없이 어떤 감정도 없어 보였다.

민아는 그를 보자 흠칫 놀랐다.

그러자 갈색 머리칼의 남자가 다시 편하게 웃는 얼굴로 민아를 달래주었다.

"놀라지 마세요. 이 사람은 제 친구, 데이입니다. 좀 무표정하기는 한데, 그래도 좋은 녀석이에요."

남자의 소개에 데이라는 사람이 민아를 향해 살짝 고개 숙여 인사했다. 민아도 반사적으로 허리를 푹 숙여서 인사했다.

"김……. 아니, 민아입니다."

여기서 김이라는 성, 게다가 이름 앞에 붙는 자신의 성은 평범한 게 아니었다. 튀어봤자 좋을 건 없었다.

"민아요? 특이한 이름이네요."

"하하하. 그런가요."

민아도 약간 특이한 이름이기는 했지만, 김민아로 소개하는 것보다는 훨씬 나았다.

남자는 민아의 이름을 혼자 몇 번 반복해 보더니 알겠다는 듯 고개를 끄덕였다. 그는 아주 천천히 민아에게 다가와 자신의 오른손을 내밀었다.

아마도 자기가 조금 전에 다가갔을 때 놀랐던 민아를 배려한 것 같았다.

"저는 리온이라고 합니다."

민아는 잠시 망설이다가 리온이 내민 손을 마주 잡았다. 그의 손은 여자의 손과는 다르게 단단하면서도 굉장히 따뜻했다. 그는 쑥스럽다는 듯한 얼굴을 하며 살짝 웃었다.

"이렇게 만난 것도 인연인데 잘 부탁합니다."

싱그럽다는 글자가 사람이 되면 이런 느낌일까. 아니, 민아는 그 비슷한 표현조차 한 번도 남자에게 붙여본 적이 없었다. 그만큼 눈앞의 남자는 그동안 봐왔던 사람들과는 느낌이 달랐다. 단 한 점의 그림자도 없는 듯한 환한 얼굴은 보는 사람마저 기분 좋게 해주는 무언가가 있었다.

유루스 같이 돋보이는 미남은 아니었지만, 그 역시 이목구비가 뚜렷하고 단정한 느낌이 있어 꽤나 준수한 얼굴이었다. 게다가 리온은 그 파란 눈 가득히 타고난 상냥한 눈빛을 가지고 있었다.

"저야말로, 잘 부탁해요. 구해주신 것도 정말 감사드리고요."

민아는 마침내 그를 향해 웃을 수 있었다. 그는 유루스처럼 자신을 팔아치울 사람 같아 보이지도 않았고, 나쁜 사람 같지도 않아 보였다. 근거는 없지만, 어쩐지 이 사람은 믿어도 될 것 같았다.

두 사람이 서로 마주 보며 어딘지 쑥스럽게 악수를 하고 있는데, 어느새 다가온 데이가 그 둘을 말없이 물끄러미 쳐다보았다. 이제 보니 그의 손에는 갓 조리한 따뜻한 수프와 고기요리가 올라있는 쟁반이 들려있었다.

"아, 맞아. 데이가 주방에서 식사를 받아온다고 했었거든요. 벌써 점심때도 한참 지났는데 배고프지 않으세요?"

민아는 리온이 말하고 나서야 자기가 지금 배가 고프다는 것을 깨달았다. 그녀는 머쓱하게 웃고는 데이에게서 쟁반을 건네받았다.

"고마워요."

그녀가 짧은 감사인사를 하며 데이를 다시 올려다보니 그의 얼굴은 처음이나 지금이나 여전히 무표정했다. 그래도 화들짝 놀랐던 첫 만남과는 달리 데이 또한 리온처럼 나쁜 사람은 아닌 것 같았다.

쟁반에서 데워진 음식의 따뜻한 온기가 느껴졌다. 민아는 손끝으로 그 온기를 느끼며 자신이 지금 굉장히 기쁘다는 것을 깨달았다. 이 이상한 세계로 떨어져서, 「방문자」로서가 아닌 그냥 평범한 「김민아」에게 호의를 베풀어주는 사람들을 처음으로 만난 것이다. 사막에서 죽든지 말든지 그냥 지나쳐버릴 수도 있었을 텐데.

민아는 그들에게 진심으로 감사함을 느꼈다.

"어쩌다가 그런 곳에 쓰러져 계셨던 거죠?"

민아가 식사를 다 하자 기다렸다는 듯 리온이 차를 내며 꺼낸 말이었다. 웬만하면 물어보지 않았으면 했던 질문이었다.

민아는 허둥대거나 말을 더듬으면 수상해 보일까 일부러 태연하게 찻잔에 살짝 입술을 대고 차의 향을 음미하는 척했다. 그러나 그 짧은 순간에 민아는 대체 어떻게 거짓말을 해야 그나마 의심을 덜 살 수 있을까 머리를 굴리고 있었다.

처음부터 끝까지 거짓말을 하면 왠지 모르게 들통이 날 것 같았다. 아무리 이 세계에 대해 라일라에게 배웠다 해도 생판 다른 세계이다 보니 모르는 부분이 너무 많았다. 그렇다면 어느 정도 진실을 섞으면 어떨까?

"전 벨로드의 유루스 상단의 사람이에요."

민아는 머릿속으로 대충 어떤 말을 할지 결정하고 먼저 자신의 신분을 밝혔다. 물론 거짓 신분이었다. 유루스 집에는 고용 하인이 많았으니 그중의 하나로 꾸며도 문제가 없을 것 같았다.

"아, 유루스 상단……. 들어본 적 있어요."

"저희는 레단스크로 향하던 중이었는데, 갑자기 푸른 폭풍을 만났지 뭐예요. 물론 은혜의 돌이 위험을 알려주기는 했지만, 제가 허둥대다가 일행을 놓치고 말았어요."

민아의 말에 리온이 깜짝 놀라며 걱정 어린 표정을 지었다.

"푸른 폭풍이라니, 괜찮으신 거예요? 어디 다치신 곳은 없으시고요?"

"다행히도요……. 정말 정신없이 뛰었던 것 같아요."

민아는 그때의 긴장감이 다시 떠올라 살짝 미간을 찌푸렸다. 그때 팔짱을 낀 채로 묵묵히 앉아만 있던 데이가 민아에게 말을 툭 던졌다.

"그래도 개인 소유의 넬룸이 있어서 다행이었군. 개인 넬룸이 있을 정도면 상단에서 꽤 높은 지위였었나 봐? 여자고, 또 젊어 보이는데."

찻잔을 쥔 민아의 손에 순간적으로 힘이 살짝 들어갔다. 그 말 대로였다. 넬룸은 굉장히 비싸서 개인이 소유하기 힘들다는 사실을 잠깐 잊고 있었다. 민아는 등 뒤로 식은땀이 흐르는 것을 느끼며 재빨리 변명할 거리를 생각했다.

상단에 대해 아는 건 하나도 없으니 무언가 직책을 말해봤자 소용없었다. 데이나 리온이 그 직책의 일에 대해서 물어보면 대답을 할 수 없었기 때문이었다. 게다가 마오가 자신의 넬룸이 아니라고 잡아뗀다고 해도 문제였다.

지금 자신의 옷차림이 다른 사람들에 비해서 상당히 화려한 편이라는 게 떠올랐기 때문이었다. 도대체 상단에서 일하는 하인 중에 누가 이렇게 화려한 옷을 입는단 말인가?

민아는 순간적으로 뻣뻣하게 굳었지만 다행히 곧 적절한 변명이 떠올랐다.

"전…… 상단의 중요한 위치에 있는 게 아니라, 그……. 유루스 님의 개, 개인적인……, 시중을 들고 있는 사람이라서."

그다지 하고 싶은 거짓말은 아니었지만, 상단의 간부로 위장할 수는 없었으니 그나마 이게 가장 나았다. 더구나 순간적으로 머뭇거린 이유도 이런 말을 남에게 하기 민망해서 그랬다고 대충 속아줄 것 같았다.

"개인적인 시중이요?"

리온이 때 묻지 않은 순진한 얼굴로 되물었다. 아무것도 짐작하지 못한 것 같은 그 얼굴을 보며 민아는 조금 더 직접적으로 설명해야 하나 망설이고 있는데 옆에서 데이가 알겠다는 듯한 얼굴을 했다. 그러고는 리온의 귓가에 뭐라고 속삭였다. 데이의 귓속말을 가만히 듣고 있던 리온이 귓속말 마지막 즈음에는 눈에 띄게 허둥대기 시작했다. 그의 귓가가 약간 붉어진 것이 눈에 띄었다.

"아, 아, 아……. 그, 그랬군요."

"네……."

"그, 그러시면 많이 아껴주시나 봐요."

리온은 당황해서 무슨 말을 꺼내야 하는지 모르겠는 모양이었다.

결국 그는 이 말 저 말 횡설수설하다가 제풀에 지쳐 고개를 푹 숙였다. 민아 또한 리온과 함께 고개를 푹 숙여버렸다. 지금 상황이 너무 불편했다.

할 만한 거짓말이 이것 뿐이기는 했지만 그래도 하필이면 유루스의 첩으로 자신을 소개하다니, 유루스가 나중에라도 알면 어떤 표정을 지을지 꿈에서도 알고 싶지 않았다. 민아는 유루스가 비웃는 얼굴이 떠올라 저도 모르게 몸을 부르르 떨었다.

“어디 안 좋으세요, 민아 씨?”

“아, 아뇨.”

“상단은 너무 걱정하지 마세요. 아직 레단스크에 유루스 상단은 들어오지 않은 것 같지만, 곧 들어올 거예요. 그때까지 저희가 같이 있어드릴게요.”

“아니에요!”

리온의 말에 민아는 저도 모르게 목소리를 높였다. 구해준 건 고마웠지만 여기서 헤어져야 할 사람들이었다. 괜히 이 사람들하고 같이 있다가 다시 유루스에게 붙잡힐 수는 없었다. 하루라도 빨리, 다 태워버린 물자를 보급해서 테바루아로 떠나야 했다.

갑자기 민아가 정색을 하고 소리 지르자 리온과 데이의 시선이 동시에 민아에게 쏠렸다.

“그게…… 죄송해서요. 너무 폐를 끼칠 수는 없어요.”

“아. 저희는 괜찮아요. 그치, 데이.”

“뭐. 상관이야 없죠.”

리온의 말에 데이는 괜찮다는 듯 어깨를 으쓱였다. 아까부터 데이는 민아를 향해 모호한 시선을 겨누고 있었다. 민아는 그가 그녀를 전혀 신경 쓰지 않는 것처럼 보이면서도 묘하게 그녀의 행동 하나하나를 주시하고 있는 것 같은 느낌을 받았다. 어쩌면 그는 민아의 말에서 수상한 점을 벌써 발견했을지도 몰랐다. 민아는 고마운 마음과는 별개로 빨리 이 사람들과 떨어져야겠다고 마음먹었다.

"말씀은 정말 감사해요. 하지만 사실 저는 이곳 레단스크에 아는 사람이 있어서요. 유루스님이 오시기 전에 그분과 좀 만나고 싶어서……."

민아는 고개를 몇 번이고 숙이면서 슬그머니 자리에서 일어났다. 창밖에는 이미 어둠이 깔려있었다. 이곳을 나가려면 빨리 나가는 게 좋겠다는 생각이 들었다.

민아는 자신의 무릎 위에 올려놓은 가방을 뒤적였다. 유루스가 르네긴을 볼 때 하라며 줬던 오팔 목걸이가 집혔다. 우윳빛 바탕에 무지개처럼 영롱하게 반짝이는 오팔이었다. 오팔의 크기도 크기였지만 푸른색의 색실과 은색의 색실을 짜서 만든 목걸이의 줄 장식 또한 대단한 것으로, 한눈에 봐도 값이 꽤 나갈 물건이었다.

하지만 아무리 비싸도 민아에게는 소용이 없었다. 이런 목걸이는 너무 눈에 띄어서 도망자 신세로 걸고 다닐 수 없었고, 팔아봤자 수상하다고 여겨질 것 같았다.

민아는 찻잔을 쥐고 있는 리온의 손을 잡아 자기 쪽으로 끌어당겼다. 그녀가 갑자기 손을 잡아끌자 리온이 다시 허둥댔다.

민아는 그런 리온의 손을 꼭 잡고 오팔 목걸이를 쥐여 주었다.

"리온 씨, 데이 씨……. 이건 제 감사의 표시예요. 드릴 게 이런 것밖에 없어서 죄송하지만, 부디 받아주세요."

"아니, 아니에요! 저희는 이런 걸 받으려고 구해드린 게 아니에요!"

리온이 황급히 민아의 손에서 자신의 손을 빼내려고 했다. 그러나 민아는 두 손으로 그의 손을 꽉 잡았다.

"제발 받아주세요. 이걸 받아주시지 않으면 전 평생 목숨을 구해주신 분들에게 은혜를 갚지 못했다는 죄책감에 시달릴 거예요."

진심이었다. 민아는 어떤 식으로든 그들에게 고맙다는 마음을 표현하고 싶었다.

"하지만, 그래도 이런 걸 받을 수는 없어요."

리온은 고개를 저으며 민아를 마주 바라보았다. 그의 바다같이 파란 눈에는 난처함이 가득 어려 있었다.

"이건 그냥 예사 목걸이가 아닌걸요. 분명 당신을 사랑하는 분이 준 것일 텐데……. 두 분의 추억이 담겨있는 물건일 테니 받을 수 없어요."

아무래도 이 목걸이는 민아의 생각보다 더 비싸고 특별한 물건 같았다. 물론 이 액세서리에 추억 따위는 없었지만 어설프게 부정하다가는 의심을 살 수도 있었다. 민아는 어쩔 수 없이 손을 거두었다.

"그러면, 제가 어떻게 은혜를 갚죠?"

민아가 다시 가방을 뒤져 라일라에게 받은 돈주머니를 꺼내려는데 리온이 고개를 저었다.

"금전적인 걸로는 받고 싶지 않아요."

"네? 그러면……."

"어차피 이제 해도 졌으니 밖에 나가시는 건 좀 위험하실 거예요. 이 방은 저희가 민아 씨를 위해서 빌린 거니 여기서 주무시고 내일 아침 일찍 나가시는 건 어떠세요?"

"하지만……."

"저도 민아 씨와 조금만 더 대화를 나누고 싶고요. 전 이야기 듣는 걸 아주 좋아하거든요. 그걸로 보답을 하면 어떨까요?"

"그래. 밤에 나가는 건 위험해. 길도 어두워서 잘 안 보이고, 여자 혼자 다니기는 안 좋으니까."

데이마저 말을 거들었다. 민아는 머뭇거리면서 창밖을 보았다. 확실히 짙은 어둠이 깔린 밖은 상당히 무섭게 보였다. 이렇게 되면 달의 자식이 문제가 아니라 괴한이나 불량배가 더 문제일 터였다.

민아는 고민했지만, 내일 아침 일찍 일어나 물건들을 사서 바로 떠나면 유루스 일행이 오기 전에 떠날 수 있을 것 같았다. 게다가 레단스크는 각국에서 상인들이 모이는 교역도시라고 하니 분명 넓고 혼잡할 테고 마주칠 가능성도 적을 것이었다. 무엇보다도 생명의 은인들이 돈도 보석도 필요 없고 이야기로 보답을 하라고 하니 그걸 뿌리치기도 뭐했다.

민아는 주저하다가 결국 자리에 다시 앉았다.

"저 얘기 같은 거 잘 못해요."

"아무거나 좋아요. 정말로요. 저는 아기 때부터 신전에서 자라서 사람들 얘기는 뭐든지 잘 들어요. 바깥사람들 얘기 듣는 것도 정말 좋아하고요."

민아는 눈을 동그랗게 떴다. 가족 품에서 사랑이란 사랑은 다 받고 자랐을 것 같은데 조금 의외였다. 고아인 걸까? 신전에서 아이들도 길러주나? 궁금증이 일었으나 예민할 수도 있는 남의 가정사를 막 물어볼 수는 없는 노릇이었다.

리온은 민아의 이야기가 기대된다는 듯 다정한 미소를 지은 채 그녀를 빤히 쳐다보고 있었다. 무슨 이야기를 해야 할까. 다른 세계에서 온 사람이라는 걸 알려선 안되기에, 그녀의 이야기를 할 수는 없었다. 결국 그녀는 유루스에게서 들었던 그의 어린 시절 이야기를 자신의 이야기처럼 바꿔서 들려주기로 했다.

리온과 민아는 시간 가는지도 모르고 서로 이야기를 나누었다. 정작 민아보다는 주로 리온이 자신이 자라왔던 이야기를 풀어놓았다. 어릴 적 기도시간이 지루해 도망쳐다녔다는 이야기나 호랑이 같은 선생님을 방 안에 가두었던 이야기 등이었다.

장난꾸러기 어린애 같았던 리온의 어린 시절 이야기는 별다를 것 없는 평범한 것이었음에도 묘하게 재미있게 들렸다. 데이는 대부분 이야기만을 듣고 있다가 가끔 한마디씩 끼어들기만 했다.

결국, 그들은 한참이나 깔깔거리며 웃다가 늦은 밤이 돼서야 밤이 짧음을 아쉬워하며 각자의 방으로 돌아가 잠을 청할 수 있었다.

민아는 그야말로 잠깐 눈만 붙였다가 자리에서 일어났다. 차가운 새벽공기에 몸을 떨며 창가로 다가가니 푸르스름한 새벽 안개가 거리에 끼어있었다.

민아는 길게 하품을 하며 자신의 짐가방을 꼼꼼히 챙겼다. 리온이 미리 이 방값을 냈다고 했으니 따로 돈을 낼 필요 없이 그대로 이 여인숙을 나서면 될 것이다.

이른 시간에 인사도 없이 떠나기는 조금 미안했지만 그래도 아침까지 기다렸다가는 왠지 모르게 어젯밤처럼 휘둘려 다니게 될 것 같았다. 그건 한시라도 빨리 이 레단스크를 떠나야 하는 민아의 입장에서 별로 바람직한 상황이 아니었다.

민아는 침대 위에 앉아서 저절로 감기는 피곤한 눈을 질끈 감았다가 어느 순간 단숨에 눈을 뜨고 가방을 집어든 채 방을 나섰다.

"저, 여기서 테바루아까지 가려면 얼마나 걸리죠?"

"테바루아?"

민아는 육포 등 건조식품을 팔고 있는 가게에서 상품을 둘러보다가 가게 주인에게 질문을 던졌다. 막 가게 문을 열자마자 손님이 들어와 싱글벙글한 표정으로 민아를 지켜보던 덩치가 푸짐한 여주인은 민아의 질문에 손가락을 세며 기억을 더듬었다.

"글쎄. 빠르게 가려면……. 사막으로 가면 한 달 정도 걸리려나? 하지만 오래 걸려도 역시 도시를 거쳐서 가야겠지. 아가씨는 어디로 갈 건데?"

"아……. 당연히 도시들을 거쳐서 가야죠."

민아는 처음으로 사막 외의 길이 있다는 걸 비로소 자각했다. 그러고 보니 예전에 라일라에게 테바루아와 카이아가 국경을 맞대고 있다고 배웠던 것이 생각났다.

그렇다면 식당과 가게가 마을마다 있을 테니 건식품을 많이 살 필요는 없을 것이다.

결국 민아는 가게 주인에게 가장 잘나간다는 육포를 일주일치 포장해서 사고, 별생각 없이 계산대에 라일라에게 받았던 금화 하나를 올려놓았다. 그러자 가게 주인이 눈이 휘둥그레지며 손을 내저었다.

"아가씨. 지금 우리 거슬러줄 돈이 충분하지 않은데? 이거 520에리트인데 5,000에리트 짜리 금화를 내놓으면 어떡해?"

"앗, 잠깐만요."

민아는 당황하면서 가게 주인에게 금화를 다시 되돌려 받았다. 돈의 단위에 대해 배운 적이 있긴 하지만 물가까지 배운 적은 없었다. 은화 하나에 100에리트, 금화 하나에 2,000에리트, 왕의 즉위 기념주화는 그보다 더 비싼 5,000에리트라는 건 알았지만 일주일치 육포가 겨우 520에리트라니. 육포니까 비싸겠거니 해서 금화를 내놓았는데 그게 그렇게 큰돈인지는 몰랐다. 더구나 하필이면 집힌 게 기념주화라니. 민아는 재빨리 은화 여섯 개를 꺼내 다시 아주머니에게 건네줬다.

"제가 잠깐 헷갈렸네요."

"이 아가씨도 참. 헷갈릴 게 따로 있지. 그나저나 아가씨 혼자 그렇게 돈을 많이 들고 다니면 큰일 나. 오빠나 아버지는 어디 계셔?"

"가게 밖에 계세요."

"나가자마자 돈주머니는 아버지께 맡기라고."

가게 주인은 포장된 육포와 함께 은화보다 약간 큰 동화 한 개와 그보다 작은 크기의 동화 세 개를 거스름돈으로 건네주었다.

이건 모두 800에리트일 테니 약간 큰 동화가 아마 50에리트, 작은 동화가 10에리트 짜리일 것 같았다. 이제 카이아 제국의 화폐단위에도 친숙해져야 할 생각을 하니 민아는 벌써 머리가 아파왔다.

민아는 가게에서 나가 슬쩍 주머니 속을 들여다보았다. 길거리에서 정확히 셀 수는 없었지만 금화가 몇 개, 은화는 한 줌이나 있는 것이 보였다. 여기에 보통 금화보다 가치가 높은 기념주화까지. 라일라는 어디서 이렇게 돈이 많이 나서 민아에게 이렇게 퍼주었는지 알 수 없는 노릇이었다. 라일라에게 정말 고마웠지만, 한편으로는 그녀에게 너무 많은 신세를 진 것 같다는 생각이 들어 민아는 조금 울적해졌다.

그 뒤 민아는 가게에서 지도와 물을 샀다. 그리고 마지막으로 옷가게에서 마을 아가씨들이 입을 법한 단순한 하얀색의 기다란 튜닉 블라우스와 푸른색의 긴 치마를 샀다. 거기에 두건까지 사서 머리에 꼭 맞게 두르고 옷도 가게에서 갈아입으니, 보기에는 거리에 지나다니는 평범한 마을 처녀 같아 보였다. 민아는 그런 일상복을 세 벌 정도 더 산 뒤 추울 때 입을 겉옷도 한 벌 샀다.

가게에 들어올 때 굉장히 좋은 옷을 입고 있던 민아는 가게 주인에게 바가지를 쓰고 말았지만 그런 사실을 눈치챌 수도 없었다. 원래 가격보다도 비싸게 물건을 팔아 많은 이득을 남긴 주인은 기분이 좋아 두건 몇 장을 서비스로 주었다. 아무것도 모르는 민아는 덤을 기쁘게 받았다.

가게를 나선 민아는 평범해 보이는 자신의 모습에 만족하며 마오를 끌고 거리를 천천히 걷기 시작했다.

웬만큼 필요한 물건들도 다 샀으니 이제 곧장 데바루아 방향이라는 서문으로 나가면 되었다. 물건들을 사는데 생각보다 시간을 많이 지체했지만 돈도 생각보다 충분하다는 걸 깨달았고, 위험한 길 말고 안전한 길 또한 알게 돼서 그런지 마음이 한결 편했다.

민아는 시장의 가게들을 구경하면서 서문 쪽으로 향했다. 벌써 정오가 가까워서, 그녀의 배에서 쉴 새 없이 꼬르륵 소리가 났다. 새벽부터 일어나 필요한 물건들을 사느라 아침도 먹지 못했으니 당연한 일이었다. 그래도 가게에 들어가서 느긋하게 먹을 배짱은 없었다. 민아는 결국 노점상에서 파는 묘한 향의 양꼬치를 하나 샀다.

갓 만들어서 따뜻한 양꼬치를 후후 불며 한 입 베어 물자 고기에 고루 벤 양념의 향이 입안 가득히 퍼졌다. 고기는 연했고 씹는 맛도 정말 좋았다. 민아는 뜨거워서 어쩔 줄 모르면서도 눈 깜짝할 새에 양 꼬치를 하나 다 먹어치우고 말았다.

배가 차니 걷는 것도 조금 느려지고, 주위도 더 눈에 잘 들어왔다. 시장에는 사람들이 많았다. 민아는 한국인들과는 전혀 다르게 생긴 그 사람들을 보며 그래도 시장의 분위기는 어느 나라나 비슷하다는 생각을 했다. 아니 나라를 떠나서, 아주 다른 세계의 시장인데도.

그러다가 그녀는 망원경을 파는 노점상을 발견했다. 망원경이 꼭 필요한 건 아니었지만 아무래도 있으면 편할 것 같아서 민아는 주인에게 말을 걸었다.

"저……. 이거 한 번 봐도 돼요?"

"네, 네. 그러쇼."

깡마른 중년 남자는 졸고 있다가 민아가 말을 걸자 깜짝 놀라 일어나며 대답했다. 민아는 살짝 웃으며 좌판에 놓여있던 팔뚝 길이의 망원경을 하나 집어 들었다. 눈에 가져다 대고 보니, 처음에는 잘 보이지가 않았다. 그녀는 눈살을 찌푸리다가 선명해지는 그림에 자신이 집어든 것이 망원경이 아니라 만화경이라는 것을 깨달았다. 기묘하면서도 아름다운, 다양한 색의 기하학적인 무늬들을 민아는 저도 모르게 정신을 놓고 들여다보았다. 책에서만 읽어봤지 만화경을 실제로 보는 것은 처음이었다.

민아는 작게 탄성을 지르며 만화경을 들여다보다가 자신을 위해 작은 사치를 부려도 괜찮을 것 같다는 생각을 했다.

"이거 살게요."

"190에리트요."

민아는 만화경을 팔에 끼고 돈주머니를 뒤져 동전을 세기 시작했다. 은화 두 개를 주고 10에리트를 거슬러 받으면 됐지만 동화가 꽤 생겼기에 딱 맞춰줄 수 있나 확인하려고 했던 것이다.

그러다 민아는 목이 뻐근해서 별생각 없이 고개를 뒤로 젖혔지만, 곧 뻐근했던 목에 대한 생각은 머릿속에서 새하얗게 사라졌다. 시장 저 멀리서 다른 사람보다 머리 하나가 더 큰 사람이 보였다. 스킨헤드에 태양 빛에 그을린 짙은 갈색의 피부의 남자로, 민아도 익히 알고 있는 인물이었다.

유루스의 부하, 지오.

민아는 반사적으로 손에 쥔 동전 모두를 노점상인의 손바닥에 던지듯이 주었다. 상인의 놀란 표정을 뒤로하고 민아는 재빨리 마오의 고삐를 끌고 등을 돌렸다. 만화경 노점 상인이 민아의 뒤통수에 대고, 아가씨! 하며 불렀지만 민아는 그를 돌아보지도 않고 됐다며 손사래를 쳤다.

그녀는 지오의 반대편으로 너무 빠르지도 느리지도 않게 발걸음을 옮겼다. 서두르면 오히려 더 눈에 띌 것 같았다. 넬룸은 각국의 상인들이 모이는 이 레단스크에서는 꽤 흔히 볼 수 있었고, 민아는 지금 두건도 두르고 평범한 여인처럼 입고 있으니 아직 지오가 그녀를 알아보지 못했을 가능성이 더 높았다.

앞이 노래지는 기분이었다. 은혜고 뭐고 어젯밤에 떠났어야 했다. 아니, 옷같이 당장에 쓸모없는 건 사지 말고 식료품과 지도만 사서 일단 이 도시를 떠났어야 했다. 아니, 양 꼬치만 안 먹었어도, 바보 같은 만화경만 보지 않았어도 지금 이런 상황에는 처하지 않았을지도 몰랐다.

민아는 자신의 모든 행동을 후회했다. 민아는 결국 뒤돌아보면 더 눈에 띈다는 걸 알면서도 뒤를 돌아보고 말았다. 그들은 지나가는 사람들을 밀치며 이쪽으로 오고 있었지만 아직 민아를 발견하지는 못한 것 같았다.

민아는 겨우겨우 터질 것 같은 심장을 다스리며 간신히 도착한 사거리에서 왼쪽으로 돌았다.

이 사거리에서 그들은 그대로 쭉 갈 수도 있고, 오른쪽으로 갈 수도 있고 왼쪽으로 갈 수도 있었다. 민아와 같은 쪽으로 따라올 확률은 3분의 1정도였다.

민아는 코너를 돌아 그들의 시야에서 벗어나자마자 단숨에 마오에 올라타고 급하게 몰았다. 인파가 많은 시장에서 넬룸을 모는 것이라 사람들이 민아를 향해 거친 욕을 퍼부었지만 지금 그런 게 문제가 아니었다. 느슨하게 묶었던 두건이 풀려 바닥에 떨어져도 신경 쓰지 않았다.

이대로 쭉 가면 서문이었다. 서문만 빠져나가면 잡힐 확률은 현저히 줄어든다. 민아는 혹시 그들이 이쪽 길로 오나 뒤를 돌아보았다. 그와 동시에 시장에 우레 같은 지오의 고함이 울려 퍼졌다.

"저기 있다! 당장 잡아!"

눈앞이 새까매지는 기분이었다. 민아는 막 자신이 잡혔을 때를 떠올렸다. 영문도 모르고 사막에서 만난 사람들에게 맞고 손을 묶여서 끌려갔었다.

도망치려고 했을 때는 정말 태어나서 그렇게 맞아본 적이 없을 정도로 맞았다. 그 후로는 누구도 민아에게 손을 대지 않아서 잠시 잊고 있었는데, 지금 이 상황이 되자 그때의 기억이 떠올라서 몸이 저절로 떨리고 시야가 흐릿해져 잘 보이지 않았다.

민아는 어떤 생각도 제대로 하지 못하고 다만 다시 잡히기 싫다는 두려움에 필사적으로 달리는 넬룸의 등에 매달렸다. 그러나 도망은 오래가지 못했다.

앞의 좁은 골목에서 조그만 과일 수레를 끌고 있는 상인이 느닷없이 나타났고, 민아는 과일 수레에 부딪히지 않기 위해 넬룸의 고삐를 순간적으로 확 잡아당겼다.

마오가 그 때문에 몸을 뒤로 크게 꺾으며 넓은 보폭으로 뒷걸음질쳤지만, 다행히 마오는 넘어지지 않고 잘 멈췄다. 그러나 민아가 문제였다.

그녀는 너무 갑자기 멈춘 반동을 이겨내지 못하고 뒤로 나동그라지고 말았다.

갑작스레 넬룸 위에서 떨어진 탓에 온몸이 말도 못하게 아팠지만 민아는 바로 일어나고자 몸을 움직였다. 하지만 너무 큰 충격을 받은 직후라서인지 몸이 생각대로 움직이지가 않았다.

"아악!"

민아는 땅을 짚고 일어나려다 저도 모르게 비명을 질렀다. 오른손으로 땅을 짚는 순간 손목에 엄청난 고통이 찾아왔기 때문이었다. 눈물이 절로 핑 돌았지만 다친 손을 어떻게 해볼 새가 없었다. 왼손으로 짚고 일어나 다시 넬룸을 타려는데, 누군가의 커다란 손이 민아의 옷깃을 확 잡아챘다.

민아의 몸이 공중으로 휙 떠올랐다.

민아의 멱살을 잡고 들어 올린 사람은 어느새 쫓아온, 살기등등한 눈빛의 지오였다.

그는 민아를 쫓느라 거칠어진 숨을 몰아쉬며 그야말로 그녀를 죽일 듯이 노려보았다.

너무나 겁에 질려 어떤 비명도, 말도 못하는 민아의 머리를 지오가 멱살을 잡은 반대편 손으로 거세게 내리쳤다. 퍽, 하는 소리가 시장에 울려 퍼졌고 그걸 지켜보는 시장의 사람들에게서 경악과 비명이 터져 나왔다. 당사자인 민아는 정작 비명조차 지르지 못했다.

"잘도 도망쳤구나, 이 개 같은 년!"

민아에게는 그의 욕설이 들리지 않았다. 그저 한없는 절망 속에 집어 삼켜지는 듯한 기분이었다.

또다시 잡히고 말았다. 그토록이나 다시 잡히지 않기를 바랐는데, 결국 다시 이 꼴이 되었다. 땅속에서 절망이 기어 나와 그녀를 발밑부터 머리끝까지 먹어치웠다.

"네가!"

지오가 한 마디 외칠 때마다 눈앞에서 섬광이 번쩍였다.

"그토록 잘해주신 유루스님을!"

평소 같으면 어떻게 저항이라도 해볼 텐데 지금은 그럴 기운도 나지 않았다. 저항해봤자 결과는 같을 것이라는, 예전에 노예로 막 잡혔을 때와 같은 패배주의가 다시금 민아에게 찾아왔다. 그리고 그런 그녀의 생각은 안타깝게도 틀린 것이 없었다.

민아 혼자서, 연약한 여자의 힘으로 지오에게 저항하여 이길 수 있을 리가 없었다. 무기라도 들고 있었으면 틈을 봐서 찌르기라도 할 텐데, 예의 그 유루스를 찔렀던 검은 민아의 짐가방 깊숙이 들어 있었다.

"은혜도 모르는 년! 마귀 같은 「방문자」 계집 같으니!"

시장 사람들이 보다 못해 지오 일행에게 미약하게 항의를 하다가 지오의 입에서 튀어나온 방문자라는 말에 술렁였다. 그들 사이에서 민아를 두고 방문자이냐고 지오 일행에게 묻는 소리가 나오고, 그렇다는 소리에 곧 사람들의 눈빛이 동정에서 혐오로 바뀌었다. 그녀가 방문자라는 사실을 알고 나자 여린 여자에게 너무 하는 것 아니냐고 항의하던 사람들도 잠잠해졌다.

불행인지 다행인지 민아는 방문자인 자신에게 쏟아지는 혐오의 눈빛을 알아챌 겨를이 없었다. 민아는 저항할 생각도 하지 못하고 지오가 자신을 때릴 때마다 그저 짧은 비명을 내지를 뿐이었다.

"이봐, 지금 뭐하는 거야!"

술렁이는 사람들 사이를 헤치고 갑자기 누가 고함을 지르며 나타났다. 그는 민아가 알고 있는 사람이었다. 인사도 없이 헤어진, 생명의 은인인 리온이었다. 그는 유루스의 부하들을 밀치고 지오를 향해 겁도 없이 성큼성큼 걸어왔다.

"넌 뭐야! 탈주한 노예년 버릇 고쳐주는데, 불만이라도……."

지오는 기세등등하게 리온을 향해 소리쳤지만 그 말을 끝까지 마치지는 못했다. 리온이 바로 그의 정강이를 걷어차고 뒤이어 반사적으로 고개를 숙인 지오의 목을 주먹으로 쳐버렸기 때문이었다.

급소인 목에 불의의 일격을 당하자 지오는 민아의 멱살을 놓고 앞으로 쓰러졌다. 지오가 멱살을 놓자 힘없이 무너지는 민아를 리온이 황급하게 붙잡았다. 그녀의 목덜미에는 시퍼렇게 멍이 들어있었고, 온 얼굴이 퉁퉁 부어있었다.

"괜찮아요?"

리온의 목소리는 심하게 떨리고 있었다. 싸움이 두려워서가 아니었다. 단지 이토록 폭행당한 민아가 가여워서, 마음에 사무칠 정도로 너무나도 가여워서였다.

"리온?"

민아가 잔뜩 잠긴 목소리로 리온의 이름을 불렀고, 리온은 대답 대신 그녀를 꼭 끌어안았다. 하지만 그 재회는 그의 등으로 달려드는 유루스의 부하들 탓에 짧게 끝나고 말았다.

리온은 순식간에 민아를 바닥에 뉘이고 한 번에 달려드는 두 명을 순서대로 제압했다. 어릴 때부터 무술을 배웠다는 어제의 이야기대로 그는 상당한 실력자였다. 순식간에 두 사람을 제압하는 모습에 뒤이어 달려들려던 다른 부하들이 주춤했다.

"민아 씨! 여기서 지나쳤던 사거리 쪽으로 가세요. 데이가 이쪽으로 오고 있으니까, 데이한테 가서 지켜달라고 하세요!"

리온이 소리쳤다. 민아는 그 소리를 듣자마자 비틀거리면서도 자리에서 일어나 다시 뛰기 시작했다. 정말 아무런 희망도 없다고 생각하던 차였는데, 거짓말처럼 다시 리온이 나타났다.

리온은 이틀 새에 그녀를 벌써 두 번이나 구한 것이다.

일대 다수의 상황에서도 리온은 착실하게 우위를 점하고 있었다. 어릴 때부터 체계적으로 무술을 배우고 단련한 그를 유루스의 부하들이 이기기란 쉽지 않은 일이었다.

하지만 곧 자리에서 일어난 지오가 합류하자 상황은 달라졌다. 지오가 무지막지한 힘으로 달려들자 리온은 정식으로 부딪치기보다 공격을 넘겨 피하는 방식을 택했기 때문이었다. 곧바로 결판이 나지 않자, 지오가 그를 향해 따지는 투로 소리를 질렀다.

"네놈이 누군지 몰라도, 지금 이러는 건 현명한 행동이 아니야! 저건 내 주인님의 사유 노예라고! 사유 노예에 관련된 일에 끼어드는 게 어디 있나?"

"사유 노예? 민아 씨가? 그녀는 그런 말 한 적 없어. 너희야말로 엄한 사람을 잡아다 끌고 가려는 것 아닌가?"

"도망친 노예가 자기가 노예라고 말하고 다니는 것 봤나? 게다가 저년은 재수 없는 방문자라고. 내가 직접 사막에서 잡은 방문자! 벌써 내 주인님을 찌르고 도망친 년이야!"

리온은 대답할 가치가 없다고 여기고 입을 다물었다. 애초에 이런 깡패 같은 인간들 말에 귀 기울일 필요는 없었다. 하지만 그다음 지오의 입에서 나온 말에는 반응할 수밖에 없었다.

"넌 벨로드의 유루스도 모르나? 내 주인이 바로 그 유루스님이라고!"

"유루스……."

분명히 민아가 말했던 이름이었다. 그의 말이 전부 거짓말이 아니라는 사실에 리온은 약간의 당황스러움을 느꼈다. 그렇다면, 도대체 어디까지가 거짓이고 어디까지가 진실이란 말인가. 설마 이 남자의 말이 사실일까? 아니, 애초에 민아의 말은 어디까지가 사실일까?

그때 사람들 사이를 헤치고 익숙한 얼굴이 나타났다. 데이였다.

"리온!"

"데이, 민아는?"

"네? 민아요? 그 여자는 왜 말입니까?"

데이가 영문을 모르겠다는 표정으로 되묻자 리온의 얼굴이 구겨졌다.

"그보다도 왜 이런 싸움에 휘말리신 겁니까?"

"나는 괜찮으니까, 가서 민아나 찾아!"

리온이 데이와 대화하는 틈을 노려 지오가 그의 등으로 달려들었다. 그러나 데이가 더 빨랐다. 데이는 지오가 리온을 덮치려는 것과 동시에 뛰어들어 지오에게 몸을 부딪쳤다.

덩치는 지오가 더 컸지만 나가떨어진 것은 지오였다.

"어딜 감히!"

데이가 불같이 화를 내며 막무가내로 엎어놓고 지오를 내리치기 시작했다. 그대로 놔두면 거의 때려죽일 듯한 기세여서 리온은 그를 말려야겠다고 생각했지만, 그러기도 전에 지오의 부하들이 데이를 향해 한꺼번에 달려들었다. 그야말로 아수라장이었다. 그들 외에도 주변에는 시장 상인들의 고함, 행인들의 비명이 가득했다.

이대로라면 곧 도시경비대가 올 것이었다. 그러나 도시경비대가 나타나기 전에 누군가의 외침이 그들을 갈라놓았다.

"멈춰! 이 년 죽는 꼴 보기 싫으면!"

민아는 그렇게 멀리 도망가지도 못한 모양이었다. 그 정도로 맞았는데 제대로 도망칠 수 있을 리가 없었다. 지오의 부하 한 명이 기절한 듯 축 늘어진 민아를 옆구리에 끼고 나타나 위협적으로 소리 질렀다.

"떨어지라고!"

그는 칼등으로 민아의 턱을 들어 올렸다. 리온과 데이에게 민아의 얼굴을 확인시켜주려는 행동인 듯했다. 아무리 칼등이라도 위험천만한 그 모습에 싸움판 한가운데 끼어있던 리온이 얼음처럼 굳었다. 데이는 민아를 보고도 별다른 감흥이 없는 듯했지만 리온이 그를 손으로 제지했기에 데이 또한 멈춰 섰다. 자신의 위협이 막상 효과를 보이자 남자는 이어서 무슨 말을 해야 할지 머뭇거렸다. 정말 민아의 목숨으로 위협이 될 줄은 몰랐던 모양이었다.

그때 지오가 욕지거리를 하며 뒤에서 리온의 등을 걷어찼다. 리온은 바닥에 무릎을 꿇으며 쓰러졌다. 데이가 그 모습에 발끈해 지오에게 달려들려고 했지만 단호한 리온의 목소리에 그러지 못했다.

"가만히 있어!"

지오는 더는 그들에게 손을 대지 못하고 분한 듯 힘껏 소리를 질렀다.

"빌어먹을, 도대체 저년을 어떻게 안다고 너희가 끼어들고 난리냐고!"

마음 같아서는 이 자리에서 리온과 데이를 죽이고 싶었지만 그렇게 할 수는 없었다.

이곳 레단스크에서 살인을 저질렀다가는 자신의 주인 유루스에게 커다란 피해가 갈 것이 분명했기 때문이었다. 아니, 이미 싸움을 벌인 것부터 유루스에게 좋지 않은 일이었다. 분하기는 해도 더 이상의 소란을 피해야 했다.

리온이 비틀거리며 자리에서 일어났다. 그는 거구의 지오에게 힘껏 걷어차이고도 아픈 기색도 불쾌한 기색도 보이지 않은 채 나지막하게 물었다.

"저 여자, 어떻게 할 거야?"

지오는 짜증스럽게 받아쳤다.

"말했잖아, 저 여자는 도망친 노예라고. 원래 있을 자리로 되돌릴 뿐이지!"

"그…… 온드로드꽃의 유루스 말하는 거야?"

리온의 물음에 지오는 어이가 없다는 듯 어깨를 으쓱하며 두 손바닥을 내밀어 보였다.

"그럼 이 카이아에 내 주인 말고 이름 있는 유루스가 또 있나?"

"그래……."

지오 입장에서는 이 모든 상황이 짜증스럽고 억울했다. 배은망덕한 노예년을 잡으러 왔을 뿐인데 엉뚱한 소란이 일었다. 그는 바닥에 크게 발을 굴렀다. 그는 씩씩거리다가 민아의 겉옷 안에 손을 넣었다. 아니나 다를까, 겉옷 주머니에 유루스의 나침반이 들어있었다.

어젯밤 유루스가 지오에게 자신의 나침반은 누가 가져갔으니 그의 것을 달라고 했다. 그의 주인은 누가 나침반을 가져갔는지 말하지 않았지만 지오는 그게 분명히 방문자 계집일 것으로 생각했다.

그리고 그건 사실이었다. 유루스의 나침판은 겉이 금과 은으로 고급스럽게 장식되어 있었고, 앞면에는 누구나 알고 있는 유루스 상단의 온드로드꽃의 문양이 도드라지게 새겨져 있었다. 지오는 그 나침반을 리온의 앞으로 내던졌다.

"봤지? 우리 상단 문양. 이 년이 이걸 어떻게 가지고 있겠어? 주인님에게서 훔치고, 도망가면서 주인님 왼팔을 칼로 찔렀지. 보통 악독한 년이 아니라고. 뭐라 그러면서 널 꼬여냈는지 모르겠지만, 이 년이 하는 말은 다 거짓말이라고."

리온은 아무런 반응도 보이지 않았다. 그는 물끄러미 나침반에 새겨져 있는 유루스 상단의 문양을 쳐다보다가, 민아를 한 번 쳐다보고 두 눈을 질끈 감았다.

"운이 좋은 줄 알아. 이번은 더 소란피우기 싫으니 넘어가지만, 사막에서라도 만나게 되면 그때는 가만히 두지 않을 테다."

지오는 리온을 향해 으름장을 놓은 후 재수 없다는 듯 손바닥을 털며 사람들 사이를 거칠게 헤치면서 자리를 떴다. 지오의 부하들이 리온의 앞에 떨어져 있던 나침반을 주워들고, 민아의 넬룸과 그녀의 짐도 챙긴 후 리온과 데이를 향해 저주의 말을 한마디씩 퍼부으며 지오의 뒤를 따랐다.

데이는 아까부터 화가 나 미칠 것 같은 눈치였지만 리온은 화가 나 보이지 않았다. 단지 조금 멍해 보였다. 데이는 놈들이 떠난 후 욕봤다며 조심스럽게 리온을 부축하듯 이끌었다. 리온은 데이가 이끄는 대로 몇 걸음을 걷다가 자리에 멈춰 섰다.

"있잖아, 데이……. 그렇다면, 그녀가 했던 말들 모두가 다 거짓이었던 걸까?"

데이는 미간을 찌푸렸다. 사실 데이는 처음부터 민아가 의심스러웠고 마음에도 들지 않았다. 더구나 지금 리온이 시정잡배에게 얻어맞은 것도 결국 그녀 탓이었다. 데이는 한바탕 민아에 대한 욕을 퍼부으려다 리온의 표정을 보고 한숨을 쉬면서 욕은 하지 않기로 마음을 고쳐먹었다. 대신 그는 입을 비틀며 답답하다는 투로 짧게 대답했다.

"그렇겠죠."

그 말에 리온은 고개를 저으며 무슨 말인가 하려다가 이내 그만뒤버렸다. 리온은 그 뒤로 한참이나 말없이 데이의 뒤를 따라 걸을 뿐이었다.

유루스는 부하들에게 발견된 뒤로 다친 몸을 빠르게 회복하고 있었다. 그의 상단에는 만약의 상황을 대비해 의사도 있었기에 바로 상처도 보였고, 레단스크에 도착하자마자 신관에게 회복의 주문 또한 받았다. 그래도 아직 열이 꽤 높은 편이어서 의사는 그에게 온드로드꽃의 증기를 쐴 것을 권했다. 열 탓에 잠을 잘 이루지 못하는 그를 위한 처방이었다.

보통 온드로드꽃의 잎을 말아서 피우면 환각과 함께 이완과 진통 효과를 보게 되지만, 온드로드꽃의 즙을 특별한 방법으로 추출해서 가공하면 환각의 효과는 굉장히 미약해지고 정신 안정에 도움이 되면서도 진통 효과가 수배로 강한, 품질이 높은 진통제가 된다. 워낙에 적게 생산되어 일반인은 쓸 생각도 못 할 정도로 비싼 것이지만 유루스는 지금 카이아에 유통되고 있는 거의 모든 온드로드꽃의 즙을 독점해서 공급하는 상인이었다. 그런 탓에 그는 어떤 부담도 없이, 처방과 동시에 바로 온드로드꽃의 증기를 쐬고 있었다. 100분의 1로 물에 희석한 것을 전용 램프에 담아 증기를 피우는 것이다.

사실 유루스는 온드로드꽃을, 즉 마약 부류를 복용하는 걸 굉장히 싫어했다. 한참 재배하고 제국에 유통을 허가받을 무렵인 5~7년 전이야 싫어도 품질 확인 차원에서 피울 수밖에 없었지만 어느 정도 사업이 안정되고 나서는 거의 만진 적도 없었다. 마음 같아서는 의사의 권고고 뭐고 따르고 싶지 않았지만, 가능한 한 이른 시일 내에 르네긴을 만나기 위해 어쩔 수 없었다.

증기의 효과 때문인지 유루스는 여덟 시간째 숙면 중이었다. 평소에는 많이 자봐야 다섯 시간 정도인 그로서는 굉장히 오랜 시간이었다. 온드로드꽃의 증기에는 미약하나마 환각효과가 있었기에 그는 계속해서 현실처럼 선명한 꿈을 꾸고 있었다.

그 꿈의 대부분에는 민아가 나왔다. 그녀가 자신을 두고 떠나는 모습이 끊임없이 반복됐다. 그러나 실제와 같지는 않았다. 저주를 토하며 떠나기도 하고, 곁에 있어주는 척하다가 그를 기만하며 결국 떠나기도 했다. 갑자기 다시 달의 자식이 튀어나와 그녀를 머리부터 먹어치우기도 했고 그녀가 난데없이 여러 명으로 늘어나 그를 비웃기도 했다.

유루스의 꿈속에서 민아는 수십 번이고 그를 버리고 또 버렸다.

그는 자신이 꿈을 꾸고 있다는 것을 자각하고 있었다. 하지만 유루스는 꿈에서도 민아가 그를 떠나는 게 싫었다. 이유는 그 스스로도 알 수 없었지만, 어쨌든 곁에 있어주었으면 했다.

너무 오랫동안 꿈속에서 민아의 모습만을 반복해서 보았기에 그는 힘겹게 눈을 떴을 때도 자신이 아직 꿈에 있는 줄 착각했다.

그의 눈앞에 민아가 있었기 때문이었다. 그녀는 엉망인 얼굴로 울고 있었다. 얼굴은 형편없이 퉁퉁 부어 있었고 또 시퍼렇게 멍이 들어 있었다.

이번에는 또 어떤 식으로 자신을 떠날까. 유루스는 그게 궁금하기도 했고 그렇지 않기도 했다. 그는 천천히 손을 뻗어 그녀의 볼을 타고 흐르는 눈물을 조심스럽게 닦아주었다. 평소에는 한 번도 이런 식으로 그녀에게 다가간 적 없었지만 이건 꿈이니까 아무래도 상관없을 것 같았다.

"왜 울어……."

유루스가 목이 부어, 낮아질 대로 낮아진 목소리로 물었다. 민아는 그의 물음에 대답하지 않았다. 어차피 대답을 기대했던 건 아니었기에 유루스는 개의치 않았다. 하지만 계속해서 흐르는 민아의 눈물은 아무래도 불편했다. 그는 어색하게 그녀를 달랬다. 그 평생에 누군가를 달래본 적이 있었던가, 기억이 나지 않는다.

"울지마."

민아는 유루스의 말에 힘없이 그를 쳐다봤다. 그녀는 두 손으로 자신의 얼굴을 가리려는 듯 손을 올렸다. 그러자 날이 선 쇳소리가 울렸다. 그 쇳소리를 들은 그녀의 얼굴이 절망으로 물들었다. 그녀는 아아, 가슴 깊은 곳에서 끓어오르는 신음을 흘리며 오열했다.

그리고 그 비참한 오열에 유루스는 정신이 번쩍 드는 것을 느꼈다. 꿈이 아니었다. 민아는 실제로 자신의 앞에 앉아있는 것이다.

그는 침대에서 몸을 일으켜 크게 뜬 눈으로 민아를 쳐다보았다.

한눈에 봐도 누군가에게 심하게 얻어 맞은 모습이었다. 그는 금방 상황을 파악했다. 유루스는 민아가 금방 다시 잡힐 것이라는 걸 알고 있었다. 도망친 계집애 같은 걸 잡는 건 시간문제였다. 그 사막에서 죽지 않았다면, 반드시 부하들이 잡아올 것이라고 확신하고 있었다.

그러나 그녀가 이런 모습일 거라고는 생각하지 못했다. 유루스는 분명히 평소에도 그의 부하들에게 실수로라도 절대 민아에게 손찌검하는 일이 없어야 한다고 주의를 시켰었다. 그러나 유루스의 부하들은 민아가 도망친 이후로 그 주의를 지켜야 할 필요를 느끼지 못한 모양이었다. 그는 이런 모습의 민아와 재회하게 될 줄은 상상하지도 못했기에 이 상황에 당황했고, 놀랐고, 또 미안했다.

"민아……."

그 소리에 민아는 고개를 들어 이를 악문 채 그를 원망스럽게 쳐다보았다.

"그 사막에서……."

민아는 완전히는 아니어도 유루스를 이해할 수도 있다고 생각한 적도 있었고, 그에게 미안하다고 생각한 적도 있었고, 그의 과거 이야기를 듣고 그를 약간이나마 동정한 적도 있었다. 그러나 그런 감정들은 항상 그를 향한 증오에 묻혀버렸다. 그를 향한 감정은 좋아지려 하다가도 도저히 그럴 수가 없었다.

그녀는 그를 사막에 두고 간 후로 계속 마음 한구석에서 그를 걱정했었다. 그러나 지금은 전혀 그렇지 않았다.

민아는 그가 미웠다. 밉다는 말로는 다할 수 없었다. 그녀는 계속해서 그가 없었더라면 하는 생각을 하고 또 했다. 어떤 특별한 이유가 있어서도, 이성적인 근거가 있어서도 아니었다. 그냥 그만 없었다면 그녀는 이런 처지가 되지 않았을 것 같았다. 그만 없었다면 처음부터 이 세계에도 떨어지지 않았을 것 같았다.

그녀는 이 말을 하면 후회할지도 모른다는 생각을 잠깐 했지만 그건 말 그대로 아주 잠깐이었다. 민아는 그가 증오스러웠고, 그에게 상처 주고 싶었다. 그러니 어느 정도는 정말 진심이었다.

"그 사막에서, 당신이 죽어버렸으면 좋았을 텐데……."

그녀는 그를 노려보지도 않았고 소리 지르지도 않았다. 높낮이 없는 조그만 목소리는 오히려 그녀의 말이 진심이라는 것을 선명히 드러냈다.

유루스는 자신의 심장이 쥐어 짜이는 듯한 기분을 느꼈다. 혹시 민아가 그녀의 조그만 두 손으로 자신의 심장을 쥐고 있는 것은 아닐까? 그렇지 않다면 어째서 이렇게 답답하고 괴로운 기분이 드는 것일까. 괜찮아진 줄 알았던 상처들이 다시 욱신거렸다.

그는 그녀의 말에 어떻게 해야 할지 알 수 없었다. 대답을 해야 하는 걸까, 아예 다른 말을 해야 하는 걸까, 아니면 아무 말도 해서는 안 되는 걸까. 그는 뭐라고 말을 하기 위해 입술을 움직였지만 말은 쉽게 나오지 않았다. 그는 바보같이 그녀를 바라보기만 했다.

차라리 자신이 아직도 온드로드꽃의 환상을 보고 있었다면 좋았을 텐데. 그러나 그건 헛된 바람이었다.

마침내 간신히 한 마디가 입 밖으로 나왔다.

"미안해……."

민아가 얼굴을 찌푸린 채 그를 쳐다보았다. 그에게서 이런 말을 들을지는 생각하지 못했다. 하지만 사과를 들었다고 해도 화가 풀리지는 않았다. 전혀 기대하지 않았던 말을 들었기에 오히려 더 화가 났다.

결국은 제자리다. 그녀는 다시 누군가의 소유물로서 살아야 했다. 유루스가 아닌 누구라도 마찬가지였다. 이제는 자기 자신이 아닌, 누군가가 계속 그녀의 주인일터였다.

개 같은 년. 지오가 자신을 붙들고 욕했던 말이 생각났다. 그 말은 틀린 게 하나도 없었다. 개나 자신이나 형편은 마찬가지였다. 앞으로도 개처럼 계속 목줄을 한 채 주는 밥을 먹으면서 살아야 할 것이다.

"아니. 차라리, 내가 죽었으면 좋겠어."

민아가 두 눈을 감으며 쏟아내듯 말했다. 그녀의 속눈썹에 눈물 방울이 맺혀 곧 흘러내릴 듯 가냘프게 떨리고 있었다. 유루스는 그 눈물을 닦아주려고 다시 손을 내밀었다가 이내 그 손을 거두었다. 꿈이 아닌 것을 알게 된 지금, 그는 그녀의 눈물을 닦아줄 수가 없었다.

유루스는 모든 것이 온드로드꽃이 만들어낸 꿈이었으면 좋겠다고 생각했다. 아주 처음부터, 그녀를 만나던 그 순간부터 꿈이었으면 했다. 그래서 눈을 뜨면 그녀가 사라졌으면 했다.

처음부터 그녀를 만나지 않았으면, 눈을 뜬 순간 꽃의 잔향마저도 바람에 날려가 버렸다면 자신의 마음이 이토록 불편하지 않았을 거라고, 그는 그런 생각을 떨쳐내지 못했다.

지오는 민아를 방에 밀어 넣은 지 한 시간 정도 뒤에 돌아왔다. 뒤늦게야 혹시나 민아가 수갑의 줄로 유루스의 목을 조르지나 않았을까 하는 걱정이 들었기 때문이었다.

유루스가 혼수상태에서 하도 민아를 찾았기에 그녀를 먼저 방에 넣어두었지만, 생각해보니 재수 없는 방문자를 자신의 주인과 단둘이 둘 수는 없는 노릇이었다. 그는 문 안으로 발을 들여놓은 순간 방의 분위기가 어딘지 싸늘한 것을 느꼈다. 아마도 그의 걱정대로 방문자가 제 주인의 휴식에 방해된 게 아닌가 싶었다. 그는 곧바로 민아의 팔을 붙잡고 그녀를 방 밖으로 끌고 나가려고 했지만, 유루스가 그것을 막았다.

"다른 사람 불러와."

"예?"

"내 명령이 우스웠나? 내가 방문자한테 손을 대지 말라고 그토록 말해두었었는데."

"하지만 이 년은 주인님을……."

유루스는 크게 소리치지도 않았고, 얼굴을 구기지도 않았다. 그러나 그런 담담한 목소리는 그토록 냉혹해 보이던 지오의 얼굴에 불안의 기색이 떠오르게 했다.

"두 번 말하게 하지 마. 여기 여주인을 불러 여자를 데리고 나가게 해."

지오는 할 말이 남은 듯한, 억울해 보이는 표정이었지만 곧 유루스에게 깍듯이 고개를 숙여 인사한 뒤 방을 나섰다. 지오가 나가고, 방에는 불편한 침묵만이 남았다. 곧 방으로 들어온 숙소의 여주인이 민아를 데리고 나갈 때까지 두 사람은 눈조차 마주치지 않았다.

여주인은 민아를 그녀의 방으로 데려다 주었다. 그 방은 유루스의 방과 똑같은 구조로, 이 숙소 3층에 단 두 개밖에 없는 것이었다. 그녀가 방에 발을 디디자마자 문이 밖에서 잠기는 소리가 났다.

민아는 터덜터덜 걸어 창가로 다가갔다. 3층짜리 건물이지만, 한국의 가정집과 달리 천장이 꽤 높아서 창으로 아래를 내려다보니 아찔한 기분이었다. 게다가 창문에는 이미 자물쇠가 달려 있었다.

민아는 너털웃음을 지으며 유리창에 등을 기댔다. 그녀가 웃을 때마다 몸이 흔들렸다. 그녀는 천천히 바닥에 주저앉았다. 지금 와서 창을 보는 것도 우스운 일이었다. 애초에 생각이 잘못됐다. 그에게서 도망갈 수 있을 리가 없었다.

결코, 자신은 다시 한국으로 돌아가지 못할 것이다. 엄마도 아빠도, 친구들도 다시는 보지 못하고 아는 사람이라고는 아무도 없고 기댈 곳도 없는 이곳에서 죽을 것이다.

비관적인 생각이 꼬리에 꼬리를 물고 이어지면서 그녀는 자신의 머리를 벽에 부딪치기 시작했다. 이렇게 해서 지금의 괴로운 감정을 잊을 수 있다면 민아는 머리가 부서질 때까지 벽에 부딪히고 싶었다. 유루스에게 차라리 죽고 싶다고 한 말은 진심이었다.

그러나 그녀는 머리를 부딪치다가 고통을 참지 못해 그만두고 말았다. 민아는 그런 자신이 한심하게 느껴졌다. 결국, 죽는 게 무서운 것이다. 이런 꼴이라도 살고 싶은 것이다. 벗어날 길이 없는 삶이라도 할 수 있을 때까지 살아 숨 쉬고 싶은 것이다.

민아는 한참이나 앉은 자리에서 우울과 자기혐오와 후회에서 벗어나지 못했다. 그때 누군가가 문을 두드렸다. 민아는 대답하지 않았다. 하지만 애초에 그녀의 대답을 기다린 것은 아닌 듯, 두드리는 소리에 뒤이어 바로 자물쇠가 열리는 소리가 났다.

"이런. 방에 아무도 없나?"

방에 들어온 이는 민아가 모르는 얼굴로, 머리가 하얗게 센 할아버지였다. 그는 하얗고 기다란, 옛날 그리스 사람들이 입었을 것 같은 옷을 입고 있었다. 아마도 침대에 가려서 주저앉은 민아가 보이지 않는 모양인지 그는 방 안을 돌아다니며 한참이나 그녀를 찾았다. 민아는 목소리를 내서 자신의 위치를 알려줄 생각도, 자리에서 일어나서 그의 눈에 띌 생각도 없었다. 그녀는 그저 들어온 이를 조용히 주시하고 있을 뿐이었다. 노인은 마침내 민아를 발견하자마자 헉, 소리를 내며 가슴을 움켜쥐었다. 아마도 어두운 데서 민아가 귀신처럼 머리를 풀어헤치고 주저앉아 있어 놀란 모양이었다.

민아는 그 모습에서 어젯밤 자기가 구석에 앉아있던 데이를 보고 놀랐던 기억을 떠올렸다.

"아이고. 아가씨 왜 그런 데 있어? 아주 깜짝 놀랐네, 그래."

노인은 구시렁대며 민아 쪽으로 걸어왔다. 무엇을 하는 사람일까. 유루스의 저택에서 지낼 때도 저렇게 나이 드신 분이 고용인으로 일하는 건 본 적이 없었다. 그가 어느새 코앞까지 다가와 손을 뻗자 민아는 저도 모르게 크게 움찔거렸다.

"아니, 겁먹을 것 없어. 나는 신관이여, 신관."

민아는 신에 대해서 라일라에게 듣긴 했었지만, 아주 간단한 설명이었는지라 자세한 건 알지 못했다. 종교에는 그다지 관심이 없어 한 귀로 흘려들었기 때문이기도 했다.

그녀는 카이아 제국의 국교는 뮤렐교이며, 뮤렐교의 신관들은 태초의 힘이라는 뮤렐이라는 것을 사용할 수 있다는 것 정도만 알았다. 뮤렐은 크게 상처의 회복을 돕는 치유의 힘, 소통의 돌이나 푸른 폭풍을 예보하는 은혜의 돌을 만드는 은혜의 힘, 그리고 달의 자식들을 소탕하는데 유용하게 쓰이고 있는 수호의 힘으로 나누어져 있다고 했다. 즉 지금 민아가 걸고 있는 소통의 돌도 신관들이 만들었다는 소리였다. 하지만 실제 신관을 보는 건 처음이었다.

"다친 사람이 있다기에 왔지. 옆방에도 부상자가 있었는데, 자네들은 무슨 일을 하길래 이렇게 다치고 다니는가."

신관은 끙, 하는 소리를 내며 주저앉아 있는 민아에게 맞춰 바닥에 앉았다.

"어디를 다쳤는가?"

민아는 신관이 자신의 얼굴을 잘 볼 수 있도록 턱을 들어 올렸다. 다친 얼굴을 보자 신관이 보는 자기가 다 아프다는 듯 앓는 소리를 냈다.

"이건 사람한테 맞은 거구먼. 어떤 나쁜 놈이 아가씨를 이렇게 때렸는가."

쯧쯧쯧, 혀 차는 소리가 울렸다. 마치 동네 할아버지 같은 친근한 신관의 모습에 민아는 저도 모르게 쓴웃음을 지었다. 쓴웃음이라도 그녀가 보인 웃음에 신관도 마주 웃었다. 백발이 성성한 노인임에도 웃는 모습은 마치 아이처럼 보였다.

"옆 방 청년이 아가씨 잘 살피라고 당부에 당부하던데, 어디 얼굴 말고 다친 덴 없나?

"그가 절 잘 살피라 하던가요?"

민아가 노인의 말에 마침내 입을 열어 대꾸했다. 콧방귀를 뀌며 유루스에 대한 증오의 기색을 드러내는 민아의 모습에 노인은 쳐진 눈꺼풀을 들어 눈을 나름대로 동그랗게 떴다.

"그놈이 때린 거여?"

"아뇨. 찌르기는 제가 찔렀죠."

"허어……."

민아의 독기어린 말에 노인은 짚이는 데가 있다는 듯한 얼굴을 했다. 그가 유루스도 치료한 것 같으니 그의 왼팔에 난 상처도 알 것이다. 신관은 고개를 갸웃하다가 혼잣말을 했다.

"그러면 아가씨가 그 민아인가 뭔가 하는 아가씨가 아닌가?"

"네? 어떻게 제 이름을……."

신관의 입에서 자신의 이름이 나오자 민아는 조금 놀랐다.

신관은 조금 혼란스러웠다. 그는 아침에도 유루스의 치료를 위해 이곳에 들렀는데, 그때 유루스는 온드로드꽃의 증기를 쐬고 잠이 들어있었다.

회복의 주문에는 상대가 딱히 깨어있을 필요가 없기에 그는 그대로 주문을 걸었다. 그사이 유루스는 간간이 누군가를 찾았다. 한결같이 한 사람의 이름만을 불렀기에 신관은 그 이름을 유루스에게 소중한 사람의 이름이 아닌가 짐작했었다.

하지만 막상 만난 그 이름의 주인은 그에게 그다지 좋은 감정을 가지지 않은 듯했다.

신관은 더는 묻지 않았다. 그는 그저 천천히 민아의 이마에 손바닥을 댔다. 그가 아주 천천히 움직였기에 민아는 딱히 피하지 않았다. 곧 그의 손에서 따뜻하고 환한 온기가 느껴졌다.

"어떤 사람은 사람에게 어떻게 다가가야 하는지 모르는 경우도 있다네."

민아는 가만히 눈을 감은 채 이마에서 얼굴로, 목으로, 온몸으로 퍼져 나가는 따스한 기운을 느꼈다. 신관은 치료하면서 부드러운 목소리로 계속해서 말을 이어나갔다.

"뻔히 마주하면서도 자기 마음을 몰라 실수를 저지르는 사람도 있고."

갑작스러운 소리에 다소 의아했지만, 어쩌면 이 사람은 민아가 지금까지 봐 왔던 일부 교수님들처럼 삶의 이야기나 충고를 해주길 좋아하는 성격인지도 몰랐다.

"가끔가다가 너무 미워서 평생토록 보고 싶지 않거나 없어져 버렸으면 하는 사람도 있을 수 있지."

그 말에 민아의 머릿속에 순간적으로 떠오른 사람은 유루스였다.

"하지만 우리 인생에는 만나는 모든 인연을 소중히 여기는 그런 마음이 중요하다네. 지나간 날에 후회가 없을 수는 없지만, 그래도 그런 것들은 가능한 한 남기지 않도록 말일세."

따스한 기운이 퍼져 나가는 얼굴과 머리에 잠깐 열이 오르는 듯한 기분이 들더니, 곧 아픔이 가시는 듯한 느낌이 들었다. 동시에 그의 말도 민아의 마음을 두드렸다. 일견 일반적인 이야기인 듯하면서도 묘하게 유루스와 그녀의 일을 이야기하는 듯했다.

"그러다 보면 미웠던 일을 용서할 수도, 미웠던 인연이 다른 형식으로 남기도 하지. 자, 다 끝났네."

신관은 민아를 향해 빙긋 웃어 보였다. 그리고 손녀 대하듯 그녀의 정수리를 쓰다듬었다.

"늙은이 말이라고 따분하다고 생각하지 말고, 새겨듣게."

민아는 그의 마지막 말에 살짝 고개를 끄덕이며 자신의 얼굴을 더듬었다.

눈의 붓기는 확실하게 많이 빠져있었다. 그러나 이마에 남은 멍은 아직도 남아있는 듯 손이 닿자 따끔하고 아려왔다.

신관한테 치료까지 받았는데 왜 낫지 않은 건가 싶어 민아는 아리송한 표정을 지었다. 그 표정을 보았는지 신관이 먼저 대답했다.

"이런, 이런. 서둘러서 되는 일이 어디 있나. 이 회복의 주문은 상처를 없애주는 게 아니라 피술자의 회복력을 높여주는 주문일세. 순간적으로 회복력이 높아져서 자잘한 것들은 사라지지만, 주문의 효과는 단시간에 나타나는 게 아니라 지속적인 거라 깊은 상처는 치료받자마자 완전히 낫는 걸 바랄 수는 없지. 기다려보라고."

그리고 그 설명 뒤에 노인은 헛기침하며 덧붙였다.

"그러니까, 한 번에 다 안 나은 건……. 절대로 내 실력 탓이 아니라는 거지."

그 말은 꽤나 장난스럽게 들려 민아는 저도 모르게 피식 웃을 뻔했다.

"치료해 주셔서 감사합니다."

민아는 공손하게 감사의 인사를 건넸다.

"으흠. 별거 아닐세. 물론 요즘 같은 세상에야 나만큼 할 수 있는 신관이 없기는 하다만……. 뭐, 자랑은 아니고 그냥 그렇다는 거야."

노인은 수염을 쓰다듬으며 헛기침을 몇 번 했다. 말은 아니라지만 자신의 실력이 꽤 자랑스러운 듯했다.

"그럼, 내가 할 수 있는 건 다 했으니 이제 가보도록 하지. 인연이 있으면 또 보세."

"네. 인연이 있으면……."

신관은 장난스럽게 한 손을 흔들며 방을 나섰다.

그가 떠나고 민아는 다시 닫힌 문을 보며 그가 했던 말을 가만히 떠올려보았다. 별것 아닌, 흔하게 들리는 말임에도 왠지 모르게 계속해서 떠오르게 되는 무언가가 있는 말들이었다.

하지만 유루스와의 인연이 다른 형식으로 변하는 일은 없을 것 같았다. 그가 여전히 그녀를 노예로 취급하는 이상, 결국 그녀는 그를 영원히 미워할 수밖에 없었다.

다음날 정오가 조금 지나자 거짓말처럼 흉했던 얼굴이 원래대로 돌아왔다. 민아는 그렇게 빨리 나은 것이 신기해서 거울 앞에 서서 떠날 줄을 몰랐다. 그녀는 수갑을 차 움직일 때마다 절그럭 소리가 나는 손으로 계속 자신의 얼굴을 매만졌다. 멍이 깊게 들었던 곳은 손가락으로 꾹 누르면 아직 아프기는 했지만, 나머지는 거의 다 나은 듯했다.

"신기하세요?"

"네. 신기해요. 어쩌면 이렇게 하루 사이에 깨끗하게 나을 수 있을까요?"

"그 모든 기적이 「가장 고귀한 분」 덕분이죠."

여자는 뮤렐교의 신실한 신자인 듯 그 말만으로도 가슴이 벅차 감격해 하는 얼굴이었다. 민아는 그 믿음이 깊은 모습이 보기 좋다고 생각하며 살포시 마주 웃어 보였다. 어제만 해도 정말 비참한 기분이었는데, 얼굴이 깨끗하게 낫자 그런 기분이 많이 좋아졌다. 손목에 걸린 수갑만이 약간 거슬릴 뿐이었다.

오늘 아침에는 한 여자가 민아의 머리맡에서 대기하고 있었다. 상단에서 본 적이 없는 사람이다 싶었더니, 원래 이 도시에서 사는 사람으로 잠시 고용되었다고 했다. 그녀는 수갑을 차 일상적인 일이 힘든 민아를 마치 자기 자식처럼 섬세하게 돌봐주었다. 물수건으로 얼굴도 닦아주고 머리도 빗겨주는데다가 말상대까지 꼬박꼬박 해주는 건 물론, 밥까지 떠먹여 주는 그녀 덕분에 민아는 왠지 어릴 때로 다시 돌아간 듯한 기분을 느꼈다.

"그나저나 어떡하죠?"

"뭐가요?"

"여기 주인어른께서 아가씨께 저녁 식사 전까지 옷을 갈아입히고 단장을 시켜놓으라 하셨는데, 아가씨가 수갑을 차신 상태로는 옷을 갈아입혀 드릴 수가 없네요."

"그 사람이 저한테 옷을 갈아입으래요?"

"네. 좀 보시겠어요?"

여자는 보라색 천에 쌓여있던 짐 뭉치를 풀어 내보였다. 그 안에는 우아해 보이는 벨로드의 전통복식이 들어있었다. 그것 외에도 갖가지 머리장식과 팔찌, 목걸이 등이 옷 위에 올려져 있다.

여자는 그 장신구들을 보는 것만으로도 기분이 좋은 듯 가지런한 이를 드러내며 생글거렸지만 민아는 못 볼 것이라도 본 듯 얼굴을 찌푸렸다. 지금 와서 유루스가 저런 옷을 입으라고 하는 이유는 딱 한 가지뿐이었다. 그 르네긴인지 뭔지 하는 귀족한테 자신을 팔아넘기려고 하는 것이다.

민아는 이를 악물면서 그 옷을 쳐다보다가 눈을 질끈 감았다.

그래, 어쩌면 지금 르네긴한테 가는 게 나을 수도 있었다. 유루스를 찌르고 도망간 발칙한 노예로 그의 집에 남아있는 것보다는, 아예 새로운 사람 집에서 지내는 것이 나았다. 유루스가 르네긴의 호감을 사려고 한다면 결코 자신이 그를 찔렀다는 걸 말하지 않을 것이다. 그러면 이번에야말로 르네긴 저택에서 기회를 노리다가 탈출하면 됐다.

"수갑 열쇠를 주지 않으면 못 갈아입는 거죠, 뭐."

"아니, 그럴 수는 없죠. 제가 가서 말씀드릴게요."

민아는 대답하지 않고 쓴웃음을 지었다. 고용된 여자 입장에서는 시킨 일을 무조건 완수해야 할 것이다. 하지만 유루스가 그녀에게 순순히 수갑 열쇠를 줄까? 주더라도, 아마 여자 말고 자신을 제압할 수 있는 누군가를 같이 보내겠지.

민아는 그렇게 생각하다가 가슴이 턱하고 막히는 기분을 느꼈다. 혹시 지오를 보내면 어떻게 하지?

"그럼, 잠깐 다녀올게요. 조금만 기다리세요."

여자는 민아의 그런 생각도 모른 채 웃으면서 방을 나섰다. 민아는 반사적으로 그녀를 말리려다가, 어차피 소용없다는 생각에 들었던 손을 내렸다. 탁, 방문이 닫히자 민아는 비틀거리는 걸음으로 침대로 가서 주저앉았다.

제발, 제발 지오는 오지 않았으면 좋겠다. 이번만 보지 않는다면, 르네긴에게 팔려간 뒤로는 다시 지오를 볼 필요가 없었다.

그에게 맞은 상처는 거의 다 나았어도 그 기억은 생생히 그녀에게 남아있었다.

민아는 튀어 나갈 듯 쿵쾅대는 심장에 다른 생각도 하지 못하고 방문만을 안절부절못하며 쳐다보았다. 그녀는 초조함에 눈에 띄게 다리를 떨면서 손톱을 물어뜯기 시작했다.

마침내 문이 열렸다. 다행히 지오는 아니었다. 하지만 과연 지오보다 나은 사람인지는 확신할 수가 없었다. 여인의 뒤를 따라온 사람은 어제보다 한결 안색이 나아진 유루스였다.

"음, 수갑을 풀면 누군가는 같이 있어야 한다고 하시더라고요."

여자는 조금 민망한 웃음소리를 내며 민아 손에 걸린 수갑을 풀어주었다. 찰칵, 경쾌한 금속음과 함께 수갑이 그녀의 손목에서 떨어져 나갔다. 뭐만 할라치면 철컥철컥 걸리던 수갑이 떨어지자 민아는 속이 뻥 뚫리는 것 같았다. 그녀는 자신의 손목을 돌려보았다가 매만져 보았다. 수갑이 걸려있던 자리는 빨갛게 자국이 남아있었다. 여자는 자신의 손목을 보며 좋아하는 민아를 쳐다보다가 머뭇거리며 말을 꺼냈다.

"사실, 지금부터 목욕을 시켜드리려고 했는데……."

여자는 어쩔 줄 모르며 유루스의 눈치를 살폈다. 그녀의 난처함이 무엇 때문인지 알아차린 민아도 그를 향해 얼굴을 찌푸렸다. 여자가 목욕을 해야 한다는데 알아서 좀 나가주면 안 되는 것일까. 왜 저렇게 눈치 없이 의자에 앉아있는 것일까.

민아는 자리에 앉아있는 유루스를 향해 짜증이 가득한 목소리로 입을 열었다.

웬만하면 그에게 말도 붙이기 싫었으나, 그가 자신이 씻는 곳에 같이 있는 게 더 싫었다.

"저기요. 저 도망 안 가요. 이번에 도망가면 정말 절 죽일 텐데, 저도 목숨 아까운 건 안다고요. 그러니까 저 씻을 동안만이라도 나가주실래요?"

유루스는 민아의 말에 눈을 동그랗게 떴다. 자기가 나갈 필요를 전혀 느끼지 못하는 얼굴이라 민아는 더 화가 났다. 민아가 뭐라고 한마디 더 쏘아붙이려는데 유루스가 먼저 말을 꺼냈다. 여전히 목이 부어있는지 낮게 가라앉은, 또 한없이 무심하게 들리는 목소리였다.

"네 몸 따위 보래도 안 봐. 솔직히 여기저기 깡말라서 볼 것도 없잖아? 내가 뭘 믿고 수갑도 채우지 않은 너를 저 여자랑만 같이 두겠어?"

"그럼 지금 여기 같이 있겠다는 거예요!"

민아가 참다못해 빽 소리를 질렀다. 유루스는 고개를 느리게 한쪽으로 기울이다가 픽, 비웃는 듯한 소리를 냈다. 그는 자신과 민아 사이에서 발만 구르고 있는 여자에게 방 한구석을 보라며 손짓했다. 그곳에는 기다란 파티션들이 겹겹으로 놓여있었는데, 아마도 저걸 치고 씻으라는 말 같았다. 등나무 같은 재질로 촘촘하게 짜인 파티션이라서 확실히 비쳐 보이지는 않을 것 같았다.

민아가 속으로 저 정도면 뭐 괜찮겠다고 생각하는데 유루스가 그런 그녀를 빤히 쳐다보다 삐딱하게 한 마디를 덧붙였다.

"보래도 안 본다고."

민아는 혈압이 오르는 것을 느끼며 저도 모르게 뒷목을 잡았다.

혼자 씻을 수 있다는데도 자꾸만 도와주겠다는 여자를 설득하는 데는 오랜 시간이 걸렸다. 파티션 뒤에서 유루스가 무슨 고집을 그렇게 부리느냐고 한마디 하는 게 더 약이 올라서 끝까지 혼자 씻겠다고 우겼다. 그래서 결국 머리만 여자가 감아주기로 합의를 봤다.

이 여행자숙소에는 따로 욕탕이 없어서 커다란 나무 대야에다가 주방에서 가져온 뜨거운 물을 담아 씻어야 했다. 숙소의 고용인들이 3층까지 물을 날라다 주었다.

민아는 허브향이 나는 입욕제를 물에 풀고 들어가, 물비누로 열심히 몸을 닦았다. 이렇게 제대로 하는 목욕이 얼마 만인지 알 수 없었다. 비누로 몸을 한 번 닦을 때마다 나오는 땟국물에 민아는 경악을 하며 손톱 밑까지 박박 닦았다. 그러고 보니 사막에서도 물에 적신 수건으로 몸을 닦는 것뿐으로, 제대로 못 씻어서 짜증이 났던 기억이 있었다. 그런 와중에도 유루스는 항상 깨끗해 보였는데, 혼자 밤에 땅 파서 물이라도 길어 씻은 걸까.

몸을 다 닦자 여자가 바로 민아의 머리를 감겨주기 시작했다. 몸도 이렇게 더러운데 머리는 어떨까 싶어 민아는 몸 둘 바를 몰랐다. 미용실도 아닌데 다른 사람이 머리를 감아주는 게 미안하기도 했고, 비눗물이 눈에 들어갈까도 싶어 민아는 눈을 꾹 감고 조용히 입을 다물었다.

목욕은 생각보다 시간이 오래 걸렸다.

민아는 나른해진 몸의 물기를 대충 닦아내고 가운을 걸쳤다. 여자가 커다란 수건으로 민아의 머리칼의 물기를 닦아내 줬다. 여자가 젖은 머리칼을 빗으로 빗겨주는 동안 민아는 멍하니 침대에 앉아 자신이 앞으로 어떻게 될 것인가를 생각하고 있었다.

르네긴은 어떤 사람일까? 그 사람도 유루스처럼 자신을 도의적으로 대해줄까? 혹시라도 때리거나 학대하지는 않을까 하는 생각이 꼬리에 꼬리를 물고 늘어졌다.

민아는 머리를 다 빗은 후 가운을 벗고 간단한 형식의 흰 원피스를 입었다. 머리가 다 마를 때까지는 아직 준비된 옷을 입을 수는 없었다.

“이제 거기서 나오셔도 돼요.”

여자는 민아의 옷을 다 입히자마자 오랜 시간 파티션 뒤에서 앉아있던 유루스를 불렀다. 유루스는 꽤 답답했는지 기다렸다는 듯이 기지개를 켜며 파티션 뒤에서 걸어 나왔다.

“오늘은 할 일이 없나 봐요? 종일 그렇게 방에만 앉아있는 걸 보면.”

민아의 기억 속의 그는 언제나, 심지어 사막에서조차 계속 일을 했었다.

“의사가 당분간은 쉬라고 하더군. 뭐, 오늘 저녁에는 르네긴을 만나야 하니까 그전까지만 쉬는 거야.”

“아직도 많이 아파요?”

“거의 다 나았어.”

유루스는 퉁명스럽게 대답했다. 하지만 어제보다 더 좋아 보인다고는 해도 예전 모습에 비하면 여전히 안색이 좋지 않았다. 그는 민아를 빤히 쳐다보다가 낮게 한숨을 쉬며 입을 열었다.

"지오 일은 사과할게. 결코, 너를 그런 식으로 대하라고 한 적은 없어. 다시는 그런 일 없을 거야."

민아는 지오의 이름에 움찔거렸다. 그러고 보니 그는 어제도 사과했다. 하지만 그 사과는 외려 민아의 화를 더 돋웠다.

"상관없어요. 어차피 오늘만 지나면 당신도, 당신 부하도 다시 볼 일 없을 테니까요."

민아는 왠지 그의 눈을 쳐다보기가 힘들어서 바닥만 보고 말했다.

"그 사람, 르네긴이라는 사람은 적어도 때리지는 않겠죠."

"그건 오해가 있었던 거라고. 나는……."

"노예 낙인도 안 찍을지 몰라요. 저기요, 그냥 좀 빨리 르네긴에게 보내줄 수는 없나요? 나는……."

"그런 게 아니라고!"

유루스는 저도 모르게 조금 소리를 높였다. 하지만 그것만으로도 잔뜩 겁을 먹고 움츠러드는 민아의 모습에 그는 곧 자신의 행동을 후회했다. 유루스는 미간을 찌푸린 채로 한 손으로 이마를 감쌌다. 그러고는 다시 목소리를 낮췄다.

"잠깐 자리 좀 비워줘. 둘이 할 얘기가 있으니까."

유루스의 말에 여자가 머리를 조아리며 방을 나갔다.

민아는 당신과 더 할 얘기 따위는 없다고 말하려 했지만 그 말이 쉽게 나오지 않았다. 그녀를 때린 것은 유루스가 아닌데도, 그가 소리를 지른 것만으로도 이렇게 겁을 먹을 줄은 스스로도 몰랐다.

여자가 나가자 이제 방에는 둘만이 남아있다. 민아는 침대에 앉은 채로 떨리는 고개를 겨우 들어 그의 갈색 눈을 마주 보았다. 참 많이도 마주 보았던 눈동자였다. 민아는 그에게 눈을 떼지 못한 채, 자신의 두 손을 꽉 쥐고 그의 말만을 기다렸다.

"내가 그날 밤에는 너무 감정적이었어. 네 세계에 대해서 그런 식으로 말한 것도, 네 목을 조르려고 했던 것도, 낙인을 찍겠다고 말한 것도, 전부 사과할게."

"뭐라고요?"

"전부 내 잘못이었다고. 난 너에게 낙인을 찍지도 않을 거고, 누구도 다시는 널 건드리지 않게 할 거야."

유루스는 조용히, 그러나 한 마디 한 마디 확실하게 말을 이었다.

"지오도, 나도 마찬가지야. 네가 무슨 짓을 해도, 설사 다시 나를 찌른다고 해도 너에게 손을 들어 올리지 않겠어."

낙인을 찍지 않겠다는 것은 잘된 일이었다. 그러나 그 외의 말은 민아에게 별로 와 닿지 않았다.

"다시는 때리지 않겠다고요? 그런 말이 대체 무슨 의미가 있어요?"

어차피 민아의 주인은 바뀔 것이고, 그러면 그는 더는 그녀에게 영향을 미치지 못할 것이다. 유루스는 민아를 물끄러미 바라보다가 그녀를 향해 걸음을 옮겼다.

갑자기 다가오는 유루스에 민아는 괜스레 긴장해서 고개를 아래로 떨구었다. 그는 조심스러운 몸짓으로 그녀의 옆에 앉았다. 그의 무게에 침대 매트리스가 눌려 약하게 흔들렸다.

그는 민아의 눈을 마주 보고 싶었으나, 민아가 계속해서 시선을 바닥에 떨구고 있었기 때문에 그러지 못했다. 그는 하는 수 없이 옆모습에 대고 말을 이을 수밖에 없었다.

"널 르네긴한테 보내지 않을 거야."

예상치 못했던 말에 민아가 고개를 들었고, 다시 시선이 맞닿았다. 유루스는 그녀에게서 시선을 떼지 않은 채 말을 이었다.

"서신에 너를 그에게 보낸다는 말을 직접적으로 한 적은 없으니까. 너는, 그냥 예전처럼 내 저택에 있어줬으면 해. 오늘 저녁에 같이 그를 만나주긴 해야겠지만."

"왜죠?"

민아는 혼란이 가득한 목소리로 그에게 물었다. 그의 시선이 부담스럽게 느껴졌다.

왜 이런 말을 하는 것일까? 어째서 유루스가 그의 결정을 바꾸었을까?

민아는 그가 사막에서 했었던 모든 이야기를 돌이켜보았다. 그는 자신의 위치를 확고하게 다지기를 원했다. 기어 올라갈 수 있는 곳까지 기어 올라가 다시는 가난하거나 무시당하는 삶을 살지 않기를 바란다고 했다. 그리고 그것을 도울 열쇠가 바로 민아 자신이었다. 그런데 그가 왜 그런 좋은 기회를 버려버린단 말인가.

민아는 그의 창백한 입술이 달싹이는 것을 바라보며 대답을 기다렸다. 그는 머뭇거리다가 마침내 민아에게서 고개를 살짝 돌리며 대답했다.

"잘 모르겠어. 그냥…… 내 목숨을 구해준 값으로 생각하던가."

민아로서는 그의 바뀐 결정이 나쁘지 않았다. 새로운 환경이 좋으리라는 보장도 없었고, 솔직히 다시 적응할 생각을 하면 까마득했기 때문이었다. 하지만 민아는 그 사실이 기쁘지는 않았다.

"당신의 목숨을 구해준 값이요? 하지만 난 당신의 목숨을 구한 것도 아니잖아요. 애초에 내가 도망가지 않았다면 그런 일은 일어나지 않았을 거고, 당신이 운이 좋아서 부하들에게 발견된 거죠. 나에게 빚졌다고 생각하지 마요. 어차피 난 아무래도 상관없어요. 당신의 저택에서 다른 노예들에 비해, 아니, 다른 보통 사람들에 비해서도 정말 잘 지낼 수 있다는 거 알아요. 그렇지만 여전히 나는 노예로서 지내잖아요. 그렇다면 어디든 상관없어요. 그냥 날 르네긴에게 보내요. 그게 저도 당신도 마음이 편할 테니까."

민아는 기다란 한숨과 함께 그의 시선을 피하며 말을 쏟아냈다. 아직도 민아의 손에는 유루스를 찔렀을 때 손등에 떨어졌던 뜨거운 피의 감각이 그대로 남아있었다. 더구나 맨 처음 노예로서 잡힐 때의 절망과 무력감이나, 그와 사막에서 싸웠을 때의 분한 감정, 시장에서 지오에게 멱살을 잡히고 얻어맞았던 두려움이나 증오도 모두 유루스를 향한 원망으로 변해 남아있었다. 그를 이해하려고 노력하다가도 울컥 화가 치솟아 올랐다. 잘 지낼 자신이 없었다.

또 지금이야 유루스가 자신에게 잘 대해주겠다고 하지만 언제 마음이 변할지 모르는 일이었다. 그런 변덕에 기대느니, 차라리 르네긴에게 몸을 의탁하는 것이 나았다.

유루스는 그녀의 말에 미간을 찌푸리고 아무것도 없는 허공을 노려보았다. 민아는 그 모습이 약간 무섭게 느껴졌다. 그래서 하마터면 그의 다음 말을 놓칠 뻔했다.

"노예 같은 게 아니야. 그렇게 두지 않을 거야. 오늘 이후로 너에게 다시 수갑을 채우거나 널 팔거나, 낙인을 찍겠다는 말 같은 건 하지 않을게. 넌 이제 네가 원하는 대로 모든 걸 할 수 있어."

"네?"

민아는 순간적으로 그의 말을 이해할 수 없었다. 천천히, 그가 무슨 소리를 했는지 와 닿은 후에야 그녀는 멍하니 되물었다.

"그 말은…… 제가 더 이상 노예가 아니라는 말인가요?"

"그래."

이건 혹시 꿈이 아닐까. 민아는 도무지 그의 말을 믿을 수가 없었다. 하지만 유루스는 이어 말했다.

"시간은 좀 걸리겠지만, 신전에서 네가 제국민으로서 살 수 있도록 신분증도 만들어 줄게."

노예가 아니게 될 때까지 분명 오랜 시간이 걸리리라 생각했다. 유루스에게서 달아난다고 해도 그녀는 여자 혼자의 몸이고, 신원도 불확실하니 다른 누군가에게 잡혀 다시 노예로 떨어질 수도 있었다.

그러나 지금 이 순간 그녀는 거짓말처럼, 자신에게 불합리하게 씌워졌던 신분의 족쇄에서 벗어나게 된 것이다.

그의 말이 너무 갑작스러워서인지, 그 사실이 믿기기보다는 오히려 부담스러웠다.

"나는……. 모르겠어요. 나한테 왜 이러는 거예요? 갑자기 왜……."

"머리가 아파서 그래."

"네?"

유루스는 여전히 얼굴을 찌푸린 채 그의 긴 손가락으로 자신의 이마를 톡, 톡 천천히 두어 번 건드렸다. 물론 민아의 질문에는 제대로 된 답이 아니었다. 하지만 유루스 또한 자신이 왜 이러는지 잘 알지 못했다. 유루스는 민아의 혼란스러운 표정을 마주 바라보았다.

"몰라. 네가 그 사막에서 그렇게 떠나버린 뒤로……. 나는 네가 안 보이면 머리가 아파."

유루스는 그냥 자신이 지금 느끼는 그대로 말했다. 물론 그녀가 이 말에 납득할 거라고는 생각하지 않았다. 하지만 유루스는 지금 거짓말을 하기도 싫었고, 입을 다물기도 싫었다.

"그게 무슨 말이에요……?"

그의 예상대로 민아도 별로 납득하지 못한 눈치였다. 그러나 그녀는 못 알아듣겠다는 얼굴을 하고 있으면서도 다시 묻지는 않았다.

민아는 다시 한 번 마음이 어지러운 것을 느꼈다. 아침까지는 그가 정말 미웠다. 밉고 증오스럽고 저주했는데, 그건 그가 그녀를 계속 노예로 둘 것이라는 당연한 사실을 전제한 감정이었다.

그 「당연한」 전제가 깨진 이상, 민아는 혼란스러워 견딜 수가 없었다. 마음이 마치 풍랑이 이는 바다처럼 흔들리는 것 같았다.

돌이켜보면 유루스는 항상 그런 사람이었다. 그를 「어떤 사람」이라고 확정 지어 생각할 만하면 그는 그런 생각을 늘 부정하듯 마음에 돌을 던져 흩어지게 했다.

"나는 어떤 보답도 해줄 수 없는데, 당신은 상인이면서 그렇게 손해 보는 장사를 해도 되나요?"

민아는 어깨를 축 늘어뜨리고 기운 없이 그에게 물었다. 어차피 민아가 그를 위해 할 수 있는 일은 거의 없었다. 그 사실이 더 그녀의 마음을 무겁게 했다. 그가 정말 그녀를 자유의 몸으로 풀어준다면, 민아는 유루스에게 너무 많은 빚을 지게 된다. 이제까지는 그에게 과분한 대접을 받는다고 생각하면서도 자신을 노예로 만든 사람이 유루스니까 고맙다고 생각할 필요 없다고 여겼지만, 노예가 아니라면 이제 이야기는 달라졌다.

"그러면……."

유루스가 입을 떼었다. 민아는 그가 무어라고 말하는 게 예상 밖이라 동그래진 눈을 하고 그를 쳐다보았다. 그가 자신에게 정말 무언가를 요구할 것이라고는 생각하지 못했기 때문이었다.

민아는 혹시라도 그가 자신의 여성성이라도 바라는 게 아닐까 싶어 잠깐 불안해졌지만, 사실 그럴 것 같지는 않았다. 저택에서 잠깐 보던 하녀들조차 그렇게 아름다운 사람들이 많은데 앞뒤로 굴곡도 없는데다가 빼어난 미인도 아닌 그녀를 원할 리가 없었다.

그가 머뭇거리는 동안 민아는 그가 자신에게 원하는 것이 무엇인지 하도 많이 생각해서 머리가 지끈지끈 아파졌다.

"그러면, 한 번만 웃어봐."

유루스가 길게 망설이면서 꺼낸 말은 민아에게 아무 반응도 이끌어 내지 못했다. 그가 워낙에 정확한 발음으로 꺼냈기 때문이기도 했고, 무엇보다도 너무나 어이가 없는 요구였기에 그만 말문이 막혀버렸기 때문이었다.

"네가 웃는 거 한 번도 본 적 없어. 웃을 줄은 아는 거지?"

민아는 그의 말에 한 번 더 어이가 없었다. 그의 앞에서 웃은 적이 없었나, 잘 모르겠다. 어떤 사람이 누군가에게 몇 번 웃었고 찡그렸고 하는 것들을 모두 기억한단 말인가. 하긴 원래 민아는 잘 웃는다는 이야기를 들을 정도였는데도, 이 세계에 와서는 거의 웃은 기억이 없는 것 같았다. 하지만 유루스가 웃는 것을 본 적이 없기는 민아도 마찬가지였다. 비웃는 듯한 웃음은 본 적 있지만.

민아는 어떻게 반응해야 할지 몰라 머뭇거리다가, 대답을 기다리는 듯한 유루스의 모습에 엉겁결에 아무 말이나 꺼내고 말았다.

"웃을 줄은 알아요."

"그래."

유루스가 그녀의 말에 짧게 대답하며 그녀의 얼굴을 빤히 쳐다봤다. 눈치를 보아하니 유루스는 민아가 웃기를 기다리고 있는 듯했다.

민아는 그녀의 큰 눈을 굴리면서 어떻게 해야 할지 고민했다. 방 안의 공기가 불편하게만 느껴졌다.

시킨다고 자연스럽게 웃을 수 있을 리가 없었지만, 그녀는 별수 없이 양쪽 입꼬리를 움찔거리며 웃는 모양을 만들어냈다. 하지만 민아는 거울을 보지 않아도 지금 억지로 웃는 꼴이 별로 보기 좋지 않으리라는 사실을 알고 있었다. 분명 어색하고 우스운 모습이겠지. 유루스가 그녀의 얼굴을 보고 피식 웃는 소리를 냈다.

"예쁘네. 웃는 얼굴."

민아는 당황했다. 남자에게 이런 식으로 예쁘다는 말을 듣는 것은 처음이기도 했지만, 그가 그 말을 하면서 잠시나마 온화한 웃음을 지었기 때문이었다. 유루스는 날 때부터 인상이 날카로운 사람이라고 생각했는데 웃으니 그렇지도 않았다.

그때 유루스가 앉아있던 자리에서 갑자기 일어났다. 민아가 그를 올려다보니, 애초에 짧은 환상이라도 본 것처럼 그의 얼굴에는 옅은 웃음이 사라져있었다.

"이따가 저녁에 르네긴의 집에 갈 테니까, 준비하고 있어."

"알, 알겠어요."

유루스는 민아의 대답이 끝나기가 무섭게 몸을 돌려 방을 나섰다. 민아는 멍하니 침대에 앉아 그의 발걸음이 멀어지는 소리를 들었다. 그의 웃는 얼굴이 자꾸만 다시 떠올랐다. 그가 저렇게 웃을 수도 있는 사람이었구나.

민아는 두 손바닥으로 자신으로 얼굴을 가렸다. 손바닥에 닿는 얼굴이 마치 끓어오르는 것처럼 뜨거웠다.

르네긴의 저택은 레단스크 교외에 자리 잡고 있었다. 민아는 푸른 담쟁이덩굴이 고아하게 감싼 외벽을 보며 언젠가 영화에서 본 것 같은 광경이라고 생각했다. 회갈색 돌을 운치 있게 쌓아둔 담벼락 안 정원에는 꽃 덤불과 키 작은 나무들이 가득했다. 사막 바로 옆에서 이런 상쾌한 정원을 보게 될 줄은 몰랐다. 더구나 이곳은 르네긴의 본가가 아니라 별장 중의 하나라니, 확실히 재력이 대단하긴 한 것 같았다.

민아는 치맛단이 길다 못해 바닥에 한참 끌리는 흰색 드레스를 입고 있었다. 억지로 부풀리지 않아 몸의 선을 잘 드러내면서도 옷감 자체의 결과 천의 주름을 아름답게 살린 드레스였다. 마치 어릴 때 만화로 보았던 그리스·로마 신화의 여신들이 입는 옷 같았다. 여기에 포도송이처럼 길게 늘어진 금귀걸이를 하고, 목에는 소통의 돌 목걸이 위로 여러 겹의 얇은 금줄로 된 목걸이를 하고 있었다.

화려하다기보다는 우아한 느낌의 멋 내기였다.

유루스는 기본적으로 검은색 바탕에 짙은 청색이 가미된 카이아의 정장을 입고 있었다. 민아가 패션에 관심이 있다면 원래 세계의 옷과 어디가 어떻게 다르고 어느 부분이 비슷한지 확실히 알겠지만, 그녀는 남성 옷은커녕 여성 옷에도 별로 관심이 없었다. 그러기에 그냥 원래 세계의 정장과 많이 다르다는 것밖에는 알 수가 없었다.

그가 입은 가장 안의 검은 상의는 차이나 카라와 비슷해 보였다. 그 위로는 특이한 형태의 조끼가 있었고, 그 다음이 거의 무릎 쪽까지 늘어져 있는 가장 겉의 재킷이었다. 검은 재킷의 가장자리에는 짙은 청색의 천이 이어져 멋을 내고 있었다.

민아는 그 모습이 꽤 신비로워 보였다. 물론 유루스는 평소에도 잘 입고 다니기는 하는 사람이긴 했지만, 정장을 제대로 차려입은 그는 평소와는 많이 달라 보였다. 솔직히 말해서, 꽤 멋있었다.

저택 안으로 들어가자 다수의 하인들이 두 사람을 반겨주며 남쪽의 응접실로 둘을 안내했다. 응접실은 다갈색 가구들과 타오르는 벽난로의 불 덕분에 따뜻한 분위기가 풍기는 꽤 아담한 곳이었다.

민아는 벽난로에서 조금 떨어져 있는 안락의자에 다가가 앉았다. 손가락 끝부터 따끔따끔한 느낌과 함께 밤공기에 차가워졌던 몸에 온기가 돌았다.

"추워?"

유루스가 맞은편의 안락의자에 앉으며 물었다. 민아는 고개를 저었다.

"기분 좋을 정도로 선선해요. 춥지는 않아요."

"근데 왜 그렇게 굳어있어? 안색도 별로 안 좋은데."

"그냥……."

민아는 살짝 고개를 돌려 벽난로에서 타오르는 불꽃을 바라보았다. 장작 위에서 타오르는 불꽃을 보니 고등학교 수학여행 밤의 캠프파이어가 생각났다.

유루스는 그런 민아를 쳐다보았다. 난로의 빛이 그녀의 얼굴에 내려앉아 부드러운 명암을 드리우고 있었다. 그는 안락의자의 팔걸이 부분에 팔을 걸치고, 손등 위로 턱을 기댄 채 계속 여인을 바라보았다.

유루스는 민아가 그다지 빼어난 미인이라고 생각하지는 않았다. 유루스는 여태껏 민아보다 훨씬 아름다운 여자들을 수없이 보아왔다. 하지만 점점 생각이 바뀌어 갔다. 민아는 무엇보다도 매력적인 여자였다.

유루스가 이제까지 봐온 여자들과는 달랐다. 그녀는 항상 다채롭고 솔직한 얼굴을 보여주었고, 가끔은 굉장히 순진한 모습을 보여주었다. 그러면서도 머리가 좋았고, 항상 겁을 먹은 듯하면서도 배짱이 좋았다.

무엇보다도 사고방식이 다른 사람들과 굉장히 달랐다. 이곳은 배부를 수 있다면 자신의 자유를 파는 사람들도 넘쳐났다. 그러나 민아는 자유를 빼앗기는 것을 참지 못했다. 사막에서 도망치면 목숨을 잃을 수 있다는 걸 알면서도 그녀는 그 위험을 무릅썼다. 유루스는 잘 이해가 가지 않는 부분이었다.

민아는 유루스가 자신을 쳐다보고 있다고는 생각지도 못한 채, 불의 온기에 다시 붉어진 입술을 달싹이며 혼잣말을 하듯 나지막한 목소리를 내었다.

"그런데요, 유루스. 만약에 르네긴이 저보고 여기에 남으라고 하면 어떡하죠?"

민아는 입 밖으로 그의 이름을 존칭 없이 낸 뒤에야 아차 했다. 하지만 이미 뱉은 말을 주워담을 수는 없었다. 민아는 살짝 눈동자를 굴려 유루스의 눈치를 살폈지만, 다행히 별다른 반응이 없었다.

민아는 속으로 안도의 한숨을 내쉬었다. 앞으로 계속 볼 사람인데 전처럼 저기요, 저기 따위로 부를 수는 없는 노릇이었다. 민아는 유루스가 지적하지 않는 이상 계속 이름을 불러야겠다고 생각했다.

"뭐야. 표정이 안 좋더니 그런 걸 걱정하고 있었어?"

"네……. 결국, 르네긴이 절 달라고 하면 넘길 수밖에 없는 거 아니에요? 이 사람은 카이아의 대귀족이라고 했잖아요."

"그럴 일은 없을 거야. 귀족들은 뭔가를 직접적으로 얘기하는 걸 싫어하거든. 알아서 가져다 바치기를 바라지. 만약 정말로 네가 우려하는 일이 벌어지면……."

유루스는 여전히 손등에 턱을 기댄 채 가느다랗게 눈을 떴다. 민아는 몸을 약간 앞으로 숙여 그의 말을 기다렸다. 이내 유루스는 별것 아니라는 듯 한쪽 어깨를 으쓱이며 말했다.

"그때는 네가 내 여자라고 하지."

"네?"

"그래도 널 달라고 우기면 네가 내 아이를 가졌다고 하면 돼."

"그게 무슨 소리예요?"

민아는 입을 쩍 벌리고 유루스를 쳐다보았다.

"당신 자식 있어요?"

"없는데?"

"그럼 언젠가 르네긴을 다시 만났는데, 그가 방문자와의 사이에서 난 자식은 어딨냐고 물으면 어쩔 거예요? 대신 내놓을 자식도 없잖아요?"

"뭘 그렇게 멀리까지 걱정해? 그리고 그러면 유산했다고 하면 되잖아."

"임신이니 유산이니 하는 말을 왜 그렇게 쉽게 하는 거예요?"

"그게 어때서? 이 상황에는 이런 말이 가장 무난하니까 그렇지."

"그래도……."

하긴 민아도 자신이 유루스의 첩이라는 거짓말을 한 적이 있었다. 더구나 생각해보니 이보다 더 적절한 변명은 찾을 수가 없을 것 같았다.

"사실 그런 걱정 할 필요는 없어. 르네긴은 너만 한 자식이 둘이나 있는 남자고, 게다가 애처가로 유명하니까 굳이 너를 욕심 내지는 않을 거야."

"그러면 다행이네요. 쓸데없는 걱정을 했어요."

"하지만 만일에 만일은 있으니까. 만약에 지금이 아니라도 곤란한 상황이 생기면 지금 만든 이 「설정」을 쓰자고."

그는 느긋한 목소리로 말하면서 조금 피곤한 듯 자신의 눈가를 꾹꾹 매만졌다. 유루스는 평소 네 시간, 많이 자면 다섯 시간 정도로 원래 잠을 많이 자지 않았지만 지난 며칠간 온드로드꽃의 증기 덕에 평소의 배 이상을 잤었다. 그만큼 회복이 빨라지기는 했지만, 전과 달리 자꾸만 졸렸다. 잠도 자면 잘 수록 는다고 하더니 딱 그 꼴이었다.

"저기……."

민아는 유루스가 피곤해 보이는 게 왠지 모르게 안쓰러워 무슨 말이라도 건네려고 했다. 그러나 민아가 말을 꺼내자마자 찰칵이며 손잡이가 돌아가는 소리와 함께 응접실의 문이 열렸다.

민아는 조금 놀라 문 쪽을 쳐다보았다. 그리고 열린 문으로 들어오는 사람을 보고 훨씬 더 놀랐다. 익숙한 얼굴이 보였다.

"벌써 왔네."

유월의 햇빛같이 화사한 금발을 지닌 남자가 초록빛 눈동자로 민아와 유루스를 응시했다. 민아는 더듬거리며 그의 이름을 불렀다.

"데이 씨!"

"그래, 그렇지. 그 이름도 맞기는 해. 근데 나를 다시 소개해야 할 것 같아."

데이는 성큼성큼 민아와 유루스를 향해 걸어왔다. 유루스는 지금 돌아가는 상황이 그다지 유쾌하지 않았다. 지오가 민아를 붙잡아 올 때 누군가 끼어들어 소란이 있었다고는 했으나, 그렇게 깊게 생각하지는 않았었다.

그런데 정황상으로 볼 때 이 남자가 그 누군가 중 한 명인 것 같았다. 갑자기 민아와 이 남자 사이에 무슨 일이 있었는지 궁금해졌다. 유루스는 앉아있던 자리에서 일어나 그를 마주 보았다.

"익히 말을 들어왔으나 오늘 이렇게 만날 줄은 몰랐습니다, 유루스 이올라긴."

데이는 안락의자를 사이에 두고 유루스를 향해 손을 뻗었다. 민아는 그런 그들의 모습을 어안이 벙벙한 채로 쳐다보았다. 유루스는 데이가 뻗은 손을 바로 마주 잡으며 그를 향해 부드럽게 웃어 보였다. 평소에는 잘 웃지 않는 유루스라도 원활한 영업을 위해서는 사교적인 모습을 꾸며낼 수 있었다.

"유루스 이올라긴입니다."

"만나서 반갑습니다, 데이드라트 르네긴입니다."

그의 말에 민아의 눈이 휘둥그래졌다. 지금 응접실에서 그들이 기다리는 사람도 르네긴이 아닌가. 하지만 르네긴은 민아의 아버지뻘 나이의 사람이라고 했었다. 민아가 르네긴과 데이 사이의 관계를 생각해보고 있는데 이미 유루스는 이름만 듣고도 그가 누군지 알아챈 모양이었다. 그는 자연스럽게 인사했다.

"저 또한 이렇게 르네긴가의 후계자를 만나게 되어 반갑습니다."

그 말에 민아는 다시 한 번 놀랐다. 그렇다면 데이가 대귀족 르네긴이라는 사람의 아들이라는 말이 아닌가. 데이가 대귀족의 아들이라면, 리온 또한 그런 사람일까.

민아는 조금 초조한 기분을 느꼈다.

리온과 데이는 자신을 구해주었었는데, 자신은 그들에게 처음부터 끝까지 다 거짓말만 한데다가 마지막에는 싸움에 휘말리게 만들었다. 무엇보다도 데이가 르네긴의 아들이라니 그와 친구인 리온 또한 민아가 다른 세계에서 온 「방문자」임을 이미 알고 있을 것이다.

"아버님께 들으니 오늘 저녁을 함께하신다고 해서, 한 번 만나 뵙고 싶은 나머지 이렇게 무례를 무릅쓰고 좋은 자리에 끼게 되었습니다."

"무례라니요? 더없는 영광입니다."

"무엇보다도 그쪽의 아가씨와는 기묘한 인연이라."

데이가 민아 쪽을 힐끔 바라보았다. 민아는 그의 시선에 바로 깊이 허리를 숙여 인사했다.

"정말, 뭐라고 감사드려야 할지 모르겠습니다. 목숨을 살려주신 은혜도 갚지 못했는데, 시장에서 도와주시기까지 하시고……."

"감사 인사는 부디 제가 아닌 황태자 전하께 직접 해주십시오. 당신을 도운 건 모두 그분의 뜻이었으니까 말입니다."

민아는 허리를 숙인 상태로 그대로 굳었다. 아무리 생각해봐도 데이의 말로 유추할 수 있는 사람은 한 명밖에 없었다. 혹시라도 자신이 황태자라는 단어라도 잘못 들었을까 생각해보았지만 슬프게도 그런 것 같지는 않았다. 민아는 간신히 허리를 피며 조심스럽게 물었다.

"죄송하지만, 혹시, 그분이……."

"리온은 가까운 사람들끼리 부르는 별칭입니다. 그분의 본명은 뮤리온 디아스 에펜드리아. 카이아 제국의 황태자 전하이십니다."

민아는 발밑이 꺼지는 것 같았다.

그럼 유루스는 어떻게 되는 거지?

데이의 말을 듣는 순간 가장 먼저 든 생각이었다. 리온은 자신을 도우려고 유루스의 부하들과 싸움을 벌였다.

민아는 도망치다가 붙잡힌 후로 기절했었기 때문에 이후의 상황을 잘 몰랐지만, 싸움 도중에 지오와 그 부하들에게 모욕을 당하거나 폭행을 당하거나 했을지도 모르는 일이었다. 그리고 부하들의 죄는 바로 유루스의 죄가 된다.

민아는 주먹을 꽉 쥐었다. 자신이 유루스에게 이다지도 폐가 될 거라고는 상상도 하지 못했다.

민아는 떨리는 눈동자로 자신의 옆에 있는 유루스를 바라보았다.

유루스 또한 황태자라는 말을 듣고 살짝 놀란 것 같았다. 곧 그가 민아의 시선을 느끼고 그녀를 내려다보자, 민아는 저도 모르게 한 손을 뻗어 그의 손가락을 붙잡았다.

유루스는 그녀의 행동에 놀란 눈빛을 했지만, 이내 떨리고 있는 그녀의 손을 꽉 마주 잡아주었다. 약간 거칠고, 단단한 손바닥의 온기와 함께 지금껏 알지 못했던 그의 다정한 마음이 느껴지는 것 같아 민아는 더욱더 슬프고 불안해졌다.

리온은 나쁜 사람은 아닌 것 같았지만, 그가 만약에 유루스를 처벌하려고 한다면 자신은 어떻게 해야 할까.

혼란스러웠다.

민아는 한치도 알 수 없는 이 상황에서 정신을 똑바로 차리려고 다짐하고 또 다짐했다.

5-1
제 안

리온은 이상할 정도로 평온해 보였다. 민아는 식당에 먼저 와 있었던 르네긴과 뮤리온에게 무슨 정신으로 인사를 하고 또 식탁에 앉았는지 기억하지 못했다. 리온은 민아의 거짓말이나 싸움에 휘말린 일에 대해 조금이라도 화를 낼 법도 한데도, 여전히 민아에게 친절했다. 심지어 그는 직접 의자를 빼서 민아에게 자리를 권했다.

“여기에 앉으시지요, 민아양.”

“감사합니다, 황태자 전하.”

민아의 감사인사에 리온은 양 입꼬리를 보기 좋게 올리며 웃었다. 리온은 전과 달리 갈색 머리칼을 세련되게 넘기고, 유루스의 옷과 비슷한 정장을 입고 있었다. 색상만이 조금 달랐는데 흰 바탕에 약간의 어두운 푸른색이 옷단에 들어간 옷이었다.

그렇지 않아도 리온은 원래 귀티 나는 인상이었는데, 옷까지 잘 차려입으니 기품이 흘러넘치는 것만 같았다.

그녀의 자리는 유루스와 리온의 옆자리였다. 보통의 아가씨라면 그런 리온의 옆자리에 앉는 것만으로도 마음이 설렐 법도 한데 민아는 그렇지 못했다. 그녀는 마치 지금이 폭풍 전의 고요 같다고 생각했다. 아니, 오히려 푸른 폭풍을 만났을 때와 비교하면 지금이 더 힘든 것 같았다. 그때는 유루스를 데리고 푸른 폭풍을 피하는 것 하나만 생각하면 됐지만, 지금은 뭘 어떻게 해야 할지를 몰랐다. 이런 저런 생각에 머리가 터질 것 같았다.

데이의 아버지인 현재 르네긴 가의 가주는 반백의 풍채가 좋은 중년 남자였다. 그를 비롯해 유루스, 데이, 리온 네 명의 남자들은 현재 외교상황이나 여러 다양한 국내외의 화제들로 화기애애하게 이야기를 나누며 식사를 했다. 어차피 민아는 이런 알지도 못하는 화제에 끼어들 수도 없었기에 그저 사람들이 웃으면 열심히 따라 웃으며 저녁만 먹을 뿐이었다.

처음에는 음식이 코로 들어가는지 입으로 들어가는지도 모를 정도였지만 차차 긴장이 풀렸다. 여기 오기 전까지는 「방문자」인 자신이 이 만남의 중심이라고 생각했기 때문에 분명 사람들이 자신이나 자신의 세계에 대해 많이 물어볼 것이라고 여겼지만, 막상 식사 자리에 와보니 이상할 정도로 누구도 민아에 대해 물어보지 않았다. 맨 처음에 르네긴이 얼마나 고생이 많았냐며 카이아에서 잘 적응하기를 바란다고 말한 것이 전부였다.

딱히 말을 할 필요도 없고, 리온이 유루스나 민아를 탓하는 분위기도 아니라 민아는 식사가 끝날 때쯤에는 마음이 한결 가벼워짐을 느꼈다. 어쩌면 모두 기우였을지도 모르겠다는 생각이 들었다. 르네긴은 방문자 노예를 가지고 싶었던 것이 아니라 그냥 방문자가 어떻게 생겼나 보고 싶었던 것일 수도 있었고, 리온은 어쩌다 일어난 사건은 넘어가는 대인배일 수도 있었다.

"디저트는 어떻게 할까요?"

식사가 다 끝나자 예쁘장한 얼굴의 하녀가 방긋 웃으며 물었다.

"초콜릿 케이크와 사과 파이, 호박 푸딩이 있고, 차는 종류별로 준비되어 있습니다. 푸딩에 어떤 소스를 올릴지 결정을 해주셨으면……."

"아, 저는 괜찮아요. 지금도 배가 너무 불러서."

민아는 여태까지 내오는 음식을 남기지 않고 다 먹었기에 빵빵하게 당겨오는 자신의 뱃가죽을 느끼며 디저트를 거절했다. 그건 다른 이들도 마찬가지였는지, 전부 디저트를 거절했다.

"그러면 응접실로 가서 간단히 차만 마시는 건 어떻습니까?"

르네긴이 중후한 목소리로 모두에게 제안했다. 그의 말에 데이와 유루스가 동의를 표했고, 민아도 막 좋다는 말을 하려는데 옆에서 리온이 밝은 목소리로 말했다.

"저랑 민아 양은 정원을 산책하고, 나머지 세 분이서 응접실에서 얘기 나누시는 게 어때요? 아저씨는 이올라긴 씨에게 할 이야기가 있다고 하셨잖아요? 저와 민아 양이 있어봤자 이야기 나누기가 불편하기만 할 테니까요."

민아는 르네긴을 향해 웃어 보이려던 얼굴 그대로 굳었다. 르네긴은 리온의 제안에 조금은 미안한 기색으로 껄껄 웃었다. 리온과 르네긴은 주인과 신하 사이였음에도 그것을 넘어 개인적으로 상당히 친근해 보였다.

"전하께서 그렇게까지 배려해주시니 송구스럽습니다. 저야 그런 배려가 감사하지만, 이올라긴 씨와 민아 양은 어떠하실지 모르겠군요."

"저는 괜찮습니다."

르네긴의 말이 끝나기가 무섭게 유루스가 대답했다. 민아는 눈을 크게 뜬 채 그를 바라보았다. 유루스가 먼저 저렇게 말해버리면 민아 혼자 거절해 버릴 수 없는 노릇이 아닌가. 민아는 저도 모르게 유루스를 쳐다보았지만 유루스는 아까부터 민아 쪽은 보고 있지도 않았다.

"저도…… 괜찮습니다."

결국 민아는 기어들어가는 목소리로 괜찮다고 말할 수밖에 없었다. 리온은 기가 죽은 듯 대답하는 그녀의 모습에도 상관 않고 그녀를 향해 환히 웃었다. 민아는 그의 웃는 얼굴에 어색하게 굳은 미소로 화답했다.

들어오면서 보았던 저택의 앞뜰도 훌륭했지만, 후원에 비할 것은 아니었다. 후원에 가득 고여 있는 푸른 달빛은 이곳을 평범한 세계가 아닌 것처럼, 마치 요정의 세계처럼 신비롭게 비추고 있었다. 민아는 리온과 단둘이라는 부담스러운 상황도 잊고 그 아름다움에 자그마한 감탄사를 내뱉었다. 나무들에는 눈이라도 쌓인 듯 하얀 꽃이 가지마다 수북이 매달려 있어 바람이 불 때마다 꽃잎들을 아끼지 않고 떨구어 내었다. 떨어지는 꽃잎마다 달빛이 반사되어 어두운 밤임에도 후원이 환한 느낌이었다.

풀잎들, 나뭇가지들이 서로 스치는 상쾌한 소리에 민아는 무언가에 홀린 듯한 기분으로 후원을 향해 걸음을 내디뎠다. 건물의 뒷문에서 후문으로 향하는 몇 개의 계단을 내려가려는데 앞서 걷던 리온이 민아를 향해 손을 내밀었다.

"어두우니 발밑 조심해요."

민아가 그의 손을 잡기를 망설이자 리온이 먼저 그녀의 손을 잡았다.

그는 민아의 손이 섬세한 유리세공이라도 되는 듯 부드럽게 붙잡고 그녀가 몇 개 되지도 않는 계단을 다 내려올 때까지 그녀를 지켜보았다.

"감사합니다, 전하."

"전하라고 부를 필요 없어요. 부르던 대로 그냥 리온이라고 불러요. 저도 그냥 당신의 이름을 부를게요."

아무리 그래도 황족의 이름을 마구 부를 수는 없었다. 이곳은 엄연히 신분제가 존재하는 나라였고, 「방문자」인 민아는 아무런 신분도 없는 노예와도 같은 처지였다. 이곳 카이아 제국의 경우 신전에서 제국민으로 등록되지 않으면 평민으로 대접받을 수 없었다. 유루스가 그녀를 제국민으로 등록시켜준다고 했으나 어쨌건 지금은 아니었다. 그런 처지의 민아가 제국의 황족을 이름으로 부른다는 것은 말도 안 되는 일이었다.

리온의 푸른 눈이 민아를 응시했다. 민아는 솔직하고 올곧은 그의 눈동자를 마주 보기가 힘들어 살짝 고개를 숙였다. 그녀가 고개를 숙이며 아래로 흘러내린 몇 가닥의 머리칼이 커튼처럼 그녀의 표정을 가렸다. 민아가 받아들일 수 없어 하는 것 같자 리온의 얼굴에 씁쓸한 듯한 기색이 스쳐 지나갔다.

리온이 민아의 손을 붙잡은 채 후원 안으로 걸어 들어가기 시작했다. 그가 손을 놔주지 않았기에 민아는 그의 뒤를 쫓아 걸을 수밖에 없었다. 그는 잠시간 그렇게 말없이 걷다 이내 나지막하게 물어왔다.

"민아. 제가 알고 있는 것 중에 어떤 것이 진실인가요? 민아라는 이 이름만은 정말 당신의 이름인가요?"

민아는 미안함에 얼굴을 들지 못했다.

"정말 죄송합니다, 전하. 그날 밤 들려드렸던 저의 옛날이야기는 모두 거짓말이었어요. 전하께서는 제 생명을 구해주셨는데 저는 전하를 속이기만 해서……."

"괜찮아요. 속였다는 표현을 쓸 만큼은 아니잖아요. 당신의 상황을 이해해요. 이곳에서 「방문자」는 대부분 좋은 취급을 못 받으니까……."

"이름만은, 전하에게 알려드린 이름만은 정말입니다. 다만 성을 알려드리지 않기는 했지만."

"그래요? 그러면 본명은 무언가요?"

민아는 고개를 들었다. 리온과 자신의 눈동자가 바로 마주쳤다. 그건 그가 계속해서 자신을 쳐다보고 있었다는 걸 알려주는 것 같았다.

"김민아입니다. 제가 온 세계에서는, 그중에서도 제가 살던 나라에서는 이름 앞에 성을 붙여서 써요."

"성도 같이 부르나요?"

"그럴 때도 있고, 그렇지 않을 때도 있어요. 보통 가까운 사람들은 성을 빼고 이름만 불러요."

"그렇군요."

리온이 고개를 끄덕이며 다시 앞으로 걷기 시작했다.

밤바람에 흩날리는 꽃잎과 리온의 등 때문에 앞이 잘 보이지 않았다. 갑자기 그가 고개를 돌리지 않은 채 물었다.

"그 사람과는 사실 아무 사이도 아니죠?"

"네?"

"정말 당신을 사랑한다면 그의 부하들이 당신을 그런 식으로 대했을 리가 없잖아요."

처음에는 리온이 누구를 말하는지 알지 못했다가 잠시 후에야 그가 유루스를 말하고 있다는 것을 깨달았다. 민아는 급하게 변명하듯 말했다.

"아니에요. 유루스가 그렇게 시킨 것이 아니에요. 단지 오해가 있었던 거예요."

"그 부하들이 당신을 그렇게 대할 정도면, 그가 당신을 어떻게 생각하는지 알 수 있어요. 그가 때린 거나 다름없다고요."

"유루스는 그렇게 나쁜 사람이 아니에요. 저에게 그런 일을 겪게 해서 미안하다고 사과도 했고……. 게다가 그 사람은 저에게 단 한 번도 손찌검한 적 없어요"

목을 조를 뻔한 적은 있었지만, 어쨌든 손찌검한 적은 아직 없으니 거짓말은 아니었다.

먼저 걸어가던 리온이 홱 소리가 나도록 돌아섰다. 항상 웃는 낯이었던 그가 미간을 찌푸리고 있었다. 리온이 잡고 있던 민아의 손을 세게 쥐었고, 놀란 민아는 반사적으로 그에게서 손을 빼내려고 했다.

"왜 그런 사람을 위해서 변명하는 거예요!"

"그가 오해받는 게 싫어요."

"그 사람이 어떤 사람인 줄 알고 있어요? 여자들이나 속이는 건달 노릇 하다가 도박으로 운을 잡은 사람에 불과해요! 의약용도로 팔고 있다고 해도 그의 약은 여기저기서 마약으로 쓰이고 있고! 게다가 르네긴 아저씨에게 다 들었어요. 그가 왜 방문자 운운하면서 아저씨에게 편지를 보냈겠어요? 연줄을 만들려고 당신을 팔아넘기려는 수작이라고요!"

"그런 게 아니에요!"

민아는 저도 모르게 큰 소리를 냈다. 그리고 그 순간 리온의 손힘이 약간 풀리면서 계속 벗어나려고 안간힘을 쓰던 민아는 자신의 손을 빼낼 수 있었다. 그러나 갑작스레 벌어진 일이었기에 그 과정에서 리온의 손등을 할퀴고 말았다. 손톱으로 다른 사람의 살을 확 긁는 느낌에 민아의 안색이 하얗게 질렸다. 아니나 다를까 리온의 손등에서는 피가 흐르고 있었다.

"전하!"

민아는 피가 흐르는 그의 손을 붙잡았다. 미안함보다도 두려움이 민아를 짓눌렀다. 민아는 신분제가 없는 나라에서 살았지만, 그간 배워왔던 역사나 봐왔던 영화나 소설 등에서 신분제라는 것이 얼마나 무서운 줄 어느 정도 알고 있었다. 더구나 라일라에게 배운 바로는 카이아의 황권은 절대적이었다. 감히 황족의 몸에 상처를 냈으니 이 자리에서 죽어도 할 말이 없었다.

"죄송합니다, 죄송합니다. 제가 감히……."

민아는 한 눈에도 온몸을 벌벌 떨고 있었다. 뮤리온은 그 모습에 소리 없이 한숨을 푹 내쉬었다. 그녀의 두 눈에 금방이라도 흘러내릴 듯한 눈물이 가득 차 있는 모습이 안타까웠다. 아니, 항상 안타까웠다. 리온은 민아를 보면 늘 그런 기분을 느꼈다. 모래 속에 반쯤 묻혀있던 그녀를 처음 발견했을 때도, 기절한 채 시장에서 끌려가던 민아를 보았을 때도 그리고 지금도. 그녀를 보면 항상 가슴이 먹먹해졌다.

"그러지 마요."

리온은 다치지 않은 왼손을 그녀의 뺨을 조심스럽게 가져다 댔다. 그의 손이 닿기가 무섭게 민아의 눈에서 눈물이 흘러 그의 손가락에 떨어졌다. 그는 그 눈물을 보기가 힘들어 눈을 감았다.

리온은 그녀를 달래주고 싶었지만, 자신의 부족한 말재주로는 그녀를 달랠만한 말이 떠오르지 않았다. 그는 잠깐 망설이다가 성모의 신상에 키스하듯, 조심스레 민아의 머리에 입을 맞추었다.

그의 입술은 오랫동안 머무르지 않았다. 아주 가볍게, 거의 닿자마자 민아의 정수리에서 가볍게 떨어졌다. 민아는 너무 놀라 멍한 얼굴로 그를 바라보았다.

"저 무서워하지 마세요."

그의 목소리가 귓가를 스치고 지나갔다. 하지만 민아는 그 말이 정확히 무슨 뜻인지 알 수 없었다.

르네긴은 유루스를 응접실이 아닌 저택 안쪽에 있는 그의 개인 서재로 안내했다. 별다른 장식도 없고 기다란 안락의자 두 개와 커피 테이블, 허리까지 올 만한 작은 책장 서너 개만이 있는 방은 그의 부나 명성과 비교하면 몹시 검소하게 느껴지는 공간이었다. 아마도 이곳은 르네긴이 정말 개인적으로, 자신이 자주 보는 책들만 가져다 놓은 장소 같았다.

르네긴은 유루스에게 의자에 앉을 것을 권했다. 유루스는 의자에 앉으며 곁눈질로 책장에 꽂힌 책들을 살펴보았는데 모두 십수 번은 읽은 것인 듯 책의 모서리 부분이 많이 닳아 있었다.

르네긴은 그의 아들에게 귓속말로 무어라 말했고, 그 말을 들은 데이드라트는 유루스를 한 번 힐끔 쳐다보고 방을 나갔다. 이제 방에는 유루스와 르네긴 둘만이 남았다.

"초라한 곳으로 데려와 미안하네. 그래도 내겐 이 방이 가장 편해서."

"아니, 아닙니다. 꽤 아늑한 공간인 걸요."

"그렇게 봐주니 고맙네."

르네긴은 허허 웃으며 유루스의 반대편에 앉았다. 앉자마자 그는 자신의 손으로 얼굴을 매만지며 미약하게 다리를 떨기 시작했다. 뭔가 초조해 보이는 모습이었다. 얼굴의 주름이 깊게 패인 모습이 50대 중후반인 본래보다 더 나이가 들어 보였다. 시름이 깊어 보이는 그 모습은 왠지 제국의 권력자인 그와는 어울리지 않는 것처럼 보였다.

"자네가 연락을 주었을 때 나는 솔직히 기뻤다네. 사실 나는 전부터 자네와 연락을 취하고 싶었거든."

"예? 각하께서 저 같은 한낱 장사치를 말입니까?"

"사실 나는 「방문자」 여자한테는 그다지 관심이 없어. 요새 젊은 귀족들은 「방문자」에 대해 궁금해하는 모양이지만, 적어도 난 아니야. 나는……."

르네긴은 말끝을 흐리며 긴 한숨을 내쉬었다. 그제야 유루스는 식사시간에 르네긴이 이상할 정도로 민아에게 관심을 보이지 않던 이유를 알 수 있었다. 사실 그는 식사시간 내내 민아에게 무관심한 르네긴의 태도에 상당히 당황스러워하고 있었기에 다른 목적이 있다는 말에 오히려 안심했다.

"나는 온드로드꽃의 순도 높은 원액을 원하네. 한 사람이 매달, 하루 중 적어도 열두 시간은 투여할 수 있는 양으로."

유루스는 의아한 표정을 지었다. 의료목적이라면 이미 유루스가 신전을 통해 유통하고 있었다.

물론 혹시 모를 사태에 대비해 원액이 아닌 희석액으로 공급하고 있긴 했지만 보통 진통제로는 그 정도로 충분했다. 하지만 유루스는 거의 반사적으로 대답했다.

"각하께서 원하신다면."

사실 무슨 목적인지는 그가 상관할 바가 아니었다. 르네긴 정도면 약을 건네더라도 멍청하게 쓸 인물은 아니었다.

모든 상황이 유루스에게 좋은 방향으로 굴러가고 있었다. 민아도 빼앗길 필요가 없었고, 당초에 원하는 대로 르네긴과 좋은 관계를 유지할 수 있게 되었다.

"언제든 원하시는 만큼 저희 상단이 제공해드리겠습니다."

"누구도 알아서는 안 돼."

그렇게 말하는 르네긴의 눈빛이 사뭇 진지했기에 유루스도 일단 가지고 있는 원액이라도 보이는 것이 좋겠다고 생각했다. 물건을 직접 보여주는 것이 그를 조금이라도 안심시켜줄 수 있을 것 같았다.

"비밀은 반드시 지키겠습니다, 르네긴님. 일단 제가 가지고 있는 것을 보시는 것은 어떻습니까?"

유루스가 품 안에서 작은 향수병을 꺼냈다. 그는 늘 품 안에 온드로드꽃의 원액을 지니고 있었다. 겨우 엄지손톱만한 조그만 향수병에 들은 것이었지만, 원액이었기에 가격으로 따지면 어마어마한 양이었다. 르네긴은 그 향수병을 보자 흠칫하며 등을 뒤로 뺐다.

"그래……. 사실 자네가 지금도 가지고 있을 것 같다는 생각은 했지……."

르네긴은 고통스러운 듯 두 눈을 질끈 감았다. 그의 알 수도 없고 공감할 수도 없는 고통에 유루스는 잠시 그가 진정할 수 있도록 기다려주었다. 르네긴이 몇 번의 숨을 힘들게 내쉬는 것을 보고 나서야 유루스는 다시 한 번 그에게 질문했다.

"여기서 확인해보시겠습니까?"

"아니야. 사실 그게 필요한 건 내가 아닐세……."

르네긴은 힘겹게 말을 꺼내고 그 뒤로는 오랫동안 침묵을 지켰다. 유루스는 그의 침묵을 존중했다. 그런 침묵 가운데 누군가 방의 문을 두드렸다. 두드린다고 보기도 어려울 정도로 희미한 울림이었으나 르네긴은 그 소리에 크게 반응했다.

"들어오너라."

찰칵, 손잡이가 돌아가는 소리와 함께 방문이 열렸다. 들어온 이는 온통 검은 옷을 입은 여인이었다. 검은 치마의 옷은 물론 신발까지 검은 비단신이었다. 그러나 유루스는 여인의 얼굴을 볼 수는 없었다. 여인의 검은 모자에는 머리에서 가슴께까지 떨어지는 검은 레이스가 달려있었고, 그 레이스는 여인의 얼굴을 완벽하게 가리고 있었기 때문이다. 보이는 것은 얼굴의 희미한 형체뿐이었다.

"약을 제공해준다니 고맙네. 자네에게는 알려줄 수밖에 없지. 내 딸 나디르일세."

"만나서 반갑습니다, 나디르님. 유루스 이올라긴입니다."

나디르는 아무런 말도 없이 유루스를 향해 고개만을 살짝 까닥이며 인사했다.

그리고 그런 나디르를 뒤따라 들어온 데이드라트가 부축해주었다.

"신전에 알리면 모든 귀족이 다 알게 될 테고, 내 딸은 그걸 원하지 않으니 거기서는 약을 구할 수 없어. 그렇다고 암거래로 얻는 진통제는 너무 조악하네. 우리에겐 자네가 필요해."

나디르의 고개가 약간 위쪽으로 올라갔다. 아마도 유루스를 보는 것 같았다. 그녀는 그대로 가만히 서 있다가 제 동생의 부축도 뿌리치고 성큼성큼 그에게로 다가왔다.

머리부터 발끝까지 온통 검은색으로 두른 데다 얼굴까지 보이지 않아 섬뜩하게도 느껴질 수도 있으련만, 유루스는 그녀의 접근에도 별다른 반응을 보이지 않았다.

그녀는 두 손으로 유루스의 손을 거세게 잡았다. 검은 비단 장갑을 낀 손이었다.

유루스는 나디르의 의도가 그의 손에 있는 향수병을 빼내려는 것이라는 걸 알아차리고서 곧바로 그녀에게 향수병을 건네주었다. 그녀는 향수병을 자기 눈높이로 들어 살펴보고는 병을 열고 얼굴을 가리고 있는 레이스 가까이 가져가 냄새를 맡았다. 그러다가 휙 유루스를 향해 고개를 돌렸다.

"제가 병이 있다는 것은 알게 되셨는데……."

나디르의 목소리는 여자치고는 상당히 허스키하고, 어딘지 가래 낀 것처럼 거칠게 울리는 데가 있었다.

"그럼, 무슨 병인지 궁금하시지 않나요?"

"나디르야."

르네긴이 타이르듯 나디르를 부렀지만 그녀는 아랑곳하지 않고 옅은 냉소를 흘렸다. 그 차갑고 희미한 웃음소리가 그녀의 아버지를 향한 것인지, 유루스를 향한 것인지 그것도 아니라면 나디르 자신을 향한 것인지 알 수 없었다.

"제 얼굴, 한번 보고 싶지 않으세요?"

유루스가 차마 대답하기도 전에 그녀는 왼손으로 자신의 얼굴을 가리고 있는 레이스를 단번에 걷어냈다. 어찌나 힘주어 걷어냈는지 레이스가 달려있던 모자가 바닥으로 떨어졌다. 그녀의 그런 행동에 르네긴은 고통스러운 듯 가슴을 움켜쥐었다.

나디르의 얼굴은 사람의 피부라기보다는 뱀의 껍질 같은 딱지들이 다닥다닥 붙어있었고 그 껍질들 사이로 군데군데 진물과 고름, 피가 새어나오고 있었다. 이마부터 목까지 모두 붉고 검고 갈색빛으로, 정상적인 피부는 보이지 않았다. 오른쪽 눈은 퉁퉁 부어 제대로 뜰 수조차 없는 상태였다. 남자들보다도 짧게 깎은 머리칼은 그러한 피부와 어우러져 더 기괴하게 보였다.

그녀는 독기어린 눈으로 유루스를 쳐다보았다. 그는 그런 그녀의 옆을 아무렇지도 않게 지나쳤다. 그녀는 모욕이라도 당한 듯한 표정으로 자신을 지나쳐간 유루스를 쳐다보았다. 그러나 그는 몇 걸음 가지 않고 멈춰 서서 그녀가 떨어뜨린 모자를 주워들었다.

"나디르님."

유루스가 모자를 한 손으로 가볍게 털어내며 나디르의 이름을 불렀다. 나디르는 대답 없이 잔뜩 찡그린 표정으로 그를 바라보았다.

"스스로 고통받을 필요는 없습니다. 그러지 않아도 괴로우시지 않습니까."

"뭐라고……."

"전 당신의 기분을 알지는 못합니다. 다만 짐작은 할 수 있습니다. 왜 스스로 상처 입히며 그 상처에 고통스러워하시는 겁니까?"

유루스는 모자를 나디르의 머리에 조심스럽게 씌워줬다. 모자 안에는 머리핀이 달려있었는데, 유루스는 그것까지 세심한 손길로 머리카락에 고정하기 시작했다. 나디르는 분한 듯 그를 밀쳐내며 이를 갈았다.

"당신이 뭘 안다고 아는 척이야!"

나디르가 꽤 세게 밀쳤음에도 유루스는 미동조차 없이 모자를 마저 씌울 뿐이었다.

"아는 것은 없습니다. 다만 제가 맨 처음 도시로 왔을 때 할 수 있었던 일은 식당의 허드렛일과 병자의 간호 정도였지요. 그때 당신과 같은 증상의 환자를 두 명 정도 돌본 적이 있습니다."

그는 모자를 나디르의 머리칼에 완전히 고정한 후 레이스를 얼굴 위로 늘어뜨렸다.

"자신을 미워하지 마십시오. 병은 당신의 잘못이 아닙니다."

유루스의 말에 나디르는 입을 다물며 입술 사이로 앓는 듯한 소리를 내었다.

유루스는 그녀의 병이 얼마나 고통스러운 것인지 알고 있었다. 피부에 닿는 모든 것들이 칼날같이 느껴지는 병이었다.

그러기에 피부에 닿는 머리카락까지도 고통스러워 짧게 잘라낸 것일 터였다. 그럼에도 그녀는 피부가 드러나는 부분을 모두 가리고 있었다.

"너는 아무것도 몰라……."

그녀는 끊는 듯한 목소리로 작게 말했다. 유루스는 그 말에 대답하지 않았다. 맞는 말이었다. 유루스는 그녀의 고통과 기분을 짐작만 할 수 있을 뿐, 결코 얼마나 괴로운지 정확히는 알 수 없었다. 그녀는 그를 노려보다 천천히 입을 열었다.

"네가 돌본 사람들은 어떻게 됐지?"

"제가 돌본 사람들 말입니까?"

"나았어?"

"아니요. 두 명 모두 고통을 이기지 못해 결국 자살했습니다."

유루스는 담담한 목소리로 말했다. 그러자 르네긴이 불같이 화를 내며 소리를 쳤다.

"자네 지금 무슨 말을 하는 건가!"

그러나 데이드라트는 그를 향해 소리 지르지 않았다. 대신 그는 유루스의 어깨를 잡아 돌려 얼굴을 주먹으로 있는 힘껏 쳤다. 유루스가 얼굴을 살짝 틀어 주먹은 빗맞았지만, 균형을 잃는 바람에 가구들이 뒤로 밀리는 요란한 소리와 함께 바닥으로 넘어졌다.

데이드라트가 넘어진 유루스 위로 올라가 다시 한 번 그를 때리려고 주먹을 쳐드는데, 그런 동생을 향해 나디르가 고함을 쳤다.

"그만해, 데이!"

"이 천한 놈! 할 말 못할 말도 구분하지 못하느냐!"

데이드라트는 못 견디게 화가 나는 듯했다. 그는 누나가 소리를 지르건 말건 유루스를 향해 다시 한 번 주먹을 내리치려고 했다.

"왜, 다시 한 번 말해봐라! 상대해줬더니 감히 주제도 모르고 기어……!"

데이드라트의 매서운 목소리는 도중에 뚝 끊겼다. 나디르가 자기 동생의 뺨을 친 것이다. 데이드라트는 놀란 것을 넘어 멍한 얼굴로 제 누나를 바라보았다.

"그만하라고 했잖아!"

나디르는 유루스의 배 위에 앉은 동생을 있는 힘껏 밀쳤다. 그는 기운 없이 유루스에게서 물러났다. 그녀는 쓰러진 유루스의 옆에 무릎을 꿇고 앉아 그의 얼굴을 살폈다. 다행히 상처는 나지 않았으나, 맞은 얼굴이 약간 붉게 부어올라 있었다. 아플 법도 한데 유루스는 아무렇지도 않은 얼굴로 몸을 일으켰다.

나디르는 그런 그의 얼굴을 바라보다가 다시 한 번 동생에게 화를 냈다.

"부끄러운 줄 알아라, 데이드라트! 우리가 초대한 손님을 이런 식으로 대하다니!"

"하지만 나디르, 너도 이 녀석이 하는 말을 들었잖아! 네가 아픈 걸 뻔히 보면서도!"

"그게 내가 듣고 싶은 말이었어!"

나디르의 목소리가 심하게 떨렸다. 그녀는 동생 쪽을 한참 바라보다가 바닥으로 고개를 떨구었다.

그녀의 검은 치마폭으로 피가 섞인 눈물이 떨어졌다.

"너희가 하는 밑도 끝도 없는 희망찬 얘기보다도 그게 바로 내가 듣고 싶은 진실이었어."

데이드라트는 누나의 말에 다리의 힘이 풀렸는지 제자리에 주저앉았다. 그는 제 누나에게 무릎걸음으로 다가가 그녀를 껴안고 소리죽여 눈물 흘리기 시작했다.

나디르도 조용히 그리고 하염없이 그녀의 검은 레이스 아래로 피눈물을 떨어뜨릴 뿐이었다.

“민아.”

“예?”

“뭐라고 말 좀 해봐요. 아까부터 아무 말도 없잖아요.”

“아, 그게…….”

“혹시…… 아까 일 때문에…….”

“아! 그러면 전하는 정말 유년시절을 신전에서만 보내신 거예요?”

리온의 입에서 조금 전의 그 일이 나올까 봐 민아가 황급하게 말을 돌렸다. 리온은 그녀가 당황하는 모습을 보며 민아가 아까의 일 때문에 더 어색해하고 있다는 것을 깨달았다. 리온은 그녀의 머리에 한 입맞춤에 대해 무언가 더 변명을 해보려다가 그만두었다. 어차피 할 변명도 없었다.

자신을 두려워하는 민아 때문에 가슴이 아파서, 그래서 저도 모르게 그녀의 머리에 입을 맞추었던 자신의 마음을 어떻게 완전하게 설명할 수 있단 말인가.

그냥 그는 민아의 질문에 대답하기로 했다.

“네. 저는 아기 때 신전에 맡겨진 후 지금 처음으로 신전을 나온 거예요.”

“하지만 카이아 제국의 황태자 전하이시잖아요? 원래 황궁에서 자라셔야 하는 것 아닌가요?”

“보통은 그렇겠지만 저에게 내려진 신탁이 하나 있어서…….”

“신탁이요?”

“예. 제가 나기 전에 「가장 고귀한 분」을 모시는 수도의 신녀에게서 신탁이 있었어요. 제가 다 자란 뒤에 카이아는 다시 한 번 전란에 휩싸일 거고, 그 전란 중에 비수를 맞아 목숨을 잃을 운명이라고 하더군요.”

“네? 그게 정말인가요?”

리온의 말에 민아가 경악했다. 리온은 그녀의 반응에 살며시 웃음 지었다. 비록 놀란 표정이지만 아까의 굳은 표정보다는 이렇게 생생한 표정이 보기 좋았다.

리온은 가장 가까운 벤치로 다가갔다.

두 사람은 아직도 후원을 걷고 있었기에, 이야기를 제대로 하려면 어딘가에 앉는 것이 좋을 것 같았다. 그는 민아를 벤치에 앉으라고 권하며 말을 이었다.

“하지만 그게 전부는 아니었어요. 그 죽음만을 피한다면 전쟁을 승리로, 카이아를 번영으로 이끈다고 했거든요. 그래서 그 죽음을 피하기 위해서는 성인식 전까지 푸른 사막 한가운데에 있는 「시작의 신전」에서 몸과 마음을 수양해야 한다고 하더군요.”

"그렇다면 실례지만 전하는 지금 나이가 어떻게 되시나요? 성인이 되신 건가요?"

"아뇨, 아직. 5개월 정도 남았어요."

"뭐라고요? 그렇다면 지금 여기에 계시면 안 되는 거잖아요!"

"그렇기야 하지만, 이미 나와 버렸는걸요."

리온은 속 좋게 하하 웃었다. 민아는 그가 이런 상황에 왜 웃는지 이해할 수 없었다. 물론 민아가 저쪽 세계에서 살 때는 예언이니 뭐니 하는 걸 믿은 적이 없었지만, 이곳에서는 이야기가 달랐다. 소통의 돌의 혜택을 받고, 신관의 치료까지 받은 민아는 신녀의 예언도 상당히 신빙성이 있을 거라고 믿지 않을 수가 없었다.

"왜 그렇게 웃으시는 거예요? 이건 목숨이 달린 문제잖아요. 신탁을 어기시면 어떡해요? 지금이라도 신전에 돌아가세요."

민아의 단호한 말에도 뮤리온은 고개를 저을 뿐이었다.

"그렇게 걱정하실 것 없어요. 「성인식 전까지」라는 건 대강 넓게 잡은 기간에 불과해요. 예언했던 신녀가 직접 제게 말해주었는걸요. 미래는 보았으나 정확한 시기를 알 수 없어 넉넉하게 기간을 잡아 예언했다고요."

"그렇다고 기간을 안 채우고 나오셔도 되는 거예요? 다른 사람들은 아무도 전하를 말리지 않았나요?"

리온은 그녀가 자신을 이렇게 걱정해주는 모습이 좋았다.

"물론 지금 나가겠다고 말하면 말릴 게 뻔하니까, 아무 말도 하지 않고 도망 나왔죠."

"도대체 왜 그런 모험을……."

민아가 앓듯이 끙끙거리며 말했다. 하지만 리온은 그 말에 신이나 맞장구를 쳤다.

"네! 모험, 바로 그거에요! 저는 모험을 하고 싶었어요!"

그의 얼굴이 너무나도 천진하고 순수해 보여서 민아는 저도 모르게 쓴웃음을 지었다.

"저에게는 성인식 후에도 신전에 갇혀있는 거나 다름없는 생활이 예정되어 있었어요. 다만 장소만 황궁으로 바뀌는 것뿐이겠죠. 모든 사람이 저를 보살펴주고 무엇 하나 제 마음대로 할 수 없는 그런 생활들이 다시 이어지는 거예요. 저는 그런 게 싫어요. 물론 제 위치를 알고 무겁게 여기고는 있지만……. 아직 저는 황위에 앉기까지 시간이 있으니까요. 그전까지만 제 운명에서 잠깐 벗어나 평범한 사람이 되어서 스스로 무언가를 해내고 새로운 도시를 여행하고 싶었어요. 그리고……."

"그리고요?"

"그리고 또 새로운 사람을 만나고 싶었어요. 예상치 못한 그런 인연 말이에요."

리온은 그렇게 말하며 민아를 향해 살짝 눈을 접어 웃었다. 그 예상치 못한 인연이 바로 민아라는 그의 생각이 솔직하고 분명하게 전해졌다. 민아는 그런 그의 솔직함이, 천진함이 싫은 것은 아니었지만 어쩐지 부담스러워 모른 척 살짝 고개를 돌렸다.

민아는 속마음을 드러내지 않는 것이 미덕이라 여기며 자라왔다.

누군가 그녀에게 그리 가르친 것은 아니었지만, 그녀 자신이 속마음을 보이면 대부분 손해만 보게 된다고 그렇게 생각했었다. 그런 그녀에게 리온의 웃음은 그녀 마음속 무언가를 따끔따끔하게 찌르는 구석이 있었다.

"그런 인연들을 많이 만나시기를 바라요."

민아가 시선을 피하며 한 말이었다. 리온은 고개를 끄덕였다.

"네……. 저도 그랬으면 좋겠어요."

리온은 잠시 침묵을 지키다가 하늘을 바라보았다. 하늘에는 푸른 달이 떠 있었고, 쏟아질 듯 무수히 많은 별이 박혀있었다. 신전에 있을 때부터 항상 그의 마음을 청량하게 해주는 풍경이었다.

높은 바위 위에 지어진 「시작의 신전」에서 바깥을 바라볼 때면 어느 쪽으로 고개를 돌려도 온통 푸른 사막뿐이었다. 아무리 멀리 내다봐도 마찬가지였다. 그 변치 않는 풍경 중에서 변하는 것이 있다면 오로지 하늘뿐이었다. 얄팍한 눈썹 모양에서 매일매일 차오르는 달과 조금씩 자리를 움직이는 별들을 바라보고 있으면 늘 자신의 운명에 대해 생각해보게 됐다.

신탁을 무시하는 것은 아니었다.

그렇지만, 저 하늘의 별과 달마저 저렇게 변하고 움직이는데 자신만이 이렇게 사막처럼 한 곳에 고여 있는 것이 싫었다.

어디론가 떠나 하루만이라도 자유롭게 지내고 싶었다.

그래서 그는 결국 그곳을 나왔고 그 뒤로 그의 짧은 여행이 시작된 것이다.

남들은 별것 아니라고, 한때의 치기에 불과하다고 할지 모르겠지만 그에게는 중요한 의미의 여행이었다.

밤중에 데이와 함께 신전을 나온 날이 생각났다. 용기를 내어 신전을 나섰기에 여행을 시작할 수 있었다. 민아와도 만날 수 있었다. 만약 그 날 다른 사람들에게 받을 원망이 두려워 결국 신전을 나서지 못했더라면 아무것도 새로 시작할 수 없었을 것이다. 어떠한 것을 시작하는 걸 두려워하고 싶지 않았다. 그게 리온이 자신에게 바라는 것이었다.

"민아, 당신은……. 꿈이 있나요?"

"꿈이요?"

민아는 잠깐 그의 질문을 생각해봤다. 어릴 때 사람들이 자신에게 꿈을 물으면 항상 미래의 직업을 대답하고는 했다. 그러나 지금 자신은 무엇보다도 원래 세계로 돌아가는 것을 원했다. 다시 돌아가 가족을 만나서 그들의 품에 뛰어들고 싶었다. 그리고 이곳에서의 일들을 한낮에 꾸었던 이상한 꿈이라 여기고 싶었다.

"지금의 꿈이라면……. 원래 세계로 돌아가고 싶어요. 이 세계에서 제가 바라는 건 그것밖에 없어요."

"아……."

리온이 조금 멍한 표정으로 민아를 바라보았다. 「방문자」인 그녀로서는 당연할 대답일 텐데 리온은 그녀에게서 그런 대답이 나오리라고 생각하지 못했다. 어쩐지 섭섭한 기분이 들었다.

"그래요, 그렇겠죠. 그렇다면 어떻게 돌아가시려고요?"

"아직 몰라요. 찾아봐야죠. 저는 앞으로 「달의 문」이나 「달의 자식」에 대한 고서를 찾아볼 생각이었어요. 달의 문이나 달의 자식들은 아주 예전부터 이곳에 존재했던 것들이니까 분명 어딘가에 그것들의 현상에 대해 연구하거나 조사한 자료가 있겠죠. 그런 자료를 찾다 보면 언젠가 돌아갈 방법을 찾을 수 있을 거라는……. 그런 희망이 있어요."

"민아, 그러면……."

리온이 머뭇거리며 입을 열었다. 그가 말끝을 흐렸기에 민아는 조금 더 잘 듣기 위해 그에게로 살짝 얼굴을 기울였다.

"그러면 제가 도와드릴 수 있을 거예요."

"예?"

"제가 아저씨에게 얘기해서 당신을 유루스에게서 구해드릴게요! 저는 지금 황태자 신분을 숨기고 다니는 거라 직접 나설 수는 없지만, 르네긴 아저씨라면 당장에 민아를 카이아 제국민 신분으로 만들어 줄 수 있어요."

"아니, 사실 유루스는 저를……."

민아는 유루스가 그녀를 자유롭게 해주기로 했다고 말하려고 했지만, 리온이 흥분해서 속사포같이 말을 꺼내느라고 민아의 말을 끝까지 듣지 못했다.

"그래서 제국민이 되면, 저랑 데이의 여행에 동참하세요! 저희는 카이아 제국령의 신전들을 돌아다닐 계획이고, 제국의 신전에는 민아 씨가 필요로 하는 고서들이 많으니까요!"

"아, 정말이요?"

리온의 제안에 민아는 하려던 말을 잊어버렸다. 신전의 고서. 모르긴 몰라도 시중 도서들과는 차원이 다를 것이다. 민아는 가슴이 크게 두근거리는 것을 느꼈다.

"일반인한테 열람이 되지 않는 도서도 르네긴 아저씨에게 부탁하면 허가증을 받을 수 있을 거예요."

민아는 멍하니 리온을 바라보았다. 그의 제안을 거절하는 건 멍청한 짓이었다. 신전의 고서들로 집에 갈 방법을 조사한다면 금방 단서를 얻을 수 있을 것 같았다. 게다가 유루스는 민아에게 저택에 머무르라고 했지만, 사실 제 밥벌이도 못 하고 도움도 되지 않는 여자 따위가 그의 곁에 있어봤자 폐만 끼칠 테니 떠나는 게 나을 것도 같았다.

"감사해요. 아무것도 아닌 저한테, 이렇게 좋은 제안을 해주시다니……."

"그러면 같이 여행을 떠나 주시는 거예요?"

"그렇지만……. 조금만, 조금만 생각해 볼 시간을 주시면 안 될까요?"

더는 없을 좋은 제안이었다. 그러나 덜컥 받아들이기에는 마음에 걸리는 것이 있었다. 민아는 자신의 혼란스러운 마음을 리온에게 보이지 않으려고 일부러 그를 향해 태연하게 웃었다.

리온은 민아가 바로 동의를 하지 않아 약간 아쉬운 듯했지만, 그는 그런 기색을 금세 숨기고 환히 마주 웃어 보였다.

“네. 그렇게 하세요. 그렇지만, 부디 긍정적으로 생각해 주세요.”

마치 소년처럼 천진하게 웃는 이 사람이라면 함께 다니는 것이 어렵지 않을 것 같았다.

결국, 자신은 리온의 제안을 받아들일 것이었다. 그럼에도 지금은 당장 그렇다고 말할 수 없었다.

"그래서……. 일단 물어는 봤어."

"결국, 이렇게 되는군요."

리온의 말에 데이가 고개를 살짝 옆으로 비끼며 가느다랗게 한숨을 쉬었다. 데이의 그런 반응에 리온이 영문을 모르겠다는 표정을 지었다.

"데이, 너 민아가 싫어?"

"딱히 싫어하는 건 아니지만 그렇다고 좋아하는 것도……."

이것도 저것도 아닌 대답을 하는 데이를 리온이 미심쩍다는 듯 눈을 가늘게 뜨며 빤히 쳐다보았다. 그 눈빛에 데이가 마침내 졌다는 듯 두 손바닥을 들어 올리며 진심을 털어놓았다.

"네. 사실 저 그 여자 안 좋아해요."

"왜?"

"그 달의 자식들과 같은 데서 온 방문자라는데, 재수 없잖아요. 그리고 그 여자 때문에 리온님이 싸움에 휘말리셨고, 웬 천한 놈한테 맞기까지 했는데! 싫어할 만한 이유가 충분하죠."

데이의 아버지는 방문자에 대해 그다지 호의적이지도, 반감을 품고 있지도 않았지만 데이는 방문자에 대해 강한 거부감을 가지고 있었다. 그리고 이런 데이의 반응은 상류층 중에는 찾아보기 힘든 것이었다.

"방문자라고 다른 곳 하나도 없는걸. 그녀는 그냥 평범하고, 또 연약한 여자일 뿐이라고."

"그것도 마음에 안 들어요. 가능한 한 빨리, 리온님의 성인식이 오기 한 달 전 정도까지는 여행을 마쳐야 하는데 여자를 데리고 다녀서야 속도만 느려진다고요."

"뭐? 성인식 한 달 전까지는 4개월밖에 못 다니잖아. 난 더 오래 다니고 싶은데……."

"황제 폐하께서 지금 있는 대로 화가 나셨을 거라고요. 아무리 리온님이라면 껌뻑 죽는 분이래도, 편지 한 장 달랑 남겨놓고 신전을 나왔으니 걱정이 안 되시겠어요? 아버지 말을 들었는데 지금 전국에 비밀리로 우리를 찾는 병사들이 깔리고 있대요."

"정말?"

"게다가 아버지도 우리를 찾고 있으셨던 모양이에요. 그런데 우리가 제 발로 이곳을 찾아왔으니 오늘 밤 위에다 바로 보고하신다고 하시던데요? 그러기에 여기 들리지 말고 그냥 가자고 했잖아요. 괜히 그 민아인지 뭔지 하는 여자네 찾는다고 들렀다가 리온님은 바로 황궁에, 저는 바로 감옥에 끌려가게 생겼다고요."

데이의 투덜거리는 말에 리온이 킥킥거리며 웃었다.

꽤 심각한 상황을 말한 건데도 저렇게 웃다니, 데이는 속으로 한숨을 내쉬었다. 아무래도 데이는 리온의 어리광을 너무 받아준 감이 있었다. 리온을 걱정한 황제는 또래 한 명 없이 신전에 있을 아들을 위해 리온보다 한 살 위인 르네긴의 아들을 황태자와 같이 자라게 했다. 그래서 데이는 일 년에 4개월 정도는 가족의 품으로 돌아가 지냈지만, 그래도 나머지 8개월은 신전에서 뮤리온과 동고동락하며 지냈다.

데이에게 뮤리온은 처음 만난 그 순간부터 평생 모셔야 할 주군이었고, 친구였고, 지켜야 할 대상이었으며 황태자라는 지위 이상의 소중한 존재였다. 타인에게는 냉기가 뚝뚝 떨어질 정도로 차갑게 굴면서도 가족을 비롯해 자신의 사람이라고 생각한 이에게는 쓸개라도 빼줄 정도로 소중하게 대하는 데이의 성격 탓도 있을 터였다. 어쨌건 리온이 오늘날 이렇게 구김살 한 점 없이 잘 자랄 수 있던 것은 나이에 비해 어른스러웠던 데이가 심한 외로움을 타던 뮤리온을 잘 보듬어주었기 때문이나 다름없었다.

“설마 아바마마께서 널 감옥에 넣으시겠어? 만약 그렇다 하더라도 내가 황제가 되자마자 꺼내줄 테니 너무 걱정하지 마.”

“다 늙은 뒤에나 꺼내주실 생각이시군요.”

데이의 과장된 말에 리온이 다시금 웃는 소리를 냈다.

민아와 밤 산책을 하고 온 뒤로 리온은 기분이 많이 좋아진 듯 보였다. 그는 민아와 그렇게 헤어진 뒤로 계속 우울해 보였는데, 이렇게 다시 밝아진 모습을 보니 보기 좋았다.

리온은 민아를 손님용 객실로 데려다 주고 난 다음에 바로 데이의 방에 와서 민아의 의상이 예뻤다느니, 그녀가 거짓말을 한 것은 어쩔 수 없었다느니, 시키지도 않았던 그녀의 변명을 하며 민아에 대한 말만을 늘어놓았다.

데이는 그런 말을 대충 들어주면서 지금 리온의 모습이 낯설다는 생각을 했다. 나이가 나이인 만큼 여자를 좋아할 법도 했지만 이제까지는 신전에서만 살았던 그였으니 이런 일이 아예 없었던 탓이었다.

"리온님. 정말 그 여자와 여행을 떠날 수 있을 것 같으세요?"

"아무래도 그렇지 않을까? 민아도 이올라긴 같은 사람에게 계속 잡혀있기는 싫겠지."

"글쎄요. 근데 사실 제가 보기엔……. 두 사람 사이는 그다지 나빠 보이지 않던데요?"

데이는 리온의 두 눈을 물끄러미 쳐다보며 말했다. 응접실에 앉아있던 두 사람은 제법 사이좋게 서로 마주 보고 있었고, 게다가 민아는 데이가 보는 앞에서 유루스의 손을 먼저 붙잡았다. 여자가 싫어하는 남자의 손을 스스로 잡을 일이 있을까? 누가 시키거나, 반드시 그래야 할 상황도 아닌데?

"그게 무슨 말이야?"

"무슨 말이긴요. 두 사람 사이가 좋아 보인다는 말이죠."

"어떻게 좋을 수가 있어? 너도 그의 부하들이 그녀를 어떻게 대하는지 봤잖아. 게다가 그녀가 우리를 처음 만났을 때는 그에게서 도망치던 중이었고."

"그런 건 모르겠고, 일단 제가 보기에는 두 사람 사이가 그리 나쁜 것 같지 않아요. 오히려 민아가……. 그를 조금 마음에 두고 있는 것 같던데."

데이의 말에 리온의 표정이 굳었다. 마치 망치로 머리를 얻어맞은 것 같았다. 이상할 정도로 강하게 유루스의 편을 들던 민아의 모습이 생각났다. 그냥 단순하게, 그녀가 착한 성품 탓에 유루스를 감싼다고만 생각했었는데 그런 게 아닐 수도 있다는 것이었다.

사실 그 정도는 미리 생각해볼 수도 있을 법한 것이었는데, 그쪽으로는 전혀 생각하지 못했었다. 민아에 대해서는 이성적으로 따져가며 생각할 수가 없었다. 금세 혼란스러워하는 리온을 바라보며 데이가 단호하게 말했다.

"만약 그 여자가 리온님의 제안을 거절하면 그때는 포기하고 바로 길 떠나시는 거예요. 싫다는 여자 억지로 끌고 다닐 생각은 아니시죠?"

"어……."

축 처진 표정의 리온이 힘없이 대답했다. 데이는 속으로 혀를 찼다. 늦은 첫사랑이라 그런지 증세가 더 심각해 보였다.

하지만 데이는 굳이 리온에게 지금 그가 민아를 이성으로 보고 있다는 것을 일깨워주지는 않았다. 리온은 둔해 터졌으니 자신이 지금 늦은 첫사랑을 앓고 있다는 것을 웬만해선 깨닫지 못할 것이다. 이대로 깨닫지 못하고 넘어가는 것이 나았다. 방문자 여자 따위, 황태자의 곁에 있어봤자 누가 될 뿐이었다.

그래서 데이는 그답지 않게 우울해하는 리온을 위로해 주지도, 조언해주지도 않았다. 부디 그 민아라는 여자가 리온의 권유를 거절하기만을 바랄 뿐이었다.

유루스와 민아는 르네긴의 권유로 이곳에서 하룻밤 머무르게 되었다.

민아가 배정받은 방은 숙소에 비하면 훨씬 좋고 아름다운 곳이었지만, 그래도 마음 놓고 쉴 수가 없었다. 머릿속에 이런저런 생각이 많아서였다. 그중에서 민아를 가장 머리 아프게 하는 것은 역시 리온의 권유였다. 결국 민아는 잠을 이루지 못하고 있다가 촛대를 들고 방을 나섰다.

유루스의 방까지는 금방이었다. 하지만 워낙 밤이 늦었기에 민아는 그 앞에서 한참이나 망설였다. 방 틈으로 아무런 불빛도 새어나오지 않는 것으로 보아 아마 자고 있을 것 같았다. 더구나 그는 지금 부상을 입은 상태가 아니던가.

그래도 민아는 혹시 모르니 문을 두드려볼까 말까 한참을 고민하며 커다란 방문 앞에서 계속 망설였다. 사실 그냥 리온의 권유를 바로 받아들이면 될 텐데, 왜 자꾸 유루스가 마음에 걸리는지 모르겠다.

여기까지 온 것도 그와 의논해보고 싶은 마음에서였는데, 사실 굳이 의논할 필요가 있는 걸까?

결국 그녀는 문에 손가락 하나도 대지 못한 채 뒤돌아서고 말았다. 손에 들린 촛대 위 애꿎은 초만 그녀가 고민한 시간만큼 녹아 흘러있었다. 그녀가 타박타박 어두운 복도를 열 걸음이나 걸어갔을까, 갑자기 뒤에서 문이 끼익 대며 열리는 소리가 났다. 그리고 바로 뒤이어 유루스의 낮은 목소리가 들렸다.

"왜 그냥 가."

금방 자다 일어난 듯 가라앉은 목소리에 민아는 당황하면서도 다시 뒤돌았다.

"당신이 자고 있을 줄만 알았어요."

"안 자고 있었어. 누가 그렇게 방문 앞에서 서성대는데 어떻게 잠을 자겠어?"

"미, 미안해요."

아무래도 자기가 그를 깨운 것 같았다.

"들어와."

그는 그녀의 사과는 듣지도 않고 몸을 돌려 방으로 다시 들어가 버렸다. 민아도 그를 따라 재빨리 방으로 들어갔다. 찰칵, 어두운 방의 문이 닫히는 소리가 유난히도 크게 울렸다.

창문에도 두꺼운 커튼을 쳐두어서 방 안은 꽤 어두웠다. 민아는 들고 있는 촛불에 의지해 그의 뒷모습을 바라보았다. 그가 입고 있는 흰색 옷 덕에 어두운 방에서도 그나마 잘 보였다.

그가 침대 옆 협탁을 뒤져 부스럭거리는 소리와 함께 무언가를 꺼내더니 다시 민아의 앞으로 다가왔다. 그가 어둠 속에서 한걸음씩 걸어올 때마다 심장 뛰는 소리가 커졌다. 민아는 속눈썹을 아래로 가볍게 내리깔았다. 크게 뛰는 자신의 심장 소리가 들릴까 염려스러웠다.

그의 손에는 초에 불을 붙일 때 사용하는 얇고 기다란 나무 막대가 들려있었다. 그가 몸을 약간 숙여 민아가 들고 있던 초의 촛불에 그 막대를 가져다 댔다. 타오르는 불은 소리조차 내지 않고 그에게로 옮겨갔다.

민아는 앞으로 다가온 유루스의 얼굴을 향해 눈을 들었다. 일렁이는 불꽃에 그림자가 흔들리며 꿈결처럼 몽롱하게 비쳤다. 그녀는 무언가에 홀린 것처럼 멍하니 그의 흰 이마와 쭉 뻗은 눈썹, 그리고 단정한 속눈썹을 바라보았다. 그가 갑자기 시선을 올렸다. 민아의 눈동자와 유루스의 옅은 갈색 눈동자가 마주쳤고, 민아는 차마 그의 눈을 피하지 못했다. 그가 눈동자만으로도 자신을 옭아매는 기분이 들었다. 잠시 그대로 어색한 침묵이 이어졌다.

“황태자하고는 도대체 어떻게 알고 있었던 거야?”

마침내 유루스가 입술을 살짝 열어 말했다. 조그만 목소리였으나 이 적막한 방 안에서는 그 어떤 소리보다도 확실하게 들렸다.

“그분이 사막에 쓰러져 있던 저를 구해주셨어요. 그분이 아니라면 전 그때 죽었을 거예요.”

“그거 말고는?”

민아는 그가 캐묻는다는 느낌을 받았다. 그리고 그 느낌이 불편했다. 그녀는 힘들게 고개를 돌리며 대답했다.

"그거 말고요? 한 번 더 날 구해주셨죠. 시장에서 지오한테 맞고 있었을 때."

"……그래."

그가 깊은숨을 내쉬며 숨결처럼 대답했다. 민아가 다시금 그에게 시선을 돌렸을 때 유루스는 이미 민아의 앞에서 떠난 뒤였다. 그가 초에 불을 붙이러 움직이자 방이 금세 환하게 밝아졌다. 민아는 그의 그런 모습을 빤히 쳐다보고 있었다. 그는 막대에 붙은 불을 후 불어 끄고 민아를 돌아보았다.

"그래서, 오늘 그가 뭐라고 했길래 이 밤에 찾아온 거지?"

그의 목소리에 날이 서 있는 것 같아 대답을 하기가 망설여졌다. 하지만 민아는 촛대를 문 옆에 있는 장식장에 올려놓고 그를 향해 한 발자국 다가갔다. 어차피 말해야 할 것을 늦춰봤자 달라질 것도 없었다.

"전하께서는 제게 함께 카이아 제국령의 신전들을 여행하면 어떻겠냐고 하셨어요."

민아는 천천히, 또박또박 말하기 위해 노력했다. 그러나 그녀는 말을 하면서도 자신의 마음에 있는 이유 모를 미안함을 떨쳐내려고 애를 써야만 했다.

"저한테는 정말 좋은 제안이에요."

"여행이?"

"아뇨. 황태자 전하와 함께라면 신전의 고서들을 읽을 수 있다고 해요."

"그딴 건 읽어서 뭐하게. 어차피 잘 읽을 수도 없을 것 아냐."

"잘 못 읽어도, 그래도 저한텐 필요해요."

유루스는 이제 조금 짜증스러운 표정으로 길게 한숨을 내쉬며 이마를 짚었다.

"책이라면 원하는 만큼 사줄 테니까……."

"그런 게 아니에요! 난 내 세계로 돌아갈 방법을 조사하려고 하는 거라고요. 그러려면 평범한 책보다는 신전의 책이 더 낫지 않겠어요?"

유루스의 얼굴에 약간의 당황이 떠올랐다.

민아가 설마 원래 세계로 돌아갈 생각을 하고 있을 줄은 생각하지 못했기 때문이다. 다른 세계의 사람인 그녀가 돌아가고 싶어하는 것은 어찌 보면 당연한 일이었지만, 달의 문을 넘는다는 것은 여태껏 그 누구도 자의로 성공한 적 없는 일이었고, 몹시 위험한 일이었다.

"돌아가겠다고? 달의 문을 다시 넘어서?"

"네. 그곳을 통해서 왔으니, 다시 돌아갈 수도 있을 거예요."

"그래. 그럴 수도 있겠지. 하지만 그건 여태까지 성공한 사람이 아무도 없는 일이야."

"네. 그렇다고 들었어요. 하지만 성공한 사람이 없다고 불가능한 건 아니라고 생각해요."

유루스는 한숨을 쉬며 침대 근처에 있는 긴 의자에 앉았다. 미약한 가능성 때문에 목숨을 잃을 수는 없는 노릇이었다.

“아니, 불가능해. 너 이전에도 몇 번 달의 문을 건너려는 사람들이 있었지. 모두 어떻게 됐는지 알아?”

“아뇨, 몰라요.”

“모두 달의 자식에게 찢겨 죽었어. 그 녀석들에게 먹혀 시신조차 제대로 수습하지 못했지.”

“그건……. 안된 일이지만, 저까지 그러리라는 법은 없어요.”

“실패가 뻔히 보이는 일을 굳이 시작할 필요는 없잖아. 자료 따위를 뒤져봐도 소용없어. 아무도 성공하지 못한 일인데, 먼지 묵은 옛날 책을 뒤진다고 돌아갈 방법을 알게 되겠어? 불가능한 일에 매달려 인생을 허비하기보다도, 이 세계에 적응해서 살아가는 게 더 나은 일 아닐까?”

유루스의 태도는 차분했지만, 민아는 그가 그럴수록 화가 났다.

자신은 당장에라도 집에 돌아가고 싶어 미칠 것 같았다. 가족들이 보고 싶었다. 그녀가 살아온 모든 것이 그 세계에 있었다. 유루스의 말은 그런 그녀의 모든 것을 부정하는 것 같았다.

어떻게 어쩔 수 없으니 포기하라고 저렇게 쉽게 말할 수 있는 걸까?

“싫어요! 왜 자꾸 안된다고만 하는 거예요? 나는 죽더라도 상관없어요. 여기에서 사느니 집에 갈 시도라도 해보고 죽는 게 낫다고요!”

"김민아!"

유루스가 갑자기 자리에서 일어나더니 한걸음에 민아 앞으로 다가와 그녀의 손목을 잡아챘다. 민아가 흠칫 놀라며 몸을 뒤로 빼려고 했지만 유루스가 그녀의 손을 워낙에 단단하게 잡고 있어서 빠져나올 수가 없었다.

사나운 눈빛으로 자신을 노려보는 유루스의 모습에 민아는 순간 겁을 먹었다.

"죽어도 상관없다고? 그런 말이 어딨어!"

머리가 어질어질했다. 이렇게 화가 난 유루스의 얼굴은 민아가 그를 찔렀을 때조차 본 적이 없는 모습이었다. 민아는 다시 한 번 손에 힘을 주고 그에게서 벗어나려고 했지만 잘되지 않자 악, 하고 큰소리를 질렀다.

"싫어요, 내 자유예요! 죽음까지도 내 자유라고요! 당신이 내게 자유를 줬잖아요? 아닌가요? 난 해볼 수 있는 건 뭐든지 다 할 거예요. 게다가 이건 전하께서 권하신 기회인데, 이런 기회는 다시 찾아오지 않을 거라고요!"

유루스는 얼굴을 찌푸린 채 발버둥 치는 민아의 손을 놓았다.

유루스가 손을 놓자 그녀는 바로 두세 걸음 뒤로 물러서며 씩씩거리며 유루스를 노려보았다. 유루스는 불쾌한 표정이었지만 민아에게 뭐라 말을 하지는 않았다. 민아는 이제 아주 못을 박아 선언하듯 말했다.

"나는 뮤리온 전하와 함께 여행을 떠날 거예요! 당신에게도 그편이 좋지 않겠어요? 지금은 무슨 변덕으로 나를 돌봐주겠다고 했는지 모르겠지만, 그 마음도 곧 변할 거예요. 나중에 절 빨리 치워버릴 걸 하고 후회하게 될 거라고요. 그러니 차라리 지금 각자 갈 길 가는 게 나아요!"

민아는 빠르게 쏘아붙이고 말이 끝나자마자 뒤돌았다. 방을 나서기 위해 막 문고리를 잡아 돌리려는 순간 그녀는 자신이 촛대를 두고 갈 뻔했다는 것을 깨달았다. 복도에는 벽걸이 촛대가 걸려있기는 했지만, 그것만으로는 충분히 밝지 못했다.

그녀는 문 옆 장식장에 올려두었던 촛대를 다시 가져가기 위해 몸을 돌렸다. 그러자 갑자기 그녀의 허리가 앞으로 확 당겨졌다. 눈 깜짝할 사이에 민아는 유루스의 품 안에 갇혀버렸다. 그의 단단한 가슴팍에 두 팔이 닿자 민아는 지금 자신이 그에게 안겼다는 것을 알게 되었다. 그가 워낙에 힘을 주어 끌어안아 그에게 짓눌리는 것 같은 느낌마저 들었다.

"유루스! 지금 뭐하는 거……."

"가지 말라고 하면 그냥 알겠다고, 가지 않겠다고 그렇게 말하면 안 돼?"

민아가 두 팔을 자신의 가슴 앞에 두고 있어 상체가 밀착된 상태는 아니었다. 그럼에도 심장의 두근거림이 너무 심해서, 민아는 그가 그 소리를 들을까 두려웠다.

"지금 네가 안 보이기만 해도 불안한데, 만약 네가 죽기라도 하면 난……."

유루스가 한 손을 뻗어 민아의 얼굴에 가져다 댔다. 남자가 이런 식으로 얼굴을 만지는 건 처음이었다. 민아는 깜짝 놀라기도 했고 어질어질해지는 기분에 제대로 서 있을 수가 없었다. 발버둥 치던 힘도 빠져 그에게 얌전히 안겨있는 모양새가 됐다.

불안하게 흔들리는 그의 갈색 눈동자는 유루스를 알게 된 뒤로 처음 보는 것이었다. 그가 이런 표정을 할 수 있는 사람이었나? 애달프고, 안타까운 그 표정에 민아는 왠지 모르게 충격을 받았다. 그래서일까? 그녀는 자신에게 다가오는 그를 아무것도 못 하고 쳐다볼 수밖에 없었다.

입술 끝에 그의 숨결이 다가왔다. 약간은 강압적인 상황임에도 민아의 볼에 닿은 그의 손은 부드럽기 그지없었다. 민아는 그냥 눈을 감아버리고 싶었다.

그러나 그럴 수는 없었다. 민아는 그의 입술이 자신에게 닿기 직전에 순간적으로 힘을 주어 그를 밀쳐내 버렸다. 예상치 못했기 때문인지 유루스는 크게 휘청였고, 민아는 그 사이 그의 품에서 벗어날 수 있었다. 그리고 민아는 손이 자유로워지자마자 반사적으로 그의 뺨을 올려붙였다. 적막한 방 안에 그의 뺨을 때리는 소리가 어찌나 크게 울렸는지, 민아는 자신이 때리고도 놀란 얼굴이었다.

"지금……. 뭐……."

민아는 유루스에게 뭐라고 말하려 했다. 무슨 말을 하려고 했는지는 자신도 몰랐다. 왜 그랬느냐고 물어보려고도 했을지도, 뺨을 때린 것을 미안하다고 하려고 했을지도 몰랐다.

하지만 그녀는 말을 흐리다가 홱 몸을 돌려 방을 나가버렸다. 촛대도 들지 않고, 어두운 복도를 뛰어서 달아나듯 달려갔다. 유루스는 그녀를 잡지 않았다.

그녀는 자신의 방에 도착할 때까지 계속 뛰었다. 문을 열고 뛰어 들어가 자물쇠를 걸어 잠글 때까지 숨도 제대로 쉬지 못한 느낌이었다.

찰칵하고 문이 잠기는 소리가 난 뒤에야 그녀는 턱까지 찬 숨을 골랐다. 어느 정도 진정되자 눈에서 눈물이 흘러내리기 시작했다. 왜 눈물이 흐르는지는 그녀 스스로도 몰랐다.

그날 밤 민아는 한숨도 잘 수 없었다. 그녀는 그저 밤새 침대에 누워서 타는 촛불을 바라보며 멍하니 시간을 곱씹고 있었을 뿐이다. 그렇기에 아침 해가 막 떠오른 새벽에 누군가가 문을 두드리는 소리에 바로 반응할 수 있었다.

아주 조그마한 소리였지만, 그녀는 토끼처럼 깜짝 놀라 누웠던 자리에서 일어났다.

"누구세요."

민아는 잔뜩 잠긴 목소리로 물었다. 잠을 못 자서 그런지 목소리가 아주 가관이었다.

"아침부터 미안한데 나 데이거든. 잠깐 들어가도 돼?"

문밖에 있는 사람은 예상치 못했던 사람이었다. 유루스일지도 모른다고 생각했다가, 데이라는 것을 알자 묘하게 기운이 빠지면서도 안심이 되었다. 민아는 침대에서 내려와 잠긴 방문을 열었다.

"안녕. 일찍 일어났네. 두드려서 대답 없으면 그냥 가려고 했거든."

"안녕하세요. 네, 깨어있었어요."

유루스나, 아니면 뮤리온이면 몰라도 설마 이 시간에 데이가 찾아올 줄은 몰랐다. 데이는 항상 민아에게 시큰둥했기에 그녀를 별로 좋아하지 않는 줄 알았다. 하긴 지금도 무심해 보이긴 마찬가지였다.

데이는 방 안쪽으로 들어오더니 티 테이블 의자에 앉았다. 커튼 사이로 새벽빛이 비치고 있었는데, 그 새벽빛이 그의 금발 위에 앉아 더욱 화사해 보였다. 데이는 자리에 앉자마자 뜸도 들이지 않고 바로 본론을 얘기했다.

"미안하지만, 물어보고 싶은 게 있어서."

"네. 물어보세요."

"어제 전하가 너한테 같이 신전 여행 가자고 했지?"

"아……. 네."

뮤리온이 데이에게도 이야기한 모양이었다. 두 사람은 오랜 친구 사이니 이상할 것도 없는 일이었다.

"그거 아직 대답 안 했잖아? 그래서 말인데, 미리 좀 알고 싶어서. 너 그 제안 수락할 거야?"

마침 민아는 그 문제에 대해 밤새 생각하다 막 결론을 내린 상태였다. 그녀는 약간 머뭇거리다가 대답했다.

"아니요."

"그래. 대답해줘서 고마워."

"뭘요."

"근데 이유가 뭐야?"

데이는 생각보다도 더 직설적인 사람이었다. 거침없이 들어오는 질문에 민아는 순간 말문이 막혔다.

사실 그다지 대답하고 싶지 않았지만, 이미 가지 않는다는 결정을 말한 이상 이유를 말하지 않기도 미묘했다. 그냥 처음부터 아직 결정하지 않았다고 할걸. 민아는 조금 후회스러웠지만 결국 천천히 입을 열었다.

"사실 지금 유루스가 조금 몸이 안 좋아요. 많이 나았지만, 애초에 저 때문에 다친 거기도 하고. 그래서 그가 다 나을 때까지는 그의 곁에 있는 게 좋을 것 같아서요."

"뭐야, 그 녀석 어디 다쳤었어? 알겠어. 어쨌든 대답해줘서 고마워."

대답을 듣자 데이는 앉았던 자리에서 일어났다.

"그럼 난 갈게. 넌 아침 식사 전까지 더 자두지 그래?"

"근데, 왜 이런 걸 물어보시죠?"

"아……. 그거. 그냥 미리 알고 싶었어."

대답 한 번 시원시원하기도 하지. 굳이 이 새벽에 오지 않아도, 아침이 되면 알게 될 텐데. 민아는 속으로 어이가 없었으나 억지로 입꼬리를 끌어올려 웃는 척했다. 데이는 손을 대충 흔들어 인사를 하고 방을 바로 나가버렸다. 그야말로 들어오기가 무섭게 나간 꼴이었다.

민아는 기운이 쭉 빠지는 것을 느끼며 침대 쪽으로 터덜터덜 돌아갔다.

조금 전까지는 피곤하기는 해도 생각이 많아서 잠이 오지 않았는데, 결론을 제대로 지었다는 생각이 드니 갑자기 잠이 몰려왔다. 그녀는 잠깐 누워만 있어야지 생각하며 침대 위에 엎드렸다.

그러나 그녀의 생각과는 달리 침대에 몸을 눕히자마자 깊은 잠에 빠져들고 말았다.

데이는 자신의 방으로 돌아갔다.

언뜻 보기에는 아무도 없어 보였다. 그는 조금 의아한 표정으로 주변을 둘러보았다. 아무도 없을 리가 없는데, 그러다가 데이는 테라스의 커튼이 약하게 흔들리고 있는 것을 발견했다. 그러면 그렇지. 그냥 방으로 돌아갈 리가 없었다.

리온은 기본적으로 순했지만, 한번 고집을 부리면 막무가내인 면이 있었다. 데이는 고개를 한번 젓고는 바로 테라스 쪽으로 다가갔다.

오늘 새벽, 꿈도 꾸지 않고 푹 자고 있는 데이를 누군가가 있는 힘껏 흔들어 깨웠다. 누군가 했더니, 리온이 아니겠는가.

“데이, 데이.

“전하……? 아직 새벽 아닙니까? 왜 깨우…….”

“민아가 거절하면 어떡하지?

그 느닷없는 말에 데이는 잠이 확 깼다.

“뭐, 뭐요?

“그녀가 뭐라고 대답할지 모르겠어.”

“지금 그것 때문에 깨우신 겁니까?”

그는 침대에서 일어나 앉으며 어이없다는 투로 물었다.

“민아한테서 직접 듣기 불안해. 지금 데이가 가서 살짝 물어봐 주면 안 될까?”

“지금은 새벽이잖아요.”

“방에 불빛 새어나오던걸. 일찍 일어났나 봐.”

결국 데이는 투덜거리며 민아의 방을 찾아간 갈 수밖에 없었다.

어차피 시간이 지나면 알게 될 것을 왜 미리 알려고 하는지 이해할 수 없었다.

테라스의 커튼 틈으로 머리를 내밀어 보니 아니나 다를까 그곳에 리온이 있었다. 난간의 창살 틈 사이로 다리를 하나씩 빼두고 그는 발코니 바닥에 앉아있었다. 정원을 바라보는 리온의 동그란 뒤통수가 그를 더 어린아이 같아 보이게 했다.

"물어봤어?"

인기척을 느낀 리온이 돌아보지도 않고 물었다. 그는 뺨을 쓰다듬는 새벽의 찬바람에 눈만을 살짝 감을 뿐이었다. 바람이 그런 그의 머리카락을 뒤로 넘겨 주었다.

"네."

"뭐라고 해?"

"거절할 거라네요."

리온은 고개를 숙여 차가운 창살에 이마를 가져다 댄 채 난간 밖의, 어젯밤 민아와 함께 산책했던 후원을 바라보았다.

밤에 볼 때와는 왠지 많이 달라 보였다. 여전히 아름답긴 했지만, 그 밤만큼은 못했다. 그녀와 함께 있는 순간에는 마치 주변이 모두 마법에 걸린 것처럼 아름답고 신비롭게 보였다.

"데이……. 나, 이대로 민아와 헤어지고 싶지 않아."

데이는 대답하지 않았다. 그는 방과 테라스 사이에 있는 기다란 창틀에 몸을 기대고 리온의 뒷모습을 바라볼 뿐이었다.

사실 그는 지금 굉장히 기묘한 기분에 둘러싸여 있었는데, 마치 첫사랑에 빠진 사춘기 아들을 보는 것 같은 기분이었다. 데이는 지금 이 상황이 낯설어 뭐라고 말을 꺼내기가 조심스러웠다.

"나는 민아와 조금만 더 같이 있었으면 좋겠어. 그녀와 함께 있으면 모든 게 마치 운명처럼 느껴져. 어떻게 그 광활한 사막에서 내가 그녀를 구할 수 있었을까? 그대로 헤어질 수 있었던 민아를 시장에서 다시 만난 것도, 어제 또다시 만난 것도. 모든 게 뮤렐의 뜻대로 흘러가는 하나의 운명 같아. 혹시 내가 신전에서 그렇게 오랜 시간 동안 지낸 것은 모두 그녀를 만나기 위함이 아니었을까? 예언된 하나의 운명을 피하기 위해서였다지만, 그러면서도 민아를 만날 운명도 있었을지도 모르지. 내가 그 신전에서 자라지 않았다면 결코 그녀를 만날 수 없었을 테니까."

데이는 묵묵히 리온의 모든 말을 듣고 있었다.

데이도 사랑을 해본 적이 있었다. 하지만 그는 결코 리온 같이 운명이라는 기분을 느껴본 적 없었다. 사랑하는 여인과 같이 있을 때도, 그 여인과 처음으로 입맞춤했을 때도 마찬가지였다.

그래서 리온의 말을 완전히 이해할 수는 없었지만, 그의 감정이 진심이라는 것은 알 수 있었다.

"하지만 그게 다 내 착각이었나 봐. 사실 지금 이대로 신전으로 돌아가고 싶을 정도야."

"리온님."

데이가 리온의 그 길고 긴말을 듣다가 마침내 입을 열었다. 그는 리온에게 다가가 그 옆에 주저앉아 힘을 주어 뮤리온의 어깨를 잡았다.

"제가 다시 물어볼게요."

리온이 데이를 힐끔 바라보았다. 데이는 리온이 지금 자신을 바라보는 기운 없고 쳐진 눈빛이 마음에 들지 않았다.

"망설이면서 한 대답이라 바뀔 수도 있습니다."

"괜찮아. 이미 마음을 정했다는 걸. 억지로 그 마음을 바꾸고 싶지 않아."

"아닙니다. 사실은 엄청나게 망설이면서 한 말이란 말입니다. 제가 새벽부터 찾아가서 놀라서 대답이 헛나왔을 수도 있고요."

리온이 미심쩍은 얼굴로 데이를 쳐다보았다.

물론 지금 데이가 하는 말은 거짓말이었고, 지금도 그가 민아를 좋아하는 게 마음에 들지 않았다. 하지만 데이는 리온의 우울한 모습이 싫었다. 더구나 그는 리온이 얼마나 이 여행을 고대하며 계획했는지 잘 알고 있었기에 신전으로 되돌아가고 싶다는 이야기에 정말 심각하다는 걸 느꼈다. 이렇게 된 이상은 차라리 민아를 설득해 함께 동행하는 것이 나았다.

솔직히 그는 리온이 민아와 이루어질 가능성도 거의 없다고 생각했다. 지금 리온은 처음으로 이야기해본 또래의 이성에 대한 환상을 품고 있을 뿐이고, 함께 있으면 오히려 그 환상이 깨지기도 쉬울 수도 있었다.

"일단 두고 보세요. 제가 볼 때는 아무래도 같이 가고 싶은데, 망설이는 것뿐이니까."

어차피 그는 민아의 대답을 바꿀 자신이 있었다.

유루스는 기분이 엉망이었다. 그래도 겉으로는 그 어떤 내색도 하지 않은 채 평소와 다름없이 깔끔하게 머리를 빗어넘기고 단정한 옷을 차려입었다.

르네긴이 같이 늦은 아침을 먹자고 권했기 때문이었다. 하녀들은 유루스의 마음에 들고 싶은지 살살 교태를 부리며 물어보지 않은 것까지 술술 말해주었다. 리온은 아침을 따로 방에서 먹기로 했고, 민아는 아직 잠에서 깨어나지 않아 거의 잠투정 조로 아침 식사를 거절했다고 했다는 둥의 소리였다. 유루스는 하녀들의 말을 들으며 민아가 참 속도 편한 여자라고 생각했다.

유루스는 마지막으로 자신의 모습을 점검한 뒤 방문을 나섰다. 긴 복도를 지나 계단을 내려가는데, 맞은편에서 계단을 올라오고 있던 데이드라트와 딱 마주쳤다.

"잠자리는 편하셨습니까?"

데이드라트가 먼저 유루스에게 인사를 건넸다. 어제 유루스는 그에게 일방적으로 맞았지만 딱히 그에 대한 앙금이 남아있진 않았다.

그는 그보다 더한 일도 많이 겪어봤고, 무엇보다도 어제 그의 앞임에도 누이를 껴안고 우는 모습에서 데이드라트가 얼마나 그녀를 아끼고 있는지 알았기 때문이었다.

"네. 덕분에 오랜만에 편히 잤습니다."

"마침 이올라긴 씨를 만나러 가던 중인데 잘 되었군요. 식당으로 가시죠? 같이 가시는 게 어떻습니까?"

"좋습니다."

데이드라트는 유루스가 계단을 마저 내려오기를 기다려 그와 행을 맞추어 걸었다.

유루스는 밤사이 제법 친근하게 변한 듯한 데이드라트의 태도가 미심쩍었다. 그가 그렇게 생각하기 무섭게 데이드라트가 입을 열었다.

"방문자 아가씨와 전하 사이의 일은 알고 계시죠?"

유루스는 어젯밤을 떠올리며 쓴웃음을 지었다. 어제 화가 잔뜩 나서 방을 나갔으니 결국 민아는 리온과 여행을 떠나겠다고 할 것이다. 그녀가 결정을 내려버리면 유루스로서는 바꿀 도리가 없었다.

황태자가 원하는 일이고 본인이 원하는 일인데 유루스가 더 뭐라고 왈가왈부하겠는가.

"예, 들었습니다."

"그래서 말입니다, 저는 그녀의 결정을 바꾸고 싶습니다. 당신이 그녀의 마음을 바꿔주실 수는 없겠습니까?"

"민아의 결정을 말입니까?"

"예. 사실 오늘 새벽에 그녀의 결정을 물어봤습니다만 거절한다고 하더군요. 저는 모든 일이 전하의 뜻대로 이루어지기를 바랍니다. 당신의 노예이니 당신이 그녀의 결정을 바꿔주십시오."

유루스는 저도 모르게 걸음을 멈췄다. 방금 들은 말을 잘 이해할 수 없었기 때문이었다. 확실히 들었다고 생각하면서도 그 말을 믿기 힘들었다.

"그녀가 황태자 전하의 제안을 거절했단 말입니까?"

"물론 아직 황태자 전하께 직접 거절한 것은 아닙니다. 다만 제가 아침에 물어볼 때는 거절할 것이라고 하더군요. 당신의 몸이 회복될 때까지는 곁에 있어야 한다고……."

유루스의 놀란 듯한 얼굴에 데이드라트는 뭔가 이상하다는 것을 느꼈다.

"설마……. 모르셨습니까?"

"아, 그런 결정을 할 줄은 몰랐습니다. 그녀는 이제 제 노예가 아니기 때문에……. 전 그녀의 결정에 맡길 생각이었습니다."

"노예가 아니란 말입니까?"

"예. 아직 카이아 제국민의 신분을 가진 것도 아니지만, 추후에 신분도 얻어줄 생각입니다."

데이드라트는 살다가 별 이상한 소리를 다 듣는다고 생각했다. 그는 당연히 유루스가 운 좋게 「방문자」를 주워다가 자기 아버지에게 특이한 상품으로 넘기려고 한다고 생각했었다.

게다가 시장에서 유루스의 부하들이 민아를 대하는 방식은 보통의 탈주 노예를 대하는 것이었다.

"어쨌든, 당신이 그녀를 맡고 있으니, 어떻게 그녀의 생각을 바꿔주실 수 있지 않겠습니까?"

"아니, 그럴 수 없습니다."

단호한 대답에 데이드라트는 눈을 크게 뜨고 유루스를 다시 바라봤다.

결국, 나중에 르네긴가를 잇게 될 것은 자신이다. 지금부터 자신의 비위를 맞춰도 모자랄 판에, 이득과 관련된 일이라면 무엇이든 한다는 악명 높은 상인이 자신의 부탁을 거절할 줄은 몰랐다.

데이드라트는 얼굴을 살짝 찌푸린 채 말을 덧붙였다.

"물론 저를 도와주신다면 그에 상응하는 대가는 드릴 것입니다."

"그런 문제가 아닙니다. 저는 그녀의 결정에 끼어들고 싶지 않습니다."

데이드라트는 잠시 말을 멈추고 유루스를 빤히 바라보았다.

대귀족가의 후계자가 이렇게 쳐다본다면 기가 죽을 법도 하건만, 지위도 없는 소작농 출신의 이 상인은 그런 기미조차 보이지 않았다.

"그렇다면……."

리온에게 한 말이 있었으니 어떻게든 결과를 내기는 내야 했다. 그때, 순간 데이드라트의 머리를 스치고 지나가는 생각이 있었다. 그리고 그 생각은 누구의 입장에서도 전혀 나쁜 것이 아니었다.

"그렇다면 이올라긴 씨도 여행에 동행하시면 어떻습니까? 민아는 당신의 곁에 있어야 한다고 거절한 거니, 당신이 동행하면 해결될 일 아닙니까."

데이드라트가 보기에는 유루스와 민아 사이에는 분명 이성적으로 끌리는 무언가가 있었다. 그러니 유루스가 여행에 같이 참여하는 게 최고의 선택이 아닌가. 민아와 동행하고 싶다는 뮤리온의 바람을 이뤄주면서도 그와 민아가 이성적인 사이로 발전하는 걸 유루스로 막을 수 있는 선택이었다.

"당신에게는 나쁜 이야기가 아닐 겁니다. 전하와 친분을 만들 기회가 될 테니까요."

데이드라트는 결과적으로 일이 더 잘 풀릴 것 같다고 생각하며 유루스를 향해 오른손을 내밀었다. 악수를 청하는 손짓이었다. 설마 유루스가 이처럼 좋은 제안을 거절하지는 않을 것이다.

거절할 수 없는 제안. 데이드라트는 자신의 제안이 더할 나위 없이 만족스러웠다.

다음 권에서 이어집니다.

작가 후기

지금 1권의 마지막 교정을 끝내고 후기를 쓰고 있습니다. 전부터 후기에는 무엇을 가장 먼저 쓸까 생각해보았었는데, 역시 이 작품을 쓰는 데 도움을 주셨던 모든 분에 대한 감사를 먼저 해야겠다는 생각이 듭니다.

무엇보다도 정신적인 의지가 되었던 저의 언니에게 가장 큰 감사를 드립니다. 항상 좋은 조언자가 되어주어서 정말 고마워요. 출간으로 항상 신경 써주시고 계시는 담당 기자님과 나비노블 편집부의 다른 기자님들, 섬세하고 아름다운 그림으로 글을 수배는 더 매력적으로 만들어주신 하운님, 제 부모님과 친구들, 그리고 또 지금 이 순간 이 책을 들고 계신 독자님들과 인터넷 연재부터 함께해주신 독자님들 모두 진심으로 감사드립니다.

『푸른 사막의 달』은 고교 때부터 구상하던 설정을 판타지 세계로 끌고 들어와 2010년에 초안을 쓴 글입니다. 초안에서는 로맨스 판타지도 아니었고, 주인공도 민아가 아니었죠. 주인공은 여자인(!) 유루스였습니다. 내용도 처음부터 끝까지 우울하고 처절한 내용이었고요. 한글로 20매 정도 쓰고 제 노트북에 잠자고 있던 이 초안을 2013년 가을에 꺼내 로맨스로 다시 손봐서 쓴 것이 바로 이 『푸른 사막의 달』입니다.

글을 쓰면서 가장 고민하는 것은 민아가 독자님들이 공감할 수 있는 캐릭터인가와 글의 재미입니다. 저 자신은 글이 재미있는지 아닌지 잘 알지 못하기 때문에 어떻게 해야 독자님들이 재미있게 읽으실까 항상 고민하고 있습니다.

1권이 마음에 드셨다면, 다음에도 부디 민아의 모험과 연애사를 함께 지켜봐 주시길 바랍니다.

독자님들 모두 항상 건강하시고, 행복하시기를 바랍니다.

다시 한 번 『푸른 사막의 달』을 읽어주신 모든 독자님께 감사를 드립니다.

2014년 2월

강민정

푸른 사막의 달 1

초판 1쇄 발행 | 2014년 3월 1일

지은이 © 강민정 2014
일러스트 © 하운 2014

교정교열 | 김병규
본문편집 | 김미리
표지 디자인 | 하운
표지 편집 | 서유미

펴낸이 | 김혜랑
펴낸곳 | 메르헨 미디어
등록일자 | 2012년 6월 27일
등록번호 | 제 2012-000141 호
ISBN 978-89-98328-41-2 04810
ISBN 978-89-98328-38-2 (세트)

※ 저자와의 협의 하에 인지를 생략합니다.
※ 본 작품의 모든 구성요소의 저작권은 계약에 따라 각 저작자와 나비노블에 있습니다. 저작권법에 의해 보호를 받는 저작물이므로 무단 전재 및 유포, 스캔, 공유 시 법적 제재를 받습니다.
※이 도서의 국립중앙도서관 출판시도서목록(CIP)은 서지정보유통지원시스템 홈페이지(http://seoji.nl.go.kr)와 국가자료공동목록시스템(http://www.nl.go.kr/kolisnet)에서 이용하실 수 있습니다.(CIP제어번호: CIP2014003571)

nabinovel@nabinovel.net
http://nabinovel.net

nabi no

출간작 안내

나비노블은 메르헨 판타지 브랜드 입니다.

사고 후 눈을 뜨니 다른 세계,
다른 사람의 몸이었다!
말도 배워야지 새로운 몸에
적응도 해야지 바쁜데,
미친 살인마가
자꾸 창문으로 침입해온다.
타칭 병아리,
한겨울의 유쾌한 로맨스 판타지!